万能女中コニー・ヴィレ6

百七花亭

Monakatei Presents

fairy kiss

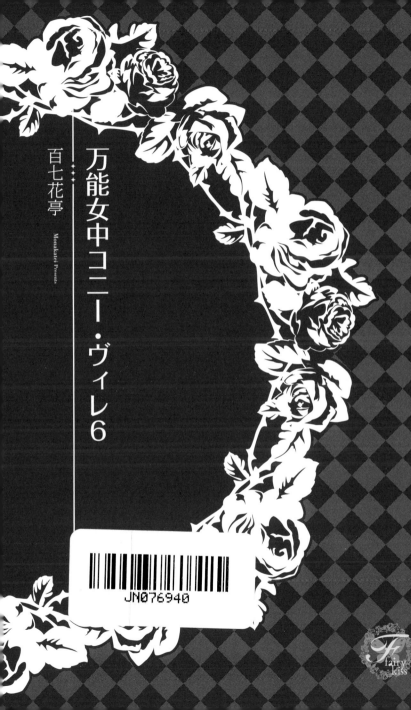

この作品はフィクションです。
実際の人物・団体・事件などに一切関係ありません。

万能女中コニー・ヴィレ6

城女中のコニー・ヴィレ。見た目だけなら平凡地味子な十八歳。だが、彼女は常人離れした膂力《りょりょく》を持ち、かつ有能だ。本業のかたわら臨時官吏や、諜報部隊〈黒蝶《こくちょう》〉をも兼任する。

ハルビオン国の王家に宿怨を抱く、異形の〈影王子〉。その謀略によって、王太子ジュリアンと側近四名、多くの城騎士たちが攫われた。

コニーは〈黒蝶〉として、アベル率いる〈先行隊〉とともに、敵に占拠された城塞跡地アシンドラへと潜入。改造された地下遺跡へ落とされるも、捕らわれのリーンハルト、アイゼン、揚羽《あげは》を無事解放することが出来た。

コニーが背負う包みには、一本の大剣がある。それは、王太子騎士団の長《おさ》であり、国一の剣豪が所有する愛剣。

「どなたか、ボルド団長の居場所を知りませんか？」

その問いかけに答える者はなく——義兄がぽつりと、不吉なことを漏らした。

「もしも、彼の心に深い傷があるとしたら、〈悪夢〉に捕らわれている可能性も……」

〈影王子〉は人の心を闇に閉ざし、絶望に追い込む術《すべ》を持っている。

もしかして……リーンハルト様も、辛《つら》い過去を追体験させられたのでは？

コニーもそうした経験がある故に気づいた。

だとしたら、自力脱出は不可能——外部からの手助けが必要だ。

一章　改造遺跡のデスゲーム

1　情報共有と、ヒル親現る

暁星歴《ぎょうせいれき》五一五年　六月二日

「はぐれてしまいましたね……」

薄暗い空間を見上げてコニーは溜息をついた。

岩場の光苔《ひかりごけ》が、その身に着けた白緑鎧《びゃくろくよろい》を淡く照らす。ここは城塞跡地アシンドラの地下深層。

「せっかく、頼もしい側近メンバーと合流出来たのに……」

「大丈夫だよ、最も頼もしい私がここにいるからね！」

目の前にいる白金髪の騎士には、悲壮感の欠片《かけら》もない。むしろ、にこにこと嬉《うれ》しそうだ。

「リーンハルト様。何故、この状況でそんなにご機嫌なのですか？」

思わず呆《あき》れた視線を向けると、輝くような笑顔を返してくる。

「君ひとりがはぐれなくてよかった、と思って」

それで、わざわざ一緒に落ちたのですか……

今の状況については、少し時間を遡《さかのぼ》る。

コニー含む〈先行隊〉七名は、国王から『王太子奪還命令』を受けた。

敵のアジトで側近三名と合流後、そこからは二組に分かれている。地上の塔に監禁された王太子と、地下にいると推測される騎士四百余名を救出するためだ。

〈王太子救出組〉にはコニーと四名――〈先行隊〉隊長アベル・セス・クロッツェ、義兄リーンハルト・ウィル・ダグラー、人事室長シルヴァン・チェス・アイゼン、〈黒蝶〉長の揚羽。

この時いたのは地下二十四階で、壁に隠された暗い階段室を見つけた。幅が狭いため一列でないと上れず。先頭に魔法の得意なエセ美女・揚羽が立ち、火玉を放って闇を照らした。

最後尾にコニーがつくと、「女の子に危険なしんがりを任せるなんて！」と、義兄が猛反対。

あなたの前でも防御魔法を使っていたはずですが……？

だが、説明していなかったこともある。改めて、この白緑鎧は高位精霊イバラに借りたもので、胸甲の精霊石に宿る小精霊に指示出しすることで、防御魔法が使える――ということを話した。

「何となくだけど、それは分かってたよ！　でも、君に何かあったらと思うと……最後尾には私がつくよ！」

久しぶりの義兄の過保護。これには、「あなたの魔法剣で追手を蹴散らすより、結界壁で抑え込む方が効率的ですから」と説得。ここにいる誰もが、そう思ってるはず。

「想定外の事が起きないとは限らないだろう！」

「リーンハルト様……わたしを信用してもらえませんか？」

この一言でようやく彼は引き下がり、コニーの前に入ることで妥協した。

しかし、このあと義兄の懸念が的中する事態が発生する。

階段をかなり上ったところで、コニーは敵が追ってきていないかと後ろを振り返った。そこで迫りくる異変を目にする。階段が音もなく、下から順番に崩れ落ちてゆく。それは、物凄いスピードで追い上げてきて――コニーの立つ石段までも、一瞬で崩落させた。

「――っぁ!?」

まともに声を出す暇さえなかった。だが、振り向いた義兄がその手首を掴む。

ぐらり、バランスを崩した彼とともに落下。とっさに、コニーは魔法楯の変形・ふんわりバージョンを発動させ、地面すれすれで現れた巨大クッションに受け止められた――回想終了。

城塞の真下には元々、地下遺跡があった。昔の地震で入口が塞がり、落盤の危険性もあって手付かずだったそこは――今や影王子によって改造されている。侵入者を迷わせる仕掛けがあるのだ。

これまでにも通路で壁が消えたり生えたり、フロアや階段から抜け出せなくなったりもした。

階段の無音崩落もそのひとつだろう。

見上げた先にあるのは岩天井のみ。アベルたち三人の姿もなければ、壊れた階段すらもない。

光苔の仄《ほの》かな明かりで見えた周囲は、岩盤を掘ったような洞穴だった。落下途中、光の魔法陣みたいなものを潜《くぐ》った気がするので、転移陣で移動させられたのかも知れない。

——こちらの隊を分断し、始末しやすくするのが目的でしょうね。

個々の戦闘力が高い側近と〈黒蝶〉。アベルの従者ニコラでさえも。

彼はまだ十四歳の少年だが、足手纏いにならない程度には剣術を教えてあるのだと、アベルから聞いたことがある。とはいえ、いくら精鋭揃《ぞろ》いでもたったの十名だ。今はうまく敵をかわして捌《さば》けてはいるが、長引けばその分不利になる。

「それにしても……変わった防御魔法の使い方だね」

楯型の巨大クッションが魔力切れで消えると、それを見た義兄は珍しそうに言った。

「これは、たまたま、怪我の功名で生まれたといいますか……」

彼の華やかな美貌の右半分を染めるのは、〈謎の紅い紋様〉。あちこち裂けた翡翠《ひすい》マントと白い騎士服。右袖の破れからも覗《のぞ》く紅——やはり崩れた文字に見える。敵に追われている間は、気にする余裕もなかったけど……

しんとした静けさの中、互いに向き合っていると、どうしてもそこに目が行ってしまう。

ふと思い出した。彼が秘密だと言っていた、右手甲にある紅いアザ。確か、ダグラー公爵家の嫡子だけに刻む武運を招くまじないだとか……

『元々、はっきりとした星の紋様だったのだけど、年々少しずつ崩れ始めてて……』

『十年ぐらい何事もないから、ただの形式的なものだと思うよ』

もしや、闘技場で一時、彼から溢れ出した魔力と関係があるのでは……？

だとしたら、ただのまじないではない。もしかして、〈魔力封じ〉の印……？　それなら、あのときの状況も理解できる。

だが、何故、わざわざ封じる必要があるのか？　強い魔力を持つ者は国で重用される。最強の剣豪であるボルド団長がいる限り、義兄は副団長ポストのままだが――あの巨大な憑物士《つきものし》〈不浄喰らい〉を退けたのだから、魔法士団長になることも容易《たやす》いはず。

そこまで考えて、はっとする。公爵家がそうした利益を取らず、一族ぐるみで隠す……そうせざるを得ない理由、根深い問題があるのだと――

「コニー？」

その顔の模様をじっと見つめていたせいか、彼は小首を傾げた。

――この問題に踏み込むべきではない。

だから、コニーは軽く視線を下げて誤魔化した。

「騎士服がボロボロですね。今さらですが……お怪我はないのですか？」

「紙一重で避けてたから無傷だよ」

「それはよかったです。これから、どちらに進みましょうか」

彼は体の向きを変えて、左右に伸びる道の奥を交互に見つめた。

「左へ行こう。右はかすかに獣臭が流れてくるから……複数の憑物士がいると思う」

憑物士とは、〈黒きメダル〉を体内に埋めて悪魔化した人間のことだ。半人半獣の姿をしている。

コニーも嗅覚はいい方だが、右からは湿った岩と苔の臭いしかしない。

そういえば、この人……以前、無臭の毒サブレから異臭がすると言っていましたね。ならば間違いはないだろう。コニーが嗅《か》ぎ取れないなら、その憑物士らは近場でなく、もっと離れた場所にいるはず。敵は圧倒的に多く、無駄に体力を削りたくない。

二人は左側へと歩き始めた。

「今の内に、情報共有をしませんか？」

コニーの提案に彼は頷いた。

「確か、城塞には生物を炭化する結界があるんだよね……その外にいる援軍の数は？」

「百十名の後続大隊がいます」

「少ないな……」

彼がそう言うのも当然だ。闘技場では、その数倍の憑物士がいたのだから。しかし――

「城塞全体での敵の見積もりは、少なくとも四千ですよ」

彼は「そんなに？」と、驚愕に目を瞠《みは》る。

憑物士は本来とても自己中心的で、単体で出没することが殆《ほとん》どだ。群れになるのは強いリーダーがいる場合のみ。いかに、影王子がやつらを掌握しているかが分かる。

「当初、後続大隊は二百名いたのですが、死傷や離反により半減しました。現地で三砦の騎士が援軍として、千二百五十名加わる予定でしたが……集合時刻に現れず」

〈先行隊〉が地下に入ってかなり経《た》っているので、すでに到着しているかも知れないが……それも確実とは言えない。何故なら、数々の不祥事で〈後続大隊〉を追い出されたギュンター隊が、砦軍の進攻妨害をしている可能性が高いからだ。王太子救出の手柄で一発逆転、不祥事をチャラにという甘々な考えで。

彼らの捕縛命令を国王から受けている砦軍は邪魔、というわけなのだ。

そう話すと、隣を歩くリーンハルトは顎《あご》に右手を当てて、眉をひそめた。

「ギュンターって……三大公爵家の長男ロブ？」

「はい。やっぱりご存じですよね」

「個人的な付き合いはないけどね、昔から不良公子って有名だよ」

分かります。三十路《みそじ》超えで眉なし、鼻・舌ピアスは貴族としてどうなんでしょうね。

「いろいろと、やらかし伝説もあるんだ。騎士学校の校長を脅して〈最優良騎士〉の推薦書を書かせたとか、呼ばれてもいない夜会に魔獣で乗り込み暴れたとか……そうそう、十年前、ジュリアン殿下が結成したばかりの騎士団にジン・ボルドを団長に据えたら、自分の方がふさわしいと喧嘩を吹っかけてきた……とかね」

ボルド団長につまみ出されたあと、第一王子ドミニクがジュリアンに負けじと作った騎士団にも、団長志願したらしく――そっちでも断られたらしい。

迷惑な日和見野郎《ひよりみやろう》ですね。

義兄は淡々とした口調で続けた。

「彼にすれば、中央での出世は悲願だろうからね。躍起になっている姿が目に浮かぶよ」

岩剝き出しの洞窟内、大きくカーブした所を通り抜けると、朽ちかけた昔のレリーフがある古い通路に変わった。これが本来の遺跡部分だろう。ここからは光苔が殆どないため、足下がおぼつかないほどに暗い。小精霊に三〇センチの円形小楯を出してもらう。魔法発動の間は淡い光を纏うので、それをランタン代わりにした。

続いて、コニーは〈黒蝶〉を裏切ったネモフィラについても話した。彼女には高位悪魔が憑《つ》き、憑物士軍の指揮をしている――と。

「そうなんだ……私は闘技場で悪魔化したグロウに会ったよ。審判をしていた」

元・第一王子騎士団の長にしてお尋ね者。かつて、エリート騎士の皮を被っていたサイコパスだ。あの場にいたのか。闘技場への突入時、瘴気《しょうき》に視界を遮られていたので全く気がつかなかった。

「城塞に来る道中のことですが……アベル様がヒル人間の群れに襲われて、そのときに物陰から覗くグロウを見たそうです。おそらく、あれらに指示を出していたと……」

「ヒル人間って何?」

初耳のようで、尋ねてくる。

「人に似てはいますが、頭部が四つに割れた異形です。それで……」

詳しく説明しようとしたところ、「ごめん、ちょっと待って」と彼は片手で制した。険しい顔で前方を見据えるので、そちらに目を向けると――青白い明かりが点になって見えた。

「あそこに何か……いるみたいだ」

コニーも目を凝らしてみたが、遠過ぎてよく見えない。

そこからは会話をやめて、警戒しながら進むことに。しばらくして、舗装された通路へと出た。

天井から吊るされたランタンが、青白い光を煌々と放つ。少し先に、俯せに倒れた人がいた。ずたぼろな深緑色の騎士服を着た青年が――

リーンハルト様……あの距離で何かいるって、よく分かりましたね？

義兄はどこか緊張した面持ちで、「私の部下だ」と告げた。

それなら、逃げ出してきたと考えるべきだろう――普通なら。だが、魔法の得意な揚羽ですら、檻から脱出できなかったと聞いている。コニーとしては、王城襲撃時の経験からアレではないか、と疑っている。先ほど義兄に説明しようとして中断した、〈ヒル人間〉のことだ。

でも、もし、本当に運よく逃げてきただけだとしたら？　その可能性も捨て切れない。

そうだ、あいつらはまともに喋《しゃべ》ることが出来なかったはず。声をかけてみれば分かる。

「あの――」

青年に向けて声を発したそのとき、義兄が魔法剣を抜いた。

え？

石畳を蹴って、問答無用で倒れた青年に斬りかかる。直前に、相手はビョンッと大きく跳んで後退。全身の骨がないかのような、奇妙な動きだった。青年は着地すると、そこから四つん這いで、まるでトカゲのように素早く突進してきた。義兄は叩《たた》き伏せるように魔法剣をその左肩に振り下ろす。それでも、青年は彼の右脚にガッとしがみついた。逃がさないと言わんばかりに――

義兄も、何らかの異変を感じ取って攻撃したのだろう。だが、部下の顔を持つせいで急所への攻撃を避けているようだ。コニーが青年の頭に小楯を投げつけても離れない。首が変な方向に曲がり、ぎょっとした様子の義兄。

「頭を討って！　それ本人じゃな――」

言い終える前に、青年の虚《うつ》ろな顔がみるみる膨れ上がり、巨大なカボチャのように変化した。

さすがに危険を察した義兄は、その額目がけて剣を突き下ろした。ボンッと破裂。四片に割れてヒトデのように軟体化し――一度だけぶるりと大きく震えて事切れた。

彼は青褪《あおざ》めた表情でそれを見ながら、コニーに問いかける。

「もしかして……さっき、聞き損ねたやつがコレ？」

コニーは頷き、改めて〈ヒル人間〉について詳しく話した。

ミリサイズの〈魔性ヒル〉が人間の背中に寄生し、体液を吸い尽くして巨大化。のちに剝《は》がれ落ちて、宿主そっくりに擬態する――擬似生物である、と。

「城を襲撃したのも、このヒル人間の群れなんですよ……奇声は発しますが人の言葉は喋れません」

部下のフリをして義兄の前に倒れていたのは、油断を誘うためだろうか。

動かなくなった骸《むくろ》を覗き込み、観察する義兄。魔法剣がまとう攻撃魔法により、大きな穴が貫通したため頭部の中がよく見えた。赤い血を流してはいるものの――

「脳も骨もない……憑物士とはまったくの別物なんだね？」

「はい。これらの親玉がグロウと思われます」

「――すごく合点がいったよ」

聞くところによると、闘技場で見たグロウの肌色は薄紫色にぬめっていたらしい。

「何というか道化感がすごくて。ナメクジの王かと思っていたけど……ヒルだったのか」

それは初耳だ。アベルの目撃情報では、顔を見たのも一瞬だったというので。

コニーたちは再び通路を進み始めた。直角に折れた道を左へ曲がると扉があった。半開きになっていたので用心しつつ中を覗くと、ガランとした石造りの部屋。天井のランタンがひとつだけ淋しく灯る。奥に扉のない出口が黒い穴のように空いている。

リーンハルトが率先して、その先を確認しに行った。

「空洞……？」

不思議そうな彼の声に、コニーも横から覗く。そこは一辺が三十メートルほどの四角い縦穴。上を見ても下を見ても真っ暗で、壁際には一定間隔でぽつぽつと光が灯っている。どうやら、他の階層にもコニーたちがいるような部屋があり、そこから明かりが漏れているようだ。ここが何階か分かるかもしれないと、下層の明かりを数えていると――音もなく上昇してくる丸い光が見えた。

二人は同時に武器を手に身構える。どんどん近づいてくるそれは光る円盤のようで、中央に人がひとり立っていた。

「魔道具の……昇降機みたいなものかな？」

義兄が呟《つぶや》く。やがて、それはコニーたちの頭より少し上あたりで停止した。同時に光が弱まったことで、浮遊した石の円盤だと知る。コッコッと靴音が響く。

「ダグラー副団長！　ここまで生き残ってくれて嬉しいよ！」

円盤の端からこちらを見下ろし、よく通る声で話しかけてきたのは――豪華な身なりをした二十代半ばの男。前髪を中央分けした短い銅の髪。鼻筋高く我の強そうな太眉、薄紫にぬめる頬には黒い筋模様。その表情は傲慢さと浅ましさで醜悪に歪んでいた。

噂《うわさ》をすれば影――元・第一王子騎士団の長エンディミオ・リ・グロウだ。

「長らくの牢生活はとても退屈だっただろう。もっと早く会いに行きたかったのだがね、いろいろと忙しくて出来なかったのだよ。あの闘技場での戦いにおいても、オレは審判よりむしろ、対戦相手になりたかったのだがね。影王子に止められていて、致し方なく。剣闘士ゴルゴン程度では、実力差があり過ぎてつまらないと思ってはいたのだが……しかし、敗北した騎士らのためにも、上官であれば仇《かたき》を討ってやりたいだろうと――」

義兄に向けて、滔々《とうとう》と上から目線で語りかけてくる。要約すると、自分はお前より強いのだが、それを証明する機会がなくて残念だ。闘技場に出してやったのは、部下の仇討ちをさせてやるためのお情けである、と。

そんな話よりも、コニーは彼の格好の方が気になってしょうがない。

ド派手な刺繡《ししゅう》と宝石のついた紫色の宮廷衣装に、ファー付きのブーツ。鳥の羽で襟元を飾り立てた黄金マント。その上から、さらにアクセサリーをじゃらじゃら着けている。トドメに王冠を意匠にした大きく派手な金色の帽子。全身がギラギラと下品。人間やめると同時に、センスも捨てたのか。

――自己顕示欲の塊のようですね。王様にでも憧れているんでしょうか？

左袖から手が出ていないことに気がついた。おそらく、アベルが魔獣槍で吹っ飛ばした部分だろう。

話に飽きたらしい義兄が無言で、ブンッと魔法剣を一振りした。攻撃魔法を帯びた光刃が、斜め上にいるグロウ目がけて飛んだが――直前でその腹が大きく右にくねって避けた。

今の動き――骨があったら絶対、出来ませんよね？

〈ヒル人間〉の親玉だからか、全身が軟体化してるようだ。動きも素早い。

簡単に避けられたことに、魔法剣を握り直すリーンハルト。すると――

「おっと、その剣を収めたまえ！　ここからが本題！　とてつもなく重要な話だ！」

元の体型に戻ったグロウが、楽し気な口調で牽制してきた。仕方なく彼が剣を鞘にしまうと、グロウは舞台にでも立っているかのように声を張り、両手を振って大仰な仕草で続けた。

「闘技場では、ダグラー副団長もきっと物足りない気分だったろう――と思ってね。オレなりに、もてなしを用意したのだよ！　聞いて損はない。むしろ、またとないビッグチャンスだ！　……と、その前に、少し確認をしておきたいのだが」

そう言いおいて、ここで初めてコニーへと視線を向けてきた。

「そこにいる白緑鎧の騎士がコニー・ヴィレだ、という話を聞いたのだが……本当かね？」

冑《かぶと》を被っているので半信半疑なのだろう。

――ネモフィラから聞いたんですかね。

今年の初め、コニーはグロウの策略で拉致され、石壁に磔《はりつけ》にされたことがある。最後に会ったのは二月下旬、蜘蛛魔獣のいる異次元を脱出したあとのこと。木の上に隠れていたら『あの女……！

今度こそなぶり殺してくれる！』と叫んでいた。王妃捜索の旅へ出るため愛刀を持ち出そうとした時も、こいつが私室を見張っていたせいで断念した。執着されると厄介だ。

コニーは片手を左右に振る。違いますよ、と。まぁ、否定したところで信じるかは――

「やはりそうか！　汚れ役を担う黒蝶など、使い捨ての駒。そんな輩《やから》に、貴重な魔法の鎧など与えるわけがないからな！」

あっさり信じた。高慢思考ゆえの信じたくない事はスルーか。疑問に思ったから、聞いたのだろうに……脇が甘くて助かります。

「重要な話とは？」

リーンハルトが冷めた目で促すと、ヒル男はニヤリと嗤う。懐から懐中時計を取り出して「現在、午後一時五十四分」と、時間を確認。

「本日の午後四時、オレの下僕どもに王城を再襲撃させる予定だ！　止めたければ――」

突然、グロウの立つ床が強く光った。ヴン！　と、勢いよく円盤は上昇する。

あっという間に遠ざかる丸い光から、「オレを捕まえてみろ！」という声が降ってくる。

「「逃げた!?」」

あっけに取られながらも、落ちて来た懐中時計を摑む義兄。コニーは重大な事を思い出した。

サイコ野郎の道化っぷりに気を取られて、つい忘れていたのだが――

「す……すみません、リーンハルト様！　ヒル人間は、親玉を始末しないと根絶不可能なんです……！」

仕留めるチャンスを逃してしまった――！

悪魔も魔獣と同じ。毛色が黒に近いほど魔力が強く、白に近いほど弱い。グロウの髪は元々の銅色だったが、以前より濃く鮮やかに見えた。ということは〈中位〉。下僕を生むのは憑物士の中でも稀有な能力だ。グロウに憑いた悪魔は〈中位の上級〉ぐらい、ということになる。だが、グロウ自身は大して強くないのだろう。逃げ足の速さと、攻撃を避けるのは得意なようだが。

「あの男の格好に気を取られず、わたしも助太刀していれば……！」

「それを言うなら、私も最初から仕留めにかかっていたらと……でも、きっと大丈夫だよ。またすぐに会う気がするから」

はっと、義兄の手にある懐中時計に視線を向けた。凝った意匠の蓋には、王家の紋章がある。

「まさか、それ……！」

見せてもらうと、蓋の内側には元第一王子ドミニクの名が刻まれていた。主《あるじ》のものでないと分かり、ホッとする。兄弟であるが故に、紋章のベースとなる意匠が似ているので焦った。

そういえば、刈り取られたグロウの左手には、ドミニクの印章指輪が嵌まっていたと聞く。あの男、自分の元主君の物を強奪していたのか。

「タイムリミットは残り二時間。どのみち上階への道を探さないと――行こう、コニー」

促されて踵《きびす》を返そうとしたが、暗い穴の下層で何か動いた気がして覗き込んだ。

「――！　下から、何か来ます！」

再度、光る円盤が下から移動してくる。真ん中が黒くてドーナツ状に見える。近づくにつれて夥《おびただ》しい人数が乗っているのが分かった。すべての頭部がヒトデ状で狂ったようにうねって――

「ヒル人間の大軍です！」

二人は部屋から飛び出した。通路は逆走の一本道しかないはずだったが――いつの間にか複数の枝道がある。その奥からも、ヒトデ頭の異形らが何十、何百と押し寄せてきた。

「コニー、こっちの道だ！」

鼻の利く義兄の案内で、それらを回避しながら上階へと進んでいた。だが、途中からグロウが下僕どもの群れに紛れて、挑発してきた。義兄の振るう剣から閃光が走り、足並みの乱れた連中をコニーがまとめて結界の檻《おり》に閉じ込める。幾度か繰り返しつつグロウとの距離を縮めるも、敵が多すぎた。〈ヒル人間〉の壁の向こうで、やつは高笑いで逃げてゆく。

腹立たしい――――！

そして、振り返ると義兄の姿が見えなくなっていた。

☆

「はぁ、ち～っとも、動きがないんだけど……」

葉陰に身を潜めた若い男は、結んだ前髪を揺らしてぼやく。

ダフィ・エル・ブランドン、二十一歳。彼は〈うたかた羊新聞〉の記者だ。

視線の先には、大勢の騎士たちがいる。人外に攫われた王太子らを救出すべく組まれた〈後続大隊〉だ。朽ちかけた城塞より一キロメートル手前に陣取って、朝からずっと待機中。すでに太陽は中天を過ぎていた。

「城門に消えた先行隊からは、音沙汰なし……と」

背後でごそごそと動く音。振り返ると、背の低い小太りの男が荷袋を漁っている。同僚のポッテン・マーロンだ。

「おい、静かにしろって……」

小声で注意をすると、ポッテンは両手に摑んだパンにかぶりつきながら言った。

「腹が減っては戦はできぬ、だろ」

「いや、戦うの、オレらじゃないし」

「何言ってんだ！　これは我が社の名を世に轟かせるための、崇高なる戦いだぞ！」

一応、声を潜めてはくれたが、パンくずを飛ばしてくる。

〈うたかた羊新聞〉はごく最近、市場に参入したばかり。長年、王都で一人勝ち状態の老舗《しにせ》〈王都新聞〉を出し抜き、社の知名度を上げる――そのために戦場近くまでやってきた。

初報からの売上は上々だった。王家が隠す暇もなく、〈ヒル人間〉という異形の群れがハルビオン城を襲撃したことを報じたからだ。加えて、ポッテンの煽り上手で人を惹きつける文章力と、自身が魔道具で撮った写真が、売上に貢献したことは間違いない。

今回の取材は、〈うたかた羊新聞〉の社長からも期待されている。

「同志よ、気合を入れろ！」

「分かってるさ、ポテトマン！」

「ぼくの名はポッテン・マーロンだ！」

「あぁ、ごめん。うっかり」

ジャガイモみたいな顔をしているので、つい間違えてしまった。

鼻息荒いポッテンに軽い調子で謝ると、彼は真顔で注意してきた。

「いいか、写真機の予備はもうないからな？　うっかりは通用しないぞ！　次こそは、ぜったいに、慎重に扱えよ！」

目を血走らせて念を押された。社の備品である魔道具〈写真機〉を、旅の道中、三度も失ったからだ。盗まれたり壊されたり水没したり……まぁ、言ってみれば不運な事故だ。

最後のひとつだという、筒のついた銀色の小箱をポッテンから受け取る。魔道具は繊細で、強い衝撃で壊れることもある。それを見越しての予備だろうが……貴族しか手に出来ない高額品なので、社長はえらく太っ腹だなと感心する。

「言われなくとも、全力で死守するさ！」

親指をぐっと立てる。ポッテンは頷き、小声で力強く鼓舞した。

「信じてるぞ、同志！　一流記者への夢は目前だ！」

ダフィは笑顔の下――〈一流〉という言葉に強く心を揺さぶられる。

それは、叶わなかった昔の夢。その欠片が、ちくりと胸を刺す。

伯爵家の次男坊に生まれながらも、ダフィは画家になるべく十四歳で家出をした。他国を放浪しながら七年間、ひたすら絵を描き続けた。だが、その努力は実を結ぶことはなかった。

自分で言うのもなんだが、腕は悪くないと思う。けれども、買ってもらえたのは小金と引き換えの似顔絵ぐらいで、渾身の大作はまったく売れなかった。他人から〈光るモノがない〉と言われた。あるとき、旅先で出会った自分よりも年下の画家が成功を掴んだ。妬み、絶望と屈辱を味わった。これ以上、続けるのは無理だった。高みに上れるのは、運も才能もある一握りの人間だけだ。

だから、ダフィは夢を諦めて記者になった。一番の理由は秘密兵器とも言える〈写真機〉があったから。まだ、さほど世に出回ってないから競争相手もいない。大した労力もかけず絵を作り出すなど、以前の自分なら罪悪感も感じただろうが……時代を先取りしているのだと思えば、なんてことはなかった。

――今度こそ〈一流〉の写真家になってやる！

今のところ、掴んだ情報と言えば〈先行隊〉に白緑鎧の騎士もいたことだ。本人に取材した時には頑なに否定していたが、間違いはない。

そして、いまだ脳裏に焼きついて離れない――空に浮かぶ禍々《まがまが》しい黒髪の女。アレを退けたんだ。大陸五大魔法士でもなければ渡り合えないような、高位の悪魔憑きを――

「オレの第六感が告げている！　この戦場でも、白緑の騎士は活躍する――いや、絶対的、勝利へのキーマンになるはずだと！」

2　蟲攻めを振り切る

義兄とはぐれてしまった。

グロウをも見失い、〈ヒル人間〉の群れに追われながら、コニーは通路を駆け続ける。

白緑鎧の魔力は有限だ。その消費を抑えるべく、敵にかけた結界は時間が経てば自動的に解除される。

前後左右の道から合わせて、三桁単位の〈ヒル人間〉が突進してくるのだ。今ここで、消耗戦を強いられるわけにはいかない。しかし、ネモフィラは『雑魚には雑魚の相手がふさわしい』と言っていたので、体力尽きるまでの追撃が狙いだろう。

まったく、ヒル男もネモフィラも、悪魔の力を借りて自信があるなら自分で戦えばいいものを！

主の捕らわれた塔近くまで行けば、出て来ざるを得ないとは思うけど。

それにしても、何だか走りにくい、速度が出にくいし、息も上がってきてる？　なんで――

不安に駆られて後ろを振り向くと――坂道になっていた。それもかなりの急勾配だ。追手が一人転べば、その巻き添えを食った連中が団子になって坂道を転がる。

えええええ⁉　いつの間にっ？

気づかなかったのは、緩やかな勾配から入ったせいか。天井から等間隔にぶら下がる魔法ランタンが、先へ行くほど角度が斜めになっている。

これ、やばいですよね……！

このまま進めば、コニーも坂を転がり落ちる運命が待っている。駆ける速度を落とす。ちょうどよく、右側の脇道が視界に入った。よし、あそこを曲がろう！　と飛び込んだら――

左籠手に巻いた腕輪の魔除け石が、ぴかぴかと点滅。

さっきまでヒル人間には反応しなかったのに……あ、擬似生物だからか。

愛刀を抜き身構える。淡い青銀色で、小さな星を散らしたかのように美しく輝く曲刀。悪魔が忌避する希少鉱物〈フィア銀〉で、刃に〈全面加工〉を施したもの。本来は二本使いなのだが、片割れは武器を持たないアイゼンに貸している。

奥の曲がり角から聞こえてくる雄叫び。武器を手にした半人半獣らが、二十体ほど猛進してくる。

フライングでいち早く踊りかかってきた二体を、先に斬りつけて片付ける。

足止めされたら、〈ヒル人間〉たちに追いつかれる！

コニーは愛刀を鞘にしまい、「大楯！」と叫んだ。自分の首から下を隠すほどの魔法楯を、小精霊に出してもらう。裏側のベルトを掴みぐるんぐるんと回し始め――大楯が安定して高速回転するようになると、そのまま地を蹴り一直線に爆走、やつらに突っ込む。

彼女の脚力は暴走魔獣並みの速さだ。容赦なく敵を撥ね飛ばす。横道は平らなので走りやすい。

団体を抜けて足を止めずに振り向くと、転がった憑物士らは立ち上がれない様子。大楯との接触でダメージは大きいようだ。そこに現れた〈ヒル人間〉どもが、やつらを踏みつけながら追ってくる。異形は獲物と見なさないのか――

コニーは大楯を消し、走りながら逃げ道を探す。結界の壁で敵を遮断すべきか。だが、通路の幅はけっこう広い。やつらとの距離を考えると、塞ぎ切る前に何体かに飛び込まれてしまう。

脇道を見つけて足を止めた。かなり細くて真っ暗だが、奥に小さな灯が見える。向こうにも通路があるに違いない。鎧をつけてはいるが小柄な体型であるため、横向きなら何とか通れそうだ。

サッと入り込み、カニ歩きで素早く進む。

首だけで後ろを見ると、我先に入り込もうと〈ヒル人間〉らが狭い入口に殺到。花びらのように四方に大きくうねる頭が邪魔をしている。そこへ、一体かなり小さいやつが、他の連中の足下を潜り抜けて入ってきた。小さな両手を伸ばすようにおぼつかない足取りで、トコトコとこちらに駆け寄ってくる。首から下はどう見ても三、四歳ぐらいの子供で……

コニーは後方に結界の壁を作り、それを遮断した。気づいてはいた。〈ヒル人間〉の着ているものは騎士服だけではなく、民間人のものも多くあったこと。

あのゲスヒル……！　あんな小さな子供まで犠牲に！

極狭の道を抜けて、明かりのある通路へと辿《たど》り着いた。出る前に警戒しながら周囲を見回す。とても静かだ。そっと足を踏み出した。

「皆……無事だといいのですが……」

はぐれた彼らを探している時間はない。生きていれば、彼らも主救出のため地上を目指すはず。リーンハルト、アベル、アイゼン、揚羽――いずれも国内指折りの武に優れた者たちだ。たとえ最後の一人になったとしても、きっと――

でも……あの人、わたしを探し回ったりとか、してませんよね……？

心配性な義兄に対しては若干、不安がよぎる。いやいや、仮にも騎士副団長だし、さすがに戦場で冷静さを欠くとかありえない。そこは信じてあげなくては――

さらにもうひとつ、不安の種を思い出す。極度の方向音痴の上官のことだ。頼りの従者は、騎士救出をする方の隊に入っている。

アベル様、迷子になってなければいいのですが……

さっきの坂道でかなりの距離を走ったと思うが、ここは何階だろう。

ふと、グロウの乗っていた光る円盤を思い出す。義兄が〈魔道具の昇降機〉と言っていた。あれなら、地上へ直通なのでは？　この階にも停まる部屋があれば……しかし、そもそも昇降機とやらの使い方が分からない。

「ヴィレ？」

いきなり背後から声をかけられた。考え事をしていたので、ぴょっと両肩が上がる。

通り過ぎた脇道、そこの暗がりから見覚えのある人が出て来た。地味な旅装だが、その容貌には研磨された白刃のような鋭利な美しさがある。腰の剣帯には一振りの曲刀――コニーが貸した愛刀の片割れがあった。

「アイゼン様、おひとりですか？」

「えぇ、いつの間にか二人を見失って……」

聞けば、グロウと〈ヒル人間〉の群れに出くわしたせいらしい。

「彼らのことはクロッツェ殿から聞いていたので、三人で攻撃したのですが……」

軟体であることをフルに生かした奇妙な動きで、グロウには全てかわされたという。

「伸びたりねじれたりと不気味でした」

想像以上に〈避け〉を極めていたと知る。そして、やはりというか、城襲撃の予告と『四時までに捕まえたら止めてやる』と言い逃げしたようで。

アイゼンは話を続けた。

「アレを始末するには、動きを封じなくては難しいでしょう。それはそうと……おかしな事も言っていましたね。自分はこの国の王になる男だ、と」

質の悪い冗談だが——それが、彼が人外に与《くみ》した理由だろうか？　元・第一王子派閥の筆頭だったグロウは、元王妃の権力を借りて出世したが——犯罪者となって人生転落。そこから逃れるべく憑物士となったことで、野心が肥大化したのかも知れない。

「アイゼン様は後続大隊の遅れや、悪魔化したネモフィラについてはご存じですか？」

「それも、クロッツェ殿から聞いています」

すでに、彼は情報共有を済ませていたようだ。

立ち止まるのをやめて、二人は通路の先へと歩き始める。

「ヴィレの方から私に聞きたいことはありますか」

「では……」

義兄に聞きそびれていた牢生活でのことを尋ねた。

彼は影王子と会ったことや、粗末な食事を運んできたのが〈珍妙な白くて丸い鳥のような生物〉だったこと。あと、元王妃も影に攫われてここにいるだろう、ということも話してくれた。

影王子の復讐相手はハルビオンの王族だ。ジュリアン、ドミニク、元王妃キュリアの三名までが捕まったことになる。再度の城襲撃では、国王も狙われるに違いない。

前回のように、またイバラを城から引き離す秘策でもあるのだろうか？　敵も二番煎じは通用しないことぐらい分かっているはず。となると、考えられるのは……どうにかして城内に侵入させた〈ヒル人間〉たちによって騒ぎを起こし、イバラが対処に離れた隙を狙って、国王に危害を加えるとか？　いや、それはさすがに短絡的か……国王には主と同じく、高位精霊の加護〈防御の印〉がついている。敵のいかなる武器も身体《からだ》には届かない。ただし、口のみ防御はされないので、毒物には注意する必要がある。だが、毒味役は当然いるから問題はない、と思う。

――何か、見落としているような気がしますね……何でしょう……？

重要な気がするのに、それが何か思い出せない。

警備が手薄なのは――そう、城から離れた下働きエリアだ。〈ヒル人間〉を寄せつけない薬草詰めのサシェを配布してから、二週間近く経つ。香りとともに効果も薄くなる頃だ。薬草の価格高騰はまだ続いているはず。

脳裏に甘ったれの女装男子の顔が浮かぶ。〈黒蝶〉を追い出され、女中として根性叩き直し中のリフ。

彼も分かっているはずだ。〈黒蝶〉復帰のために、何をすべきか。彼には魔除けの御札五百枚を渡してある。彼の能力を考えれば、多くの成果は望めないだろう……それでも――

あなたの近くにいる〈同僚〉たちぐらいは、しっかり守るのですよ！

心の中で強く念を飛ばす。もちろん、一人で逃げるためだけに御札を使ったなら、絶対許さない。

薄暗い通路を進んでいると、石壁の隙間が光っているのに気づいた。光苔だ。なんでここだけ？

不思議に思って足を止めると、アイゼンも近寄りその石壁に手を触れた。

「光苔ですね、私が囚われていた場所にもたくさん生えて……」

彼はパッと手を引く。突如、石壁の一面がざらりと砂になって崩れた。そこに現れたのは、光苔に照らされた洞穴。奥に上りの階段がある。二人は警戒しつつ中に踏み込んだ。古い石段は大きなヒビや欠けがあり、崩れないか心配になるレベルだ。石段の終着点は遠くて見えない。

「ところで、アイゼン様はここが何階かご存じですか？」

「十四階あたりではないかと。十一階までは辿りつけるのですが、床が落ちて何度か下階に戻されたので……十階より上には出られないのですよ」

「えっ、お怪我はされてないんですか？」

「幸いにもさほど高くなかったので、受け身をとることが出来ました。この石段もまた……崩落する危険がありそうですね」

アイゼンの言葉に頷く。コニーも同じ轍《てつ》を踏む気はない。何か対処法は……ふと、閃いた。

落ちるなら飛んでしまえばいい。

「わたしが先導しますので。なるだけ距離を開けずについて来てもらえますか？」

出来れば隣がいいのだが、石段の幅は一人分しかない。

彼は小首を傾げた。説明なしでは「何故」とも思うだろう。コニーはどこからか敵に見られているような気がしていた。自分と義兄のいる所に、タイミングよく昇降機で現れたグロウ――だからこそ、作戦は口にしたくない。

「えぇと、ですね……わたしを命綱だと思っていただければ……」

すっと片手を差し出してくるアイゼン。

「それなら手を繋いでおいた方がよいでしょう」

「いえ、近くにいてくだされば――」

「ヴィレ、命綱の意味を知っていますか？」

冷ややかな美貌でまっすぐ見つめてくる、言葉に責任を持て、という圧を感じる。

ここで一回り年上の男性と手を繋ぐ必要性ってあるのか、しばし考える。

まぁ、助けるのが間に合わなくてこの人だけ落としてしまう、なんて事態になってもな……官吏業務でお世話になってることもあるし、籠手越しだし。細かいことだと気にしないことにした。

かくして、結構な高さまで階段を一緒に上った所で、気がついた。途中で石段がなくなっている。おまけにいつの間にか両側の壁もない。ここで行き止まりにするとは――

「ヴィレ！」

アイゼンの声にハッとする。下に視線を向けると、遠くからざわざわとした気配を感じる。石段を這うように光の波がうねりながら追いかけてくる。

コニーは小精霊に魔法の指示を出す。二人の周囲を凧型の光る楯が連なって包み、多面体で球状を形成。その両端に光る蔓草《つるくさ》が広がって翼を作ると、ふわりと石段から浮かび上がった。

追いすがるモノの正体が見えた。一メートル前後の細長い環虫魔獣の集団。発光しているのは、口腔を埋める無数の触手と、襟巻き状の鱗。

「クレセンワームですね」

コニーのつぶやきに、アイゼンが問いかける。

「昨年末、城の地下で大量討伐したという……あの人喰いミミズですか？」

「ええ、地下生物だからいてもおかしくはないと思いますが……」

偶然じゃないだろうな、と思う。翼をはためかせてゆっくり上昇する結界球。途切れた石段から、次々と空中に跳ぶ凶暴なミミズどもは——届くことなく落ちてゆく。

「もう手を離しても大丈夫ですよ？」

自身の左手をしっかり握っているアイゼンに伝えると——

「魔法の鎧をうまく使いこなしていますね」

彼は手を離すと、感心したようにそう言う。

「基本の使い方は、小精霊様に教えてもらってますから」

「——戦場では、マニュアルだけでは通用しない。特に魔法は戦闘センスに応用力ありき、だと私は思いますよ」

淡々とした物言いで遠回しに褒めてくる。

「恐縮です」

「ところで、その背中の荷物……ボルド団長の大剣だったと思いますが、重くはありませんか？

負担になるようであれば、持つのを代わりましょう」

親切心で言ってくれているのは分かる。けれど――

「これは〈師匠〉の古くからの相棒なので、わたしの手で届けたいんです。それに、力持ちなので大丈夫ですよ。お気遣いなく！」

正しくは元・師匠ですが……たとえ、教えてもらったのが彼流の基礎のみであっても、わたしにとっては生涯の宝。彼から最後にもらった『心で感じるままに行け！』は、わたしの座右の銘。わたしの剣師はボルド団長、ただ一人です。

譲れない気持ちが伝わったのか、彼は特に気分を害することもなく――むしろ、口角を上げて小さな笑みを浮かべた。

ほどなく壊れかけた石段と踊り場が見つかり、〈10〉の文字が描かれた木扉の前に辿り着いた。

「貴女《あなた》のお陰で十階に辿り着けましたね」

結界を解くと、二人は武器に手をかける。コニーは慎重に扉を押し開けた。

3　超・危険区域

木扉の先にあったのは、大広間への入口だった。

きれいに磨かれた床は、黒と白の菱形の大きなタイルが交互に並んで模様を描く。天井には明かりの灯る大きなシャンデリア。壁際は殺風景だが、まるで舞踏会場のようだ。

キンコンカンコーン！

甲高い鉄琴の音が響いてきた。

「あ〜、テステス……オッケェ〜っす……ゴホン！」

どこからか聞こえてくる若い男の声。

「え〜二名様、十階へようこそ！　アッシは奇才の魔道具職人ランチャーっす！」

コニーは耳を澄ませて声の出所を探すが、この場に誰かがいる様子はない。

「ここから先は、〈ドキワク超デンジャラスゾ〜ン〉となるっすよ！　製作者としては、ゲーム感覚で楽しんでもらいたいっす〜！」

「何のためのゲーム……？」

ヴァイザーの下で胡散臭げな顔をするコニーに、アイゼンが言葉を返す。

「敵の娯楽に強制参加、ということでは？」

声はテンション高く説明を続ける。

「上の階へ行くには、曲に合わせて光るタイルをステップするだけっすよ！　奥の扉をタッチできれば、このフロアはクリア完了っす！　制限時間は一曲分！」

キンコンカンコーン！

鉄琴が鳴り終わる。まだ大広間に入らず入口の手前にいた二人は、ぎょっとする。

一瞬で広い床は底が抜けて、はるか下にボコボコと煮えたぎる真っ赤な溶岩池が現れた。不自然にも菱形のタイルが一枚分だけ残り、宙に浮いている。そこへピアノによる演奏が流れ始めた。

コニーも知っているワルツだが、やけに間延びしたテンポだ。すると、先ほどのタイルは光を発し、ぴかぴかと曲に合わせて点滅――一歩ずつ進むように移動しながら道を作ってゆく。

魔法の鎧で保護されているコニーは特に暑さを感じないが、この場はかなりの高温らしく、アイゼンの涼しげな顔には汗が流れている。

「あの光る所を足場にして行くしかないようですね。ヴィレ、跳ぶ準備を」

「……ワルツ……」

嫌な記憶がよみがえる。三年ほど前、主の妃を迎えにいくため、詰め込みで侍女教育を受けた。その際にワルツも習ったが、唯一の不合格。冷や汗が出る。

「ヴィレ、大丈夫ですか？」

光るタイルの道は後ろの方から消えてゆき、三歩分だけ残った。そのまま一歩分繰り出すごとに、後ろの一歩分が消える。躊躇してる場合ではない！　これはダンスじゃない。ただのステップ、タイルを踏むだけ――

「いえ、何でもありません！　行きましょうっ」

「――では、今度は私が命綱に」

何かを察したらしいアイゼンが、コニーの左手をとった。

「この曲は三拍子です。私に合わせて足を出してください」

「お願いします！」

リードしてくれるというので、コニーはありがたくその提案を受け入れた。

すでに数メートル離れてしまったタイルへと、二人は助走をつけてジャンプする。タン！　二人乗ってもそれが揺らぐことはなく。足下の光が消える前に、次に光り出すタイルを踏む。律儀にアイゼンが三拍子を唱えてくれるので、一歩ずつ進み始めた。

目測でも百メートル以上はあるであろう先に、ひとつだけ両開きの扉がある。そこを目指すのだが、光る足場は右に左にと蛇行する。直線距離で進めないため気が焦る。足が三拍子以外で動こうとムズムズしてる。そこで、ようやくダンス不合格の原因に思い当たった。

——わたしがせっかち過ぎたせいですね。

だんだんと曲のテンポが上がってくる。光るタイルの点滅も合わせて速くなる。アイゼンは踏み損ねてしまわぬよう細心の注意を払って、手を引いてくれる。視界の端に捉えたのは、溶岩に浮かぶ獣らしき頭蓋骨。憑物士のものだろう。誤ってここに入ったのか。

……え、動いた？

憑物士の体はとても頑丈だ。魔力やフィア銀などの特殊武器でなければ死なない。灼熱の溶岩で、さすがに肉は溶けたのかも知れないが……多分、完全には死んでない。

残り三分の一の距離になると、もはや走る走る。跳ぶように走る。かなりの高速ステップになっていたが、スピードに慣れているコニーとしては逆についていきやすい。アイゼンも真剣な表情で菱形の光を踏む。曲が終わる直前——

バンッ！

突っ込むように、扉に二人で手をつく。ギッと軋んで開いた。扉の内側に勢い余って転がり込む。

その拍子にアイゼンとの手は離れたが、ようやく、危険地帯を抜け出たと安堵する。

ドバーン！

背後ですごい音がして振り返ると——溶岩池の真ん中が垂直に噴き上げていた。制限時間内に渡り切らないと、容赦なく沈められたようだ。

「……ありがとうございます、アイゼン様。足を踏み外さずに済みました！」

お礼を言うと、彼は少しだけ表情を緩めた。口角に浮かぶ仄かな笑み。

「ヴィレは足が速いのですね。鎧の魔法効果ではなく、素ですか？」

「えぇ、はい」

「そうですか。またひとつ、貴女のことを知ることができました」

え……と？　それは一体どういう……

「おや、向こうに階段があるようです。行きましょうか」

促されて進み始めるも、さっきの台詞《せりふ》は何だったのだろう、と首をかしげた。

☆

ランタンの魔法灯がほのかに照らす通路を、ふたつの人影が足早に行く。

「まさか、君と行動することになるとは思いもよらなかったよ」

リーンハルトはムスッとした顔で、目の前を行く銀鎧の男に不満をぶつける。

「大体、なんだって先に進んだはずの君がここにいるんだ？」

疑問に思い問うと「お前が追いついたからだろう」と返してくる。

ありえない。壊れた階段から転落し、数階分は後れをとっているのだ。その上――

「私はずっと、この階ではぐれたコニーを探していたから、君に追いつくわけがないんだけど？」

鎧の男は足を止めて振り向いた。うしろになでつけた短い黒髪に精悍な顔つき。その眼差しは鷹《たか》のように鋭い。

「ずっと？　お前は状況判断ができないのか？　彼女なら、上階を目指すに決まっている」

そんなことは分かっている。だけど――

「もしもを考えると、あそこから離れる踏ん切りがつかなかったんだよ！」

だから、彼女の気配が完全にないかを確かめて、上階へ行くつもりだった。うろうろしていたら、クロッツェに見つかり強引に連れ出されたのだ。

「ここにいるのは雑魚ばかりだ。少なくとも地上に近づくまで、手強いやつは出て来ない。結界での封じ込めができる彼女にとって、雑魚が多かろうと大した問題にはならない」

――まるで、彼女のことを分かった風に言う。すごくムカつく。

信じていないわけじゃない。だが、それと心配は別物のはずだ。

〈黒蝶〉である前に、コニーは一人の女の子で、可愛《かわい》い義妹で、大事な子なんだ！

敵の仕掛けた悪夢の中で蘇った過去の記憶。それもあって、彼女への想いはより深くなっている。

絶対に、こんな場所で失うわけにはいかない。

――そうだ、ムカついてる場合じゃなかった。コニーと合流するためにも冷静にならないと……

「ところで、ずっと気になっていたんだが……」

クロッツェがひた、と探るような眼差しを向けてきた。

「その顔の紅い紋様はなんだ？　敵に変な呪いでもかけられた訳じゃないだろうな？」

唐突に聞かれて、内心ぎょっとした。手足の右側に出ているのは知っていたが、顔にも出ていたのか――動揺を押し隠し、「蕁麻疹《じんましん》だよ」と笑みをはりつけて答えた。

「……蕁麻疹？」

怪訝な顔をされたので、軽い調子で続けた。

「私はある事件をきっかけに、肉食系女子が苦手になったんだ。アレルギーが出るほどにね！　闘技場には異形になり果てた女性もたくさんいた。そのせいだよ」

「……それは、思った以上に深刻だな」

再び歩き出す。二又《ふたまた》の道をすっと、彼は左へ向かう。分かれ道の度に迷いなく進んでゆくので、特に疑問も持たずリーンハルトもついてゆく。

「クロッツェ、君こそ何があって一人でいるんだい？」

聞けば、アイゼンと〈黒蝶〉長とは、〈ヒル人間〉の群れと戦っている最中にはぐれたらしい。

そして、ヒルの親玉グロウに会ったという。

「人外に堕《お》ちると、欲望のリミッターが外れるとはいうが……アレの場合は妄想まで爆発していたな。ハルビオン国を自分の色に塗り替えるだの、ゆくゆくは大陸制覇するだの、訳の分からないことばかり口走っていた」

「大方、脳にナメクジでも詰まってるんだろう」

「ヒルじゃないか？」

「大した違いはないよ。何故、そこで仕留めなかったんだい？」

「その言葉、そっくり返す」

どうやら、思いのほか捕まえにくい相手だと知った。リーンハルトはため息をつく。ふと見上げた先にあるものを見つけて、足を止めた。

「待ってくれ、この四つ辻……さっきも通った所だ」

「気のせいじゃないか？　ここは似たような通路ばかりだからな」

「右角に吊り下がってるランタン……硝子《ガラス》にヒビが入っていたから、覚えているんだ。君はどうやって進む道を決めていた？」

「――近道を探していた」

「近道？　何か目印でもあるのかい？」

「あぁ、見れば分かる」

微妙に目線を逸らして言う。怪しく思ってよくよく聞けば、地下の最下層に捕らわれていた〈黒蝶〉長を助けた際に、通路の突き当たりで転移陣らしきものを踏んで二度ほど移動出来たので、それが各階にあると思い探していた、と。

この迷宮じみて入り組み、だだっ広いフロアで闇雲に探していたのだと知る。

「君も人のこと言えないじゃないか！」

うっかり先導を任せた自分にも非はあるが……待てよ。そういや、いつだったか、主君ジュリアンが彼のことを「ひどい方向音痴」だと言っていたような——

何故、もっと早く思い出さなかったのか！　いや、今は仕切り直しが必要だ！

「とにかく、〈運よく〉を当てにするのはやめよう。ここから先は私が……」

言いかけてハッとした。どこかで何か大きなものが移動している——音は聞こえない。だが、この感覚には覚えがある……これは、魔法発動時の魔力波動だ。もしかして——

思わず右の通路へと駆け出すリーンハルト。

「ダグラ——!?」

いくつかの角を曲がって見つけた部屋。足音を消し戸口から中を窺う。やけに明るい石造りの部屋だった。奥にぽかりと空いた出口から強い光が差し込む。大きな光る円盤が滞空していた。

あとを追ってきたクロッツェも目を瞠る。

「何だ、あれは……？」

「昇降機だ！　奪おう！」

部屋の床に合わせて停止した円盤から、五体の憑物士が降りてくる。次々と、それらを倒した二人は円盤に乗り込んだ。端には背の低い石柱があり、斜めにカットされた真上部分に五十個の数字が刻まれている。ひとつだけ白く光る数字があった。これが停止階だろうか。

「現在地が地下二十二階、ということかな……？」

闘技場より二つ上の階に来ていたことになるのか。

試しにひとつ上の数字を、手袋越しに触ってみる。すると、音もなく円盤は一階分だけ上昇して停まった。クロッツェが石柱を睨んでつぶやく。

「これで地上に出られるかどうかだな」

出来たら楽ではあるが――そう、うまくいくかどうか。

リーンハルトは頷き、〈1〉の数字に触れる。その上昇は、十階でぴたりと停まった。それより上階へと円盤が動くことはなく――リーンハルトたちは諦めて、そこから降りた。

フロアへと移動してから、通路に出てまっすぐ進むと扉があった。行き止まりだ。取っ手を掴んで、そっと開けると――

キンコンカンコーン！

どこからか鉄琴の音が鳴り渡り、〈ドキワク超デンジャラスゾ～ン〉の案内放送が始まった。

4　続くデスゲーム

追手が来ない代わりに、コニーたちの行く手には面倒な障害物が立ちはだかった。

都度、鉄琴が鳴り渡り、どこからか見ているらしいランチャーがふざけた口調で、煽り、茶化し、後出し説明を入れてくる。

九階フロアでは、床から天井までの高さが百三〇センチしかなかった。上半分に黒い茨のトゲが張り巡らすので、その下をほふく前進で進まなくてはならず――

　これ、軍隊訓練のメニューと同じじゃないですか……！

　コニーはムッとしつつも、鎧姿でほふく前進する。

［え～、たらたら進んでると体に穴が開くっすよ～？］

　半距離あたりで少し息をついて動きを止めると、背後から小さな人喰いミミズの大群が投入されてきた。とっさに結界で遮断してことなきを得た。

　八階フロアでは、複数の巨大歯車が床を埋めて横たわり、互いに噛み合いながらゴォンゴォンと回っていた。この上を渡らないと、奥の出口には辿り着けないようだ。間者らしき死体が歯車の端に引っかかったまま、ぶらんぶらん揺れている。

［あ～、アレは気にせずぅ～ちゃちゃちゃっと渡ってくださいっす！］

　はよ行けとばかりに煽ってくる。

　先のふたつの障害物をクリア出来た人が、ここで敗れるとは……ろくな仕掛けではなさそうだ。

　床に剣が転がっている。死体から落ちたのだろう。アイゼンがそれを拾って歯車の上に投げた。途端に急速回転を始める。剣はすっ飛ばされあちこちに叩きつけられて、終いには歯車の隙間に挟まりあっけなく砕かれた。ちょっと目で追えないほどの速さだった。

　――コレの上を渡るのはやめるべきですね。

　一旦、歯車の回転が緩やかになるのを待つ。アイゼンには結界の中に入ってもらい、コニーは魔法の中楯を出すとハイジャンプ、楯を叩きつけて中央の大きな歯車を破壊した。

「フゥオオ⁉　何しやがるんすかあああ‼」

それはこっちの台詞だ。

「壊せるものはこうして進んだ方がよさそうですね」

コニーがそう言うと、アイゼンは頷きつつも――

「ですが、魔法の鎧は魔力量が決まっていますから。無理はしない方向で行きましょう。ネモフィラに、不浄喰らい、影王子と強敵が控えています。次は私も打開策を考えますから」

「分かりました」

アイゼン様、クールで厳しいと噂されているのですが、実は気配り屋で親切なんですよね。

臨時官吏になった一年ほど前、女官服がなくて男性用の官服を着ていたら、退職した女官のものを渡してくれたことがある。あの頃はまぁ……多少、余計なことを言われた覚えもあるのだが……

基本的に悪気はなくいい人なのだ。

そういえば以前、彼からの相談に助言した事がありましたっけ。あれ以来、何も言ってこないので解決したのでしょうか？　気になりますね……

そんなことを思い出したものの、いや、貴族である彼に何度も意見をしてよいわけがない。あの時はあの時、なりゆきだった。今後も触れないようにしよう。

七階フロアに入ると、床には松明《たいまつ》が多く設置されていて明るい。目の前にはそそり立つ高い壁。楽に手足をかけられそうな突起がたくさんついてはいるが、先端は明かりも届かないほどに遠くて暗い。え、何十メートルある？

「今度はコレを登れとか言うんじゃ……」

「ハイハイ、次はこの壁を登るんすよ～！　魔法で壊すのはムリっすからね！　中に魔力耐性のある分厚い鉄板を仕込んでるっすから！　まぁ～やりたきゃやってもいいけど、貫通には時間かかるし、魔力もいっぱい使うようになるっすよ～！」

フロアの端に置かれた、コニーの背丈ほどある大きな砂時計。さらさらと砂が落ち始めている。時間制限があるということか。あれが落ち切るまでに、壁を乗り越えなくてはならないようだ。

登るか穴を開けるか、この二択どちらにするか――

アイゼンの意見を聞こうとすると、彼は長い指先を上げて示した。

「上の方に鳥の巣がありますね。魔獣鳥に待機させ、登り始めたらつついて落とすか、餌にするつもりでは？」

暗い上方に鳥影らしきものが見えた。向こうもこっちを窺っているようだ。かなり距離があるのににやけに大きく見える。遠近感がおかしい気がして目を凝らす。

アイゼンが傍《そば》に寄り、小声で提案してきた。

「ダンスフロアの時のように、制限時間内にクリアできなくても襲ってくるパターンかも知れません。先に魔獣鳥を片付けるのはどうです？」

「問題ありません」

コニーは頷く。アイゼンは彼女と同じフィア銀刀を振るい、砂時計の硝子を壊した。

パンッ！

軽い音を立てて砕け、一気に砂が床に零れ落ちた。音に反応した灰色の魔獣鳥が二羽、皮膜の翼を広げて旋回――ギュンと急降下してきた。

すごく速い！　それに大きい！　頭と胴だけで五メートル近い⁉

羽毛は一切なかった。尖った蛇の頭にムキムキの胸筋、鋭い鉤爪《かぎづめ》のついた太い脚で摑みかかってくる。しかし、コニーとアイゼンは怯《ひる》まない。むしろ、その脚を、皮膜の翼を曲刀で刈りにいき、無様に不時着したところを狙って蛇頭を討つ！

サクッと片付けた二人は刀をしまい、壁の突起を摑んでせっせと這い登る。真っ暗な折り返し地点を手探りで越えて、速やかに反対側へと下りていった。

「ハアアアッ⁉　何なんすか⁉　時速百キロで飛ぶ魔獣鳥ブッタ斬るとか――アンタらマジ人間っすか⁉」

ぎゃーすか騒ぐ声を無視して、扉を見つけてそのフロアを出る。

少し先に通路があり、階段へと続いていた。道なりに吊るされた魔法灯の下、アイゼンは乱れた前髪を払いながら言った。

「ヴィレの剣技は柔軟で美しいですね……死角を見せない速さも素晴らしい」

コニーと同じタイミングで魔獣鳥に斬りつけていたのに、こっちも見ていたのか。

「アイゼン様には及びませんよ」

コニーの剣技は、基礎にボルド団長の教えがあるとはいえ――その後は元・腕利き暗殺者の揚羽や、〈黒蝶〉の先輩にあたる梟《ふくろう》に師事している。ほぼ日陰の道を行く者の剣だ。

騎士の剣を極めた人に称賛されるのは初めてで――何となくこそばゆい。

「それだけの腕がおありなのに、どうして御前闘技大会には出ないのですか？」

アイゼンの剣技はボルド団長にも迫ると感じたので、コニーはそう尋ねた。

貴族ならば名誉の称号を手に入れるべく、そうした機会を逃さないものだが……やはり、アベル同様、文官の長として多忙を極めるせいだろうか。

「十五歳の時に、一度だけ出場して一位を獲ったことがあります」

「それは凄いです！」

十代半ばで一位とは……！　それって、御前闘技大会での最年少記録ではないですか！

「その翌年に、利き腕を負傷して近衛騎士団を辞めて以来――武を競う大会には出ていません」

「もしや、今もその後遺症が残っているのですか……？」

「十年ほどかかりましたが、ほぼ完治はしています。仕事が多忙というのもありますが……出場しない一番の理由は、見知らぬ女性たちに押しかけられることが煩わしいからです。まぁ、私が近衛騎士だった頃に、ジン・ボルドはいませんでしたから。彼が現役の団長でいる限り、私も含め誰も一位は獲れないと思いますよ」

最後はどこか楽しげに口角を上げた。後進たちには、まだまだ追い抜かせない存在なのだと言っているよう。

アイゼン様にここまでリスペクトされるなんて、さすがボルド団長ですね！

そこで不安がよぎった。彼は一体どこに囚われているのだろう？　何故、見つからないのか。何故、義兄たちと同じ場所にいなかったのか？

すでに殺されている……ということだけはない、と思う。城塞に突入した今日、合わせたように義兄とアイゼンは闘技場に放り込まれたのだ。こちらの救出が間に合わず、無力さを思い知らせようとしたのだろう。だったら、国一の剣豪であるボルド団長はどうなる？　――どう使われる？

すっごく嫌な予感がします！

階段を上がって、六階に着いた。扉に鍵でもかかっているのか？　取っ手はビクともしない。

コニーは取っ手に軽く蹴りを放ち、扉を開けた。

ビョオオオオッ

強い風が真正面から叩きつけてくる。そこは解放的に広い――一面の銀世界だった。

ちらちらと降り注ぐ大粒の雪。その結晶が見えるほどに澄んで凍えた空気。遠く白くけぶる地平線が見える――え？

「屋外？　でも、階段はそんなに長くはなかったし、まだ地下のはず……」

仮に外だとしても今は六月だ。見上げると分厚い雪雲に覆われていて、昼間のような明るさもある。すごくリアルな冬景色に、つい冑のヴァイザーを上げると、魔法の鎧で完全遮断されていた冷気が頬に当たる。

キンコン　カン　　　　コーン！

「ザザザ……テ……ス……テス……ザザ……ザッ……聞こ……す？　ザザザザザ……お……？」

ランチャーらしき声が聞こえてきたが、途切れ途切れだ。ノイズで聞き取りにくい。

「……のとこ……へ……出……ち……ハ、タ……ザザザザ――――……」

ぷつっと音声とノイズは途切れた。アイゼンは茫漠と広がる氷雪を、ぐるりと見渡す。

「出口と旗……とだけ聞き取れましたが……ヴィレにはどう聞こえましたか？」

「同じです」

「このフロアを出るには旗を探せか。それとも旗を避《よ》けろという意味か――」

「前者ではないでしょうか。危険な方へ誘導することはあってもその逆はないはず……アイゼン様は、ここが屋内だと思われてるんですね？　わたしは正直、少々混乱しています。転移魔法か何かで、わたし達だけ北国へすっ飛ばされたのではないかと……」

「私たちをアシンドラから弾くことは、黒幕である影王子が望まないでしょう。王家への復讐を目論むならば、忠臣を潰すまでがセットのはず。取りこぼせば後の禍根となりますから」

――仰《おつしや》る通りですね。

もしも、主を助けられず自分だけ生き残ってしまったら……コニーはきっと生涯かけて、影王子を滅するべく追いかけるだろう。

アイゼンは「推測ですが」と言って付け足す。

「先ほどの声の主は〈奇才の魔道具職人〉と名乗っていたので、擬似体験の出来る領域を生む魔道具でも作っているのではないか、と」

「地平線が見えるのはおかしいですよね。これも魔法による幻惑……でしょうか？」

「おそらくは茫漠感の演出でしょう。この寒気とも合わせて、厄介です」

アイゼンの鼻先が赤くなっている。コニーも冑の一部が開いてるだけで、体が異常に冷えてきた。

「さすがにこの雪は本物じゃないですか？」

彼はコニーの顔をじっと見てから頷いた。

「……そのようですね」

こっちの鼻も赤くなっているのかも知れない。

――厄介。なるほど、遭難のあげく凍死を狙っているのですか。

脳裏をよぎる毒々しく異形化した女。鱗に覆われた肌に、黒く染まった長い髪。巨大な氷魔法を撃ってきたネモフィラ。氷を操るなら雪を降らせるぐらい、お手の物では――

まさか、ここにいる⁉

思わず警戒して周囲を見回す。あ！

「アイゼン様、二時の方向に旗らしきものが――！」

それはかなり遠くにあったが、風ではためいているので認識できた。そこから真横に向かった十時方向よりやや手前、こんもりとした白い森を背景に立つ人影。敵か味方か分からない。何かせわしなく動いているような……

コニーは、小精霊に預けておいた小型の望遠鏡を出してもらった。

レンズを覗くと縦に伸びたり縮んだり、くねくね身を捩らせては宙返り。こちらが見ているのを知ってて、小馬鹿にしたように踊る。そいつは――

「ヒル男がこちらを煽っています……！」

このくだらないデスゲームのせいで、上階へ抜けるのにも時間がかかっている。旗が出口を示すものなら、さっさと出たいのが本音だ。だが、城に〈ヒル人間〉が潜入しているかも知れないと思うと――どちらに行くべきか逡巡した。

「あの男は神出鬼没です、この機会を逃がしてはいけません」

見透かしたように、アイゼンにそう言われた。

「ヴィレ、あの移動出来る結界球と、翼による飛翔、どちらが速いのですか？」

「翼の方です」

「では、先に行ってください。私はあとを追いかけますから」

「分かりました！　飛翔――」

白緑鎧は輝きを放ち、その背中に光る蔓草がまばゆい翼を形作ってゆく。

「武器では仕留めにくい相手です。結界による確保を！」

「はいっ！」

アイゼンの助言に頷き、雪を蹴って高く舞い上がると――コニーは一直線にヒル男を目指した。

5　氷雪地帯

どこもかしこも真っ白な氷雪地帯で、ヒル男を追いかけるコニー。

「フハハハハハ！　こっちだ、こっちだ！」

雪の中、体を三メートルぐらい縦に引き伸ばし、ぐりんぐりんと奇妙に踊る王様に扮した道化師グロウ。まだ距離はかなりあったが――

まずは、やつの動きを止める！

「魔法の中楯！　三倍加速！」

超豪速でぶん投げた。男は当たると思わなかったのか、直前に慌てた様子で避け切れず、見事、頭に命中。刹那、ぱかーんと頭どころか胴体まで縦に割けた。ド派手な黄金マントと紫の宮廷衣装まで真っ二つ。

「え……っ、どうなって……⁉」

コニーは唖然とする。しかし、男は倒れることもなく、そこに立ったままだ。割れた頭を左右に振り、やれやれとでも言いたげに肩を竦め両手を上げている。腹には魔法楯が刺さったまま――

わたし……悪夢でも見てる？

何かの見間違いなのか。コニーは男のいる場所まで飛翔で近づく。だが、あと少しのところで、突然の荒れ狂うような猛吹雪《もうふぶき》。一気に視界がホワイトアウトして、敵を見失う。

まだ近くにいるはず。翼を羽ばたいて飛ばされかけた体を立て直し、男のいた辺りに見当をつけて下りる。愛刀を抜いて探すも見つからない。

風はさらに強くなる。ついには目が開けていられないほどに。ヴァイザーを閉めると、寒さも遮断されて、少しホッとしたものの――だめだ。全然、周囲が見えないし、グロウの気配も完全に消えている。

口惜しいが、アイゼンの身が気になる。一度戻って彼を結界で保護しなくては、凍死しかねない。

戻ろうとしたが、方向が分からない。

あああああ！　どうしよう⁉

敵の思う壺に嵌まった気がしてならない。

「アイゼン様ーっ、どこですかー⁉」

先の見えない吹雪の中を飛び回ること、しばらく──途切れ途切れに声が聞こえてくる。

言い争いをしているような感じだ。白い視界の中、聞き耳を立ててそちらに飛んだ。

「大体、なんで経理室長の君がここに来たんだ！　しかも、コニーと一緒に旅をして来ただなんて……！」

「陛下の信頼があるからに決まっているだろう。俺の実力を忘れたのか、三番手」

藍色マントが風に翻《ひるがえ》っている。銀鎧の黒髪の青年が見えた。その横にいるのは翡翠マントの騎士。

「油断してるがいいさ。次の御前闘技大会では、必ず君を引きずり下ろしてやる！」

「威勢がいいのは結構だが、まずはここから抜け出さないとな」

「君と心中なぞ御免だからな！」

「それはこっちの台詞だ」

大声で噛みついてるのは、もっぱらリーンハルトだった。

「あぁ、やっぱりもう少し下階をよく探すんだった。君が止めたりするから……！　コニーが見つからなかったら君のせいだ、コニーが怪我をしていても君のせいだ！」

どうやら、自分を探して敵地を徘徊する義兄を、アベルが連れ出してくれたらしい。

まったく、あの人は……

吹雪が弱まってきた。彼らの後ろに静かに舞い降りると、声をかけた。

「お二人とも、ご無事でよかったです！」

ぱっと振り返るアベルと義兄。同時にこちらに数歩踏み出しかけたものの――ハッとしたように動きを止めた。

ん？

二人は互いに視線をかわしあい、どこか戸惑ったような……緊張した様子でこちらを見てくる。

「どうかしました？」

首を傾げるコニーに、義兄が答えた。

「えっと、会えて良かったよ……ところで、君の母親はなんて名前だったかな？」

「は？」

妙な問いかけに目をまるくする。ダグラー公爵とコニーの母は再婚している。今や彼の義母だ。

それに、彼は母の魅了力によって振り回されたこともあるというのに……

「何です、藪から棒に」

「答えられないのかい？」と真剣な表情で聞いてくる。

「あなたもよく知っているミッシェル・ダグラーじゃないですか」

すると、アベルが義兄に向けて言った。

「皆が知らないことで真偽を問うべきだ」

真偽って何の……そう思いかけて気づいた。

「えっ、わたし、偽者か疑われてるんですか……⁉」

コニーはさっと冑を脱いだ。メガネは元より外してある。蛍光ペリドットの双眸を彼らに向けた。

普段は諜報員としては目立つ瞳を、特殊加工されたメガネで枯草色に変えている。このことを知っているのはごく少数だ。

「リーンハルト様、わたしの本当の目色を知ってますよね？」

これで自己証明になるかと思いきや。

「それは知っているけど……」

「俺も知ってはいるんだが……」

そう答えながらも、彼らの表情はまだ硬い。あれ、アベル様に見られたことあったかな、と思いつつも――それでもダメってどういうことだ。

冑を両手に持ったまま困惑する。何か他に証明できるものは、と考えていると、今度はアベルが慎重な様子で問いかけてきた。

「コニー……俺との約束は覚えているだろうか？」

アベル様との約束、というと……

「あ、はい。王都に戻ったら、アーモンドの焼き菓子を差し入れする件ですね」

ふわっとアベルの表情が和らぎ、菫《すみれ》の瞳が輝く。

「間違いなく、コニーだ！」

「ちょっと待って！」

嬉しそうに歩み寄ろうとした彼を、義兄が阻止して割り込んだ。

「私との約束は？　もちろん、覚えているよね⁉」

焦ったように早口で尋ねてくる。

「……もしや、御前闘技大会を観に来てほしいと言っていた件ですか？　仕事があるからと、お断りしたはずですが」

「それは都合がついたらでいいって、言ったよね？　それじゃなくて！」

コニーは首をひねりつつ、また答える。

「お守りの腕輪のことですか？　あれも、お断りしたはずですが」

「違うよ、いや、今でも君の手作りの腕輪はほしいけど……そうじゃなくて！」

前のめりに詰め寄ってくる彼を、アベルが止めに入った。

「ダグラー、もう本人だと十分分かっただろう」

「……あぁ、でも……本当に覚えてないのかい？」

「すみません」

そう返しながら、コニーは冑を被り直した。

義兄は目に見えてがっかりしている。その背後に、餌をもらい損ねたようなしょんぼり猫（血統書付きの長毛種）が視《み》える。たまに出るこの幻覚は何なのか。彼が猫系青年だから……？

「雪もやんだ。旗が見えている今の内に、進んだ方がいい」

アベルが示す雪原の向こうに、はためく黒い旗が見えた。コニーが最初に見つけた時よりは大分近づいている。三人は移動を始めることにした。

――少しだけ、義兄に申し訳ないとコニーは思う。本当は覚えている。〈約束〉という言葉こそ使ってはいないが……彼の秘密の修行場で、次の食事に誘われたことがあるから。おそらく、それのことだろう。

言わなかったのは、彼がコニーにのめり込み過ぎているから。コニーを想うあまり敵地で迷子になっていたなど、看過できるわけがない。彼が冷静さを失わないよう、適度な距離を取らなくては――薄情と思われるぐらいで丁度いい。

コニーは左側にいるアベルに尋ねた。

「どうして、わたしを疑われたのですか？」

「すまない、そのことなんだが……少し前に、偽の黒蝶長が現れたんだ。見た目も喋り方も、本人そっくりで……」

コニーの右側を歩く義兄も口を挟む。

「おまけに同じ臭いがしていたから、気づけなかったよ」

揚羽隊長、控えめに言っても臭ってましたからね。監禁生活が長かったので、仕方ありませんが
――

「リーンハルト様は特に臭いませんね？　そういえば、アイゼン様も……」

「……私たちは温泉に放り込まれたからね」

虚ろな顔で説明してくれた。防刃効果のある鎧下を脱がせるためと、闘技場で出た死体は雌《めす》の憑物士に下げ渡す、という敵の思惑があったからだと。

影王子の思考がえぐいですね……

アベルが、偽揚羽に出会った時のことを話してくれた。

地下六階で例の放送を聞き、旗を目指して移動しているところへ合流してきたという。些細なことでアベルと義兄が口論していると、いきなり背後から魔法で攻撃されたのだとか。寸前に、殺気を感じて避けると――『殿下を救う英雄は、アタシ一人で十分よ！　アナタたちは邪魔！』と叫んだらしい。そのあと、二人に攻撃されて逃げ去った。偽者だと判断した理由は――

「彼は重要な肩書きを二つも持っている。黒蝶長と魔法士団長。英雄になったとして、今以上に得るポストはないはずだ」

アベルに続いて、義兄も証言した。

「監禁中に彼とは度々話をしたけど、暗躍を楽しむタイプだと思ったよ。脚光や名声を欲しがるとは思えなくて」

コニーはふむふむと納得する。

「その偽者が他にも化けている可能性も考えて、わたしを疑ったという訳ですね」

「「本当にすまない……！」」

ハモりながら二人は謝罪してくる。

「大丈夫ですよ。それにお二方の言う通り、揚羽隊長は表舞台に出るのを嫌いますから、英雄の座を望むことはないと思います」

しかし、そうなると本物の彼がどうなったか心配だ。魔法士としての実力も折り紙付きなのに、たまに抜けているところがあるから。

積もった雪を蹴散らすように早足で三人は進む。義兄が懐中時計を出して言った。

「四時まで残り八分しかないな……」

あれから、グロウの姿が一向に見当たらない。まだ旗までは距離もある。

「結界球で移動しましょう」

吹雪も収まった今なら、上空からの方がヒル男やアイゼンたちも見つけやすい。

凧型の光る楯が連なってコニーたちを囲み、多面体の球となる。その両端に光る蔓草の翼が広がった。ふわりと雪面から浮上する。旗は小高い丘の上でひらめいていた。

グロウの体を縦割りにしたが、ダメージが全くなかったことをコニーは伝えた。

「攻撃がヒットしてもダメなのか……」

義兄が困惑したようにつぶやくと、アベルが「とりあえず」と打開策を挙げた。

「城の襲撃を止めるには、あいつの宣言通り〈捕まえる〉しかないだろう。俺たちでやつの気を引くから、コニーは機を見て結界で捕らえてくれ」

「分かりました！　あ、あれは――」

噂をすれば――丘の下、雪の上を滑走するヒル男がいた。

さらに、それを追うアイゼンと、ほっそりに見えてややマッチョな体軀を露わにした揚羽もいる。観賞魚のようなひらひら黒衣がなく、その下に着ていたぴったりした黒スーツ姿だ。

揚羽隊長……もしかして、偽者に剝ぎ取られたんじゃ……

義兄の鋭敏な嗅覚をも騙した臭いの元が、本人の物だったことに気づく。

結界球がグロウを上空から追い越すと、コニーは驚きに目を瞠った。

「あれっ⁉　頭も体も割れてませんね……？」

ただ、グロウの衣装が変わっていた。前に見たのは金と紫の配色だったが……白マントに白の宮廷衣装、ブーツ、帽子と……それだけなら雪に紛れて見つけにくいだろうが、極彩色豊かな刺繡が入ってるので悪目立ち。

アイゼンたちと挟み撃ちする形で、ヒル男の前方に結界球を下ろした。結界を解除して、武器を手にグロウの行く手を三人で塞ぐ。

コニー含め五名による総攻撃を受けながらも、軟体生物のような奇妙な動きで体を大きく伸縮させたり、ありえない角度に胴体をひねって、それらをかわして翻弄してくる。薄紫の顔に愉悦を浮かべて、挑発してくる。

「ハハハハッ！　この人数で、オレにかすり傷ひとつ負わせられないとはな！　がっかりだよ！」

コニーは一度、戦いの前線から退き、敵の動きを注視する。妙な事に反撃は一切してこない。

なんで逃げてばかり……？　時間稼ぎのため？　それなら姿を現さなくてもよかったはず……いや、今はとにかくあの動きを抑えないと！　結界の檻を作って――

恐ろしくすばしこいから、結界を閉じる前に逃げられそうだ。どうするか……そうだ！

胸甲の精霊石に宿る小精霊に頼んだ。

「わたしの言う順序で、長方形の結界檻を組み立ててください。側面の長さは……」

〈承知〉

少年の声が返ってくる。義兄たちの攻撃を避け身をひねって跳ぶ、まさにやつは〈高速で踊るヒル〉だった。調子に乗って幾度となく高く跳ぶ。今だ！

「敵の四方を結界で囲んで！　それから――」

グロウの周囲を光の大楯がぐるっと囲んだ。その上下にも同様のものがパパパパッと連なり、長い角筒となって伸びてゆく。慌てたやつは光の角筒から脱出しようと、素早く移動するが――その前に両端の出口を閉じる。コニーは仕上げの指示を飛ばす。

「最小サイズまで高速で、圧縮！」

蛇のように長い光の角筒は、すごい速さで縮んでゆく。閉じ込められたヒル男は、全方位から圧縮された。潰れて赤黒い液体が噴出し、原型を失って肉塊になるのが見える。

やがて、結界檻はダイス状にまで圧力をかけて小さくなり、最後は弾けて消滅した。冷静な目で最期までそれを見届ける。

よしっ！　これで城の襲撃は回避できた――！

シンと静まる空気に気づいて、コニーは周囲を見回した。皆、グロウが消えた宙に視線を向けたまま――驚愕の表情で固まっている。

「――やったわ……！　さすが、アタシの仔猫ちゃん！」

最初に我に返った揚羽が、嬉しそうな声を上げてコニーに抱き着いてくる。

さっきの〈間〉は一体……いえ、それよりも！

迫る揚羽の顔を両手で押し戻しながら、義兄を見た。

「時間は⁉」

彼はマントの内側から懐中時計を取り出して、「三時五十九分！」と答える。ぎりぎり間に合った。

アベルとアイゼンも、ほっと一息つく。

「よかったです、ヒル人間が暴れる前に被害を食い止められて――」

皆の顔を見回しながら言いかけて、丘の上にいるはずのないモノを見つけてしまった。

「ふふふふ……残念ながら諸君！　オレは、ここにいるのだよ！」

小馬鹿にしたような声が響いてきた。

嘘《うそ》でしょ⁉　何で――

グロウの衣装がまた変わっている。豪華な宮廷衣とブーツはオレンジで、マントや帽子は銀だ。

早々に復活して着替えた、なんてことは有り得ない。

さっき片付けたのは影武者？　にしては本物と同じ逃げ足の速さ……まさか！　わたしが魔法楯でぶった斬ったせいで、分裂した？　……つまり――

「「「「分身⁉」」」」

満場一致で重なる声に、グロウはにんまり。耳まで届く大きな笑みを見せた。

「あぁ、せっかくチャンスを与えてやったというのに！　王太子の側近でありながら、なんと不甲斐なきことか！　残念だが、時間だ！　これより、王城の襲撃を開始させるとしよう！」

マントをつまんだ道化師は優雅に貴族風のお辞儀をすると、丘の向こうへと姿を消す。

時間切れでも、あいつを消せばヒル人間も消える！　グロウは知られていないと思っているのだろうが――今が不意をつくチャンス！

コニーは魔法の翼を広げると、一直線にグロウのいた丘の上まで飛んだ。

義兄たちの止める声が聞こえたが、構っていられない。一息遅れて、飛翔魔法の風を纏った揚羽が追いかけてくる。

「仔猫ちゃん、待ちなさい！　深追いは――」

まだグロウはいた。こちらを振り仰ぐや否《いな》や、カッと目を見開き叫んだ。

「馬鹿め！　かかったな！」

ドンッ！

地面から突き上げる巨大な雪柱が、コニーを直撃。全身を撃たれて――コニーの意識は吹っ飛んだ。


何ですか、ここ……？

真っ暗だ。お尻の下はでこぼこした土。気絶していたらしい。

噴き上げる雪の中で、何かがぶつかってきた気がする。魔力の砲弾だったのかも知れない。まだちょっと頭がくらくらする。白緑鎧がなかったら死んでたかも……

小精霊に円形小楯を出してもらい、淡光で包まれたそれで周囲を照らす。真上に大きな穴がある。噴出した雪柱に撃たれて、空いたその穴に落ちたらしい。どのぐらいの深さなのか。

真横にも穴は繋がっているので、下の階に出られるのかも知れないが……そうなるとまた、時間も手間もかけて、〈ドキワク超デンジャラスゾ～ン〉を再クリアしないといけない。

「冗談じゃないですよ。ドキワクしてるのは敵だけじゃないですか！」

あぁ、それにしても……ちょっと頭に血が上っていました。敵を深追いして罠に嵌まるなんて。

戻ったら、揚羽や義兄にお小言を食らいそうだ。

――城の襲撃を食い止めたかった。ミリアムやハンナ、女中頭マーガレット、下働きで仲良くしてくれた人々の顔が次々と思い浮かぶ。こうなったら、もう――

「リフ、頼みましたよ！」

彼が〈黒蝶〉に返り咲くくらいの気概を持って、対処してくれるのを願うしかない。

背負ったボルド団長の大剣を落とさないよう、包みの結び目をぎゅっと締め直す。

コニーは魔法の翼を使って上昇した。すぐに黒い鉄板のようなものにぶちあたる。完全に穴が塞がれている。小楯から凧型の中楯に変えてもらった。

「そ――れっ！」

ドガンと強烈な一撃を見舞った。メキョッと鉄板の中央がへこむ。かなりの厚さのようだ。

「――せいっ！」

二度目の打撃で黒い鉄板を大きく貫通。が、まだ真っ暗だった。翼ではたはたと上昇していると。

キン　コン　カン　コーン
遠くからかすかな鉄琴の音。そして、小さく聞こえてきた女の声。

「ようやく旗の丘に到着したようね？　最終フロアは、この後ろの山頂に入口があるわ。二十分以内に着かないと雪崩《なだれ》が起きるわよ」

ネモフィラの声だ。やる事なくて暇なのか？　それに、あの性根の腐りきった女が親切に警告まですするなんて……いや、待てよ。後ろの山ってかなりの高さがあった、アレ？　全力で駆けても二十分以内に着くのは無理では？

「あ、でも、揚羽隊長の転移魔法で全員を運べば楽勝――」

「そうそう、背後には十分気をつけることね」

「！」

「誰が一番最初に地上の塔に辿り着くか、楽しみに待っているわ」

放送終了の鉄琴の音が遠ざかっていった。

背後に気をつけろ？　それって……偽者があの中にいる……!?

揚羽隊長は本物だった――と思う。そこは長年の勘というか、抱き着き方にも癖があるというか。隙あらば頬にすりすりしようとするセクハラ親父みたいな所があるので、つい顔から引き剝がすのが習慣になっていたから。じゃあ、残りの三人の中に？

アベルと義兄は一緒にいたから本物だ。達人レベルのアイゼンの刀使いを、偽者が真似できるとは思えない。いくら外見だけよく似せても……

「あ！」

大変なことに気がついた。あのメンバーで欠けているのは自分だ！

「なりすまされる前に、早く戻らなくては！」

だが、目の前にまた鉄板の蓋が現れた。

「ていっ！」

中楯をぶつけて破壊する。しかし、またその上にも鉄の蓋。

「えいっ！」

さらに、また鉄の蓋が――突破する度に何度も現れる。

――これは自分用に仕掛けられた罠なのではないか？

あのランチャーとかいう魔道具職人が作った罠よりも、菌糸が糸引くようなねちっこい執念を感じる。異形化したネモフィラとグロウの顔が脳裏に浮かんだ。どっちの入れ知恵か、なんて分かり切ったこと。

「これで抑え込んだつもりなんですか？　ふざけるんじゃないですよ！」

コニーは大楯に変えると、一度、深呼吸する。そして――

「首を洗って待ってろ！　ネモフィラあぁー！」

若干キレ気味に、邪魔な障害物を破壊しまくった。

◆城攻め再び

小聖殿での掃除を終えたリフは、洗濯場へと向かっていた。

もうじき四時になるので、洗濯物の取り込みをするのだ。近道しようと北東の森の中を歩く。

コニーから、女中業務を徹底的に叩き込まれて早二ヶ月、最初は激務のあまりストレスでコインハゲが出来たり、食欲なくて痩せたりもしたが——なんだかんだで、その無茶ぶりを体験したお陰で、人より多い作業も難なくこなせている。

——だからって絶対、藁色《わらいろ》なんかに感謝しないけどな！

洗濯場や調理場の監督役たちにも、褒められることが増えた。正直、悪い気はしない。

——って、いやいや、何言ってるんだ！　ぼくは絶対、〈黒蝶〉に戻るんだから！

女中として指導するのは半年間だと、彼女は言った。あと残り四ヶ月を切っている。本当は自分だって、王太子救出の旅に行きたかった。そこで活躍して、〈黒蝶〉に堂々と返り咲きたかった。

けれど、強く釘《くぎ》を刺されて反論すらできなかった。

『彼があなたに望んでいることは唯《ただ》一つ、再教育による成長です』

『わたしが帰ってくるまでに、蛹《さなぎ》になる努力ぐらいしておいてください』

はっきりと、足手纏いだと言われたからだ。

女中の仕事をうまくこなす努力なんかしたって、強くなるわけじゃない。なのに……そりゃあ、確かに『優秀な女中は敵地に潜入しやすい』のかもしれないけど。

「そもそも、ぼく男なんだけど……！」

だが、女装という屈辱も、最近では気にならないほど慣れてしまった。

「まぁ、それはぼくが可愛すぎるから仕方ないって言うか……」

頬にかかる短い金髪はサラツヤで、新芽色の大きな目はぱっちり、吹き出物とは無縁の白い肌、ぷるんとした桃色の唇。小顔で華奢《きゃしゃ》で手足はほっそり。あちこちで男に声をかけられるぐらいだ。

下心満載のプレゼントを押しつけられたことも一度や二度ではない。

気持ち悪いから、全部断ってるけどな！

それはさておき、このままでは「使い物にならない」と、〈黒蝶〉から永久追放になる。揚羽隊長に見捨てられる未来が濃厚だ。どうすれば……

『これは最終警告です。あなたの価値を作りなさい。でないと、芋虫は潰して山中に捨てられますよ』

度々、強烈なこの台詞を思い出す。それでも、具体的な対策は何ひとつとして浮かばない。

無為に時間が過ぎてゆく中——やはり、自分のことよりも、敬愛する揚羽隊長が囚われているだろう、戦地の状況が気になってしまう。言い寄る男の中に近衛騎士がいたので、それとなく聞き出したところ——救出隊によるアシンドラ城塞への突撃が、今日であることを知った。

そのせいだろうか、今朝から嫌な予感がずっと消えない。お仕着せのポケットに手を当てる。

魔除け札を十枚入れてきたけど……もっと持って来ればよかったかな？　なんか、すごく落ち着かないんだけど。これを藁色がくれた理由なんてひとつだろ。あの忌まわしい事件が再び起きることを予測して……

ふと、足下でアリの行列が見えた。何かの虫の死骸に黒々と群がっている。ポツ、と空から雫が落ちてきた。空が急速に暗雲に覆われてゆく。リフは洗濯場へと駆け出した。

「あ、リフ！　急いで取り込んで！」

「さっきまで、あんなに天気よかったのに～！」

洗濯女中たちと、外干しの洗濯物を大急ぎでかき集めて洗濯棟へと運ぶ。すべてが終わる頃には、かなり雨脚も強くなっていた。

「少し湿ってしまったわね、アイロン掛けで乾かしましょう。あと、三人ほど洗濯室の掃除をお願いするわ」

背の高い金髪美女のミリアムが、監督役として指示を出す。

「はいっ、あたしが掃除に行きまーす！」

仔犬のように元気なハンナが手を挙げれば、釣られたように近くにいた女中二人も「じゃあ、うちも」「わたしも！」と手を挙げる。彼女たちが洗濯室へ行くと、リフは他の女中たちと一緒に乾燥室へと入った。

暖炉でアイロンを熱しているため、室内は暑い。周りには山積みの湿った洗濯物。長引くほどに体力は削られ効率も落ちる。リフは袖をまくった。さっさと終わらせてやる！　その一心でアイロンをかけていると――耳につく騒がしさに集中力を削がれた。顔を上げると、皆が入口を注視している。外から言い争う声がしているようだ。

「何かしら、ちょっと見てくるわね」

ミリアムがアイロンを置いて様子を見に行こうとすると、さっき洗濯室に行ったぽっちゃりした少女が、転がりそうな勢いで入ってきた。

「助けて！　ハンナさんが襲われて――！」

まさか――⁉

リフは素早く部屋を出て、廊下向かいの洗濯室に飛び込んだ。そこにはラベンダー色の髪を振り乱して暴れ狂う女を、必死に背後から羽交い絞めで抑え込む女中と――床に転がる涙目のハンナ。片方の三つ編みがほどけて、その右頬には爪で引っかかれたような痛々しい傷痕。

――何これ、どういう状況だよ？

てっきり〈ヒル人間〉が襲撃してきたと思ったので、肩透かしを食らった。

「このドロボー猫！　よくもワタシの彼を盗《と》ったわね！」

「な、何のこと……？」

「はっ、しらばっくれる気⁉　ゲイル様に色目を使っておいて、よくも！」

「そんな人、知らないですぅ……っ！」

双方の発言で察した。勘違いによる修羅場か……

素直で優しい性格のハンナに、ヒトの男を盗る発想などないだろう。リフともよく喋ってくれるし、親切な女の子だ。しかし、ハンナの答えに女はますます激昂。羽交い絞めにしていた女中を、ものすごい勢いで振り払って突き飛ばす。

「この大嘘吐きが——！」

ハンナに飛びかかろうとしたので、リフはとっさに駆け寄り、女の後ろ襟を摑んで止めた。

だが、そこで女が両腕をぶん回し、リフの顔めがけて爪を立てようとしたので、摑んだ襟を右斜め後ろに大きく引いてから、手を離す。女はよろけてバランスを崩した。巨大な洗濯桶の角にゴンッと後頭部をぶつけてから、石床にへなへなと膝をつく。

歳は二十歳前ぐらい、胸の谷間を強調したフリル満載のワンピース。何度か女中寮で見かけた覚えがある。私服だから今日は休みか。

名前は、ザバ……ザブ……なんだっけ？　城女中って人数多いから、覚えきれないんだよな。

「うぅ、何すんのよ……っ⁉」

「いい加減にしろよ。ハンナは知らないって言ってんだろ」

相当痛かったのか、女は後頭部を両手で押さえ、俯いたまま叫んだ。

「アンタには関係ないでしょ！　ゲイル様が言ったんだから！　洗濯場で一番可愛い、十六、七歳の女が超好みだって！」

何事かと戸口に集まってきたミリアムたちも、女の言葉にポカンな顔をしている。

そのゲイルってやつは名指ししたわけじゃないのか。まぁ、洗濯女中で〈一番可愛い〉が該当するのはハンナになるよな……って、待てよ？

そこに男の声が響いた。

「ここにザビアーは来ているか？」

二十代後半の近衛騎士がやってきた。左側に伸ばした前髪をかき上げるキザな仕草。愛想のよさを感じる目許の小さな笑い皺。白い歯がきらり。入口にいた女中たちが道を開けると、すたすたとこちらに向かってくる。女がパッと顔を上げた。

「ゲイル様⁉」

「ザビアー、いきなり駆けていくから探したじゃないか。これからデートに行く約束だったろう？　何故急に……」

「そ、それは……この女、に……」

倒れたハンナに視線を向けたつもりが、その前に立っていたリフを〈初めて〉見る。そして、自身の勘違いに気づいた模様。

「あ、アンタあああああああ！」

同時に、キザな騎士もリフの存在に気がついた。

「おぉ、愛しの君！　相変わらずなんて可愛いんだ！」

ザビアーがいるにもかかわらず、頬を緩ませ鼻の下を伸ばしてくる。

……あ〜、ゲイルってこいつだったんだ……どうでもいいから忘れてた。

この時の、周りの女中たちの胸中はひとつだった。

ザビアーとデートするんじゃなかったんかーい！

「アンタだったのね！　このドロボー猫！　許さない！」

そう言って立ち上がりかけたザビアーを、キザ男は押しのけた。リフの前に片膝をついて恭しく小箱を差し出す。パカッと開いて見せられた中身は、小指の爪ほどの紫水晶がついた指輪。

「ハニー！　どうかこのプレゼントを受け取ってくれ！」

「ちょっと待ってゲイル様！　それ、ワタシにくれるはずだったんじゃ⁉」

カオスを呼び込むこの状況。今のうちにと、ミリアムがハンナをその場から回収してゆく。

女装したリフは、自他ともに認める〈美少女〉だ。故に、煩わしい男もよく釣れる。自身は色目など使うわけでもないし、むしろ、気持ち悪いと塩対応なのだが。

――こいつにしても、アシンドラの情報を探るのに、ちょっと話しかけただけなのに。

「そんなもの要らないし」

リフがすげなく断ると。

「じゃあ、これからディナーはどうだ⁉　城下の人気レストランを予約してあるんだ！」

「ゲイル様！　それ、ワタシのために予約してくれたはずでしょ⁉」

怒りで顔を真っ赤にして抗議するザビアー。さっき頭をぶつけたせいなのか、興奮しすぎなのか鼻血が垂れている。

リフの拒否も何のその、キザ男は小箱をこちらの手に押しつけてくる。鳥肌が立つし腹も立つ。

ガッと小箱を掴むと、開いてる窓から放り投げた。

「鬱陶《うっとう》しいんだよ、帰れ！」

「気に入らなかったか？　次は貴女の瞳くらい大きな宝石を用意しよう！　あぁ、ツンデレかわゆす……」

何でこんなのが王の近衛騎士になれるんだ、と思う。

「アンタなんてことを！　ワタシの指輪なのにーっ！」

「うるせーよ、ドブス。仕事の邪魔すんな！　お前も帰れ！」

デレデレのキザ男と、恨み節の女を追い出しにかかる。そうやって、ぎゃいぎゃいと騒いでいたから、気づくのに遅れた。周囲の女中たちが静かだ。いつの間にか、やけに部屋が薄暗く感じる。

「リフ……！」

ミリアムが強張《こわば》った顔で、しきりに手で何か合図のようなものを送っている。

何やって……？

騒がしい二人を除いて、皆の視線が開いた窓に向かっているのに気づいた。外は陽が落ちる直前のように暗い。空を塞ぐように真っ黒な雲が広がっていた。

あれ、まだ四時回ったぐらいだよな……？

雨はまだ降り続いている。けれど、いくら何でも暗すぎだろう。少し離れた栗の木の下なんて、もう真っ暗で何も見えない——いや、何かいた。闇の中に人が立っている。首から上が何か変だ。妙にうねうねしてる。髪が風に煽られてる？　風はない。あの不規則な軟体生物のような動きは……アレだ、ついに現れたんだ——だから、誰も声が出せずに硬直して……

まだ、あいつはこっちに気づいてないようだ。今の内に早く皆を避難させないと……窓がなくて出入口の少ない部屋はどこだった？　そうだ、奥の倉庫——

「ばっ、ばばばばっ化物がいるうう！　いやあああああああっ⁉」

外のアレに気づいたザビアーが、とんでもない金切声で叫んだ。それに反応したかのように、木立ちの下にいた人影が動き出した。

「やだっ、こっち来る！」

「きゃあああ！」

「助けてぇぇーっ！」

固まっていた女中たちが、今度はパニックで部屋から飛び出していった。

最悪だ！

リフはすぐに窓を閉じて、魔除け札でその境目を塞いだ。

到着した〈ヒル人間〉が、バンッと窓にはりつく。四つ割れした頭部の内側は肉色で、無数の突起と中央に咽喉がある。窓一枚隔ててそれが披露されたものだから、ザビアーはキザ男を楯にしながら絶叫しまくっている。〈ヒル人間〉はそこから侵入したいのか、札の魔力で防御された窓を、頭のヒダでバシバシ殴り続けている。

洗濯棟の出入口は三つ、加えてあちこちの窓も開いている。閉めて回る時間はない。

――絶対、一体じゃないはずだ！

リフが廊下に出ると、ミリアムが二階に逃げていく女中たちを引き留めていた。

「一階の倉庫に避難して！　二階は隠れる場所がないわ！」

倉庫へ行くと、意外にも殆どの女中が集まっていた。前回の異形襲撃事件を踏まえて、各職場で避難場所が決められていたことを――リフもようやく思い出す。だけど、事が起こるとすぐには思い出せないものだ。洗濯場の監督役であるミリアムが、逃げ惑う彼女たちに声掛けして誘導したのがよかった。

この部屋には窓がない。扉と換気口に棚や机でバリケードをつくる。ここにいるのは、リフも含めて十三人だ。

「二人ほど外に飛び出してしまったようね。近くの寮に逃げ込んでくれるといいのだけど……あら、ザビアーもいないわ」

点呼を取っていたミリアムが気づく。リフがそれに答えた。

「あの騎士に張りついてたから、大丈夫だろ」

城勤めの騎士は、人外を屠《ほふ》ることの出来る武器を所持している。

「異形の駆除が終わって助けが来るまで、ここで待機しましょう」

冷静な口調でミリアムがそう告げる。

「あぁ、寿命が十年ぐらい縮まったわ……」

「本当、逃げることが出来てよかったわ」

何とか危険から逃れたことで、女中たちは落ち着きを取り戻したらしい。先のおかしな修羅場のことをネタに、お喋りを始める。

「さっきのあの二人の会話、コントみたいだったよね」

「ザビアーって清掃担当だから、うちらとあんま関わることないけど……同じ担当の子には嫌われてるよ」

「ちょっと顔がいいからって、人を見下してるからじゃない」

「あの子、寮に入る前は城下で金持ちおじさんに貢がせてたって、自慢してたわ」

「女中になったのも玉の輿狙いかな？」

「近衛騎士が女中と付き合うのって珍しくない？　侍女とならともかく」

「遊ばれたんでしょ」

「あれって、リフが本命で二番目がザビアーだったってことだよね？」

「リフは男に媚びないから、逆に燃えちゃうのかもね～」

この状況でよくこんなに姦《かしま》しく出来るな……

最初はそう思ったが、彼女たちの顔を見ている内に、あえてくだらない話で恐怖心を振り払おうとしているのだと感じた。

「ハンナも災難だったわね」

それを聞いてはっとする。リフはハンナのもとへと近づいた。

「あいつらが突撃してきたの、ぼくのせいかも……ごめん」

「謝らなくていいよぅ。あの人たちが勘違いしてるのは分かってるから」

傷ついた頬をハンカチで押さえながら、彼女は微笑《ほほえ》んだ。

「それにリフ、助けてくれたしね」

「ハンナ……」

あの冷酷無慈悲な藁色の友人とは思えないほど、いい子だ……！

自分よりひとつ年上だけど、この笑顔とやさしさに癒される。

バンッ！

お喋りで若干和んでいた場が凍りつく。

バンッ　バンッ　バン！

バリケードを揺らすほどに扉が叩かれる。

「開けて！　そこに誰かいるんでしょ⁉　ワタシも入れて！」

ザビアーの声だ。さっとミリアムが扉の近くに行き尋ねた。

「騎士様はどうしたの？」

「外にあの化物たちが増えて、退治するのに出て行ったわ！　ワタシは隠れるように言われたの、だからここを開けて！　お願い早く！」

ミリアムは口を噤《つぐ》み考え込むように俯く。室内から声が上がった。

「入れてあげましょうよ」

「そうよね、いくら嫌なやつでも緊急事態だもの」

「待って！　あの化物、動物より知恵があったはずよ！」

「そうよ、近くに隠れて扉が開くのを待ってたりしたら、どうするの⁉」

ミリアムは「ここを開けることは出来ないわ」と、バリケード越しの扉に向けて言った。

「お願い！　見捨てないで！　開けて開けて開けてえええぇ！」

ザビアーの狂ったような懇願と、必死に扉を叩く音。

「見殺しにするの？」

誰かの責めるような声に、ミリアムは青褪めた顔で振り向いた。

「聞こえるのよ、彼女の声に交《ま》じって荒い息遣いが……！　だから無理！」

その言葉に全員が息を呑む。

どうする？　このまま倉庫に閉じこもり、騎士らが異形を片付けるまで待つのか？

リフは考えていた。藁色は女中業務以外のことをするな、と言った。だけど、五百枚もの魔除けの御札を自分に渡した。

――どう考えてもぼく一人が逃げ切るためのものじゃない。戦えということだ。少なくとも、自分のいる場所ぐらいは守れと。これは、〈黒蝶〉への再起を懸けたチャンスだ！　ぼくの有用性を証明できる！　やらない選択はない！

御札で出来るのは、異形の動きを封じることだけだ。仕留めることは出来ないから――

リフは大まかに頭の中で計画を立てた。

まずは、ここから一人で出ないといけない。ミリアムに協力を求めた。声を落とし、扉向こうの異形らに聞こえないように、「ザビアーを助けられるかも知れない」と伝える。やつらを御札で封じてくるから、そのタイミングであの女を室内に入れて欲しいと。

「魔除けの御札があるの？　でも、アレの仲間がいたら一枚や二枚じゃ対処できないわよ」

手元に九枚あると言うと、ちょっと不審な目を向けられた。普通に考えると、女中が御札を何枚も持っているのはおかしいのかも知れない。

「ある人から貰ったんだ。こういう事態を想定して……」

濁して答えたが、ミリアムは特に突っ込むこともなく作戦を受け入れてくれた。

棚によじ上って天井の一部を外すと、二階床下の空洞部分へと出る。異形が侵入しないように板を戻して、そこに御札を貼りつけた。壁際まで這って進み換気口を外すと、木に飛び移って地上に下りる。洗濯棟の裏口から一階廊下に入って、休憩室を覗いた。その奥に続く倉庫の扉前で——半狂乱のザビアーの懇願は続いていた。彼女の少し後ろに、花びらのように四片に割れた頭をくねらせる〈ヒル人間〉が一体立っている。そこから動く様子はない。

——あの女を襲わないってことは、やはり扉が開くのを待っているのか？

異形が身に着けているのは中流市民の男性服だ。犠牲になったのは下働きか、それとも城下から来たやつか。廊下から玄関フロアを見るが、そっちにあいつらはいない。

リフは息を殺して〈ヒル人間〉に素早く迫った。バッと振り向く〈ヒル人間〉の肩に、御札を貼りつける形になった。ゴトッと石化でもしたかのように硬直して倒れた。

——すごい、なんて性能のいい御札なんだ！

ザビアーが恐る恐るこっちを振り返り、倒れた異形とリフを見て緊張が解けたのか、膝から崩れ落ちる。ミリアムに扉を開けてもらうと、数人の女中たちが出てきて腰が抜けたザビアーを運んでくれた。

「ぼくは隠してる御札を取りに行ってくる。ここには戻らないから、もう一回バリケードしといて」

「え!?　ちょっと待って！　一体何を——」

止めるミリアムの前で扉を閉めると、リフは御札を貼りつけた。廊下からうねる影が近づいてくる。さっき確認したのに……階段の奥に隠れていたのか！

逃げ道を塞がれる前に、洗濯棟を出なきゃ！

廊下へ飛び出し、出会い頭の異形の胸に御札を叩きつける。そいつの背後から伸びてきた腕にも、一枚貼りつける。二体とも動きを止めて床に倒れた。

「うわっ⁉」

玄関フロアから、〈ヒル人間〉の大群がわらわらと廊下を一直線に押し寄せてくる。ポケット内の御札はあと五枚。足りるわけがない！

裏口から逃げ出し、近くに繋がれていた一頭立ての幌付《ほろつき》魔獣車に乗り込む。やつらを避けるため大きく迂回《うかい》しながら走らせて、洗濯場を出た。雨はやんだものの、やはり尋常でない薄暗がり。

空には漆黒の雲が重く垂れ込めている。それでいて真の闇にならないのは、城壁の向こう側が明るいからだ。つまり、不自然に高台にある城の敷地だけが雲で覆われている。

残り四百九十枚の御札は、リフの住処《すみか》である東の森の旧魔獣舎に置いてある。追いかけてくるやつらを撒いて何とか辿り着くと、二階の小部屋へと駆け上がる。〈黒蝶〉の頃使っていた、ベルト状の六連ポケットポーチに御札を全て突っ込み、腰に巻く。

「よしっ準備は出来た、戻るぞ！」

旧魔獣舎を出ると、森の出口に松明を持った警備兵たちが数人見えた。何か右往左往している。不審に思いながらも、異形の襲撃を報せるべく近づいて——ぎょっとした。森を出る一歩手前に、真っ黒な人が倒れている。黒焦げの死体だ。

「そこの女、止まれ！　森を出るな！」

声をかけてきた警備兵の説明で知った。

下働きエリアを含め、連なる北東の森と東の森、その側にある後宮にかけて――〈触れると一瞬で炭化する〉結界が、何者かによって張り巡らされているのだと。そのせいで、騎士も警備兵も森の中には入れないらしい。この死体は応援を呼びに行こうとした、見回りの警備兵らしく。

魔力のないリフに結界は見えないが、森の入口に伸びた死体の手首から先がないことから、そこが越えてはならない境界線――デッドラインだと分かった。

「じゃあ、こっち側にいる警備兵は何人？」

「今の時間帯だと二名ぐらいだろう。この結界が解除されるまで、どこかに身を隠しておいてくれ」

ほぼ孤立無援じゃないか！　さっきのアホ騎士も見かけないし――

「あれを、この子に伝えといた方がよくないか……」

「それは危険だろう」

「でも、外側からじゃ打つ手はないんだし……」

警備兵たちが何やら言い合っている。怪訝に思い問いかけると、やや躊躇いながらも彼らは話してくれた。城の魔法士らが結界に穴を空けようとしているが、難航しており――出来れば、そちら側で結界魔道具を見つけて壊してほしい、と。

「無茶言ってるのは分かってるんだけど、下働きの男らに頼んでくれないか？」

「広域結界には複数の魔道具が使われるはずなんだ。そのひとつでも壊してくれたら、穴の開いた所から俺たちも異形駆除に行けるから……」

ザッザザッザッ

道なき森の奥から、ヒトデ頭が走ってきた。大きく両腕を振りながら、やたらキレッキレのランニングフォームで——見た事ないほど速い。新種の個体かと思うほどの速さだ。

結界向こうの警備兵たちが青褪めて、リフに向かって叫ぶ。

「逃げろ逃げろ逃げろ！」

「早く行け死ぬぞ！」

「やべえぇ、あの子マジ殺《や》られるかも——」

最後の言葉にカチンときた。彼がしがみついて離さない——〈黒蝶〉としてのプライドを刺激されたのだ。次の瞬間、御札を摑んだリフは、〈ヒル人間〉に向けて猛ダッシュしていた。警備兵たちの呼び止める声を背に受けながら。

「お前なんか——藁色より、遙かにおっせぇーんだよ！」

バシッ！

やつの、びらびらの横っ面に御札を叩きつけた。

その後、彼が多くの異形の動きを封じて、下男たちが魔道具を探して壊したことで、恐るべき結界は解除された。出遅れた騎士や警備兵たちが、硬直して転がる〈ヒル人間〉にトドメを刺してゆき、下働きエリアでの恐慌は収束――

この事件がきっかけで、リフには〈御札女中〉というあだ名がついたのだった。

二章　凶戦士らのステージ

1　鎧女子と一般女子の違い

積もる雪に足を取られながらも、小高い丘へと急ぎ上るリーンハルト。

コニー、無事でいてくれ！

噴き上げた雪柱に撃たれた彼女の身を案じていると、背後からクロッツェに呼び止められた。

「待て、鉄琴の音が聞こえた」

遠くから聞き取りにくい女の声で放送が流れてくる。その内容は、丘の背後にある山頂に最終フロアの入口があり、二十分以内に着かないと雪崩が起きるというもの。背後には気をつけろ——と含みのある警告も。

「山頂だって？　絶対、間に合うわけないだろう」

リーンハルトが呆れたように言うと——

「揚羽殿の転移でなら、一瞬で行けるのでは？」

プラチナの髪と空色の瞳が、雪中でさらに冷たい印象を醸し出すアイゼンがそう提案する。

そのあと丘の上に着いた。先に飛翔魔法で飛んだ〈黒蝶〉長が、義妹を介抱しているだろうと思っていたのだが――妙な緊迫感で対峙している二人の姿があった。ヒル男の姿はどこにも見えない。

「リーンハルト様！」

義妹はこちらに気づき駆け寄ってきた。

「コニー？」

リーンハルトの背中にさっと隠れると、彼女はそこから〈黒蝶〉長を指差した。

「この人は偽者です！　わたしに危害を加えようとしました！」

強張った声でそう糾弾する。

その言葉にぎょっとした。さっきの放送の最後に言った意味を、瞬時に理解したからだ。

警戒の色を見せるアイゼンとクロッツェ。当の〈黒蝶〉長は慌てたように両手を振る。

「ちょっ、仔猫ちゃんたら、いきなり何言ってんのよ⁉」

「近づかないでください！」

こちらに踏み出そうとして義妹に叫ばれ、彼はそのまま踏み止《とど》まった。

「誤解よ！　ていうか、アタシ、誤解されるようなこと何もしてないんだけど⁉」

「いいえっ、私に魔法で攻撃を仕掛けてきました！」

「黒蝶の長殿、本当か？」

「また、あの時の偽者……⁉」

クロッツェとともに、思わずリーンハルトも疑惑の目を向ける。

すると、アイゼンが間に割って入り、彼女に問いかけた。

「どんな攻撃を？　その時の状況を詳しく話してもらえますか」

「倒れていたわたしに、炎の攻撃魔法を放ったんです！　わたしは転がって避けて……」

「――雪面に攻撃痕はないようですが？」

彼の言葉に、リーンハルトもさっと辺りを見回した。

本当だ、彼女が倒れていたと思われる跡は残っているが、それ以外はない。

「それは攻撃が地面を逸れたからです！」

そう反論して、彼女は自分の左腕にすがりついてきた。

「リーンハルト様なら、わたしを信じてくれますよね？」

ヴァイザーを自ら上げて、きらきらしたペリドットの双眸でじっと見つめてくる。

あれ？　と思う。可愛いけど、可愛くない。ぞわりと背筋に怖気《おぞけ》すら感じる、この既視感――瞳の中にゆらめく媚びる彩。自身が嫌悪する肉食系女子を彷彿させる。

彼女は微笑みながら、躊躇なく言い切った。

「あの偽者を斬ってください！」

「こ、仔猫ちゃん、うそよね……？」

ショックを受けている〈黒蝶〉長。

「――君はそれでいいの？」

こちらの問いかけに「もちろんです！」と、彼女は顔をほころばせる。

ないなー、と思う。敵を殺す時の彼女はそんな嬉しそうな顔をしない。第一、目の前にいる敵なら、誰かに頼まずサクッと己の手で片付けるだろう。

クロッツェとアイゼンに視線を向けると、二人ともこくりと頷く。魔獣槍を構え、刀を抜いた。

リーンハルトも魔法剣を鞘から抜く。

「え？」

義妹を騙《かた》る何者かは、三人から武器をつきつけられて頬を引きつらせた。

「ど、どうしたんですか⁉　刃を向ける相手を間違えてますよ！」

「間違えてなどいないよ」

にっこり笑ってそう答えると、クロッツェも殺気のこもる眼差しでつぶやく。

「危うく騙されるところだったがな」

「鎧女子と一般女子の違いを知らず、化けたようで」

アイゼンの台詞に、義妹の姿をした何者かは大きく目を瞠る――次の瞬間、口を歪めて舌打ち。

リーンハルトたちは同時に刃を振るった。

ドバンッ
偽コニーの周囲に雪が噴出する。まるで爆発物でも埋めていたかのように。

一瞬で視界を塞がれた。

ドバンッ　ドバンッ　ドバンッ！

絶え間なく雪が噴き上がる音が続く。その場からだんだんと離れてゆく。逃がすか！　と途中ま

で追いかけたものの——雪の噴出と音は、ものすごい勢いで雪原を駆けるように遠ざかってゆく。
雪煙が収まった場所には、奇妙な雪像の数々が残されていた。

☆

やっとの思いで深い穴を脱したコニーは、雪原エリアに戻ってきた。

小高い丘の端には、ぽこぽこと雪がたくさん突き出したような光景が見える。

あんなもの、さっきありましたっけ？

近づくと、雪像の群れだった。百三〇センチほどの寸胴な鳥っぽいやつが、丘を下り雪原の彼方まで何千何万体と並んでいる。圧巻。

何です、これ？

ややして、丘斜面に生えた雪像の間を上ってくる複数の人影が見えた。先頭に翡翠マントの騎士がいる。

「あ、よかった！　皆さん、ご無事で——」

血相変えて駆け寄ってきた義兄が、がしっと両肩を摑んできた。

「君が飼ってる猫は、何色で何匹⁉」

鬼気迫る顔で問いかけてくる。

あ、コレって、また疑われてるパターンですね。

もしかしなくても、自分の偽者に会って翻弄された後だったりするのか。

「黒猫が五匹です」

すぐ後ろに追いついてきた、黒髪の青年が視界に入る。彼も本物か偽者か分からなくて戸惑っているようだ。

偽者……どれだけわたしに似ているんです？

「私と猫、どっちが好き⁉」

怖いぐらい真剣な顔つきで尋ねる義兄。

「猫に決まってます」

「本物だ！」

満面の笑みで抱き着こうとするので、籠手のついた手で彼の顔を摑んでのけぞるまで押し返した。

「馴れ馴れしいですよ、ハルト義兄《にい》さん！」

「本物だな」

アベルがほっとした様子で笑みを見せた。少し遅れてアイゼンと揚羽も別々に合流してきた。

「本当の本当のほんっとうに、仔猫ちゃんなの？」

「なんなら、揚羽隊長の人に言えないアレとかコレとかソレとか、暴露しましょうか？　例えば、あなたの寝室には数えきれないほどの――」

「ストーップ！　その容赦のなさは本人だわ。アレとかコレとかソレとか、絶対言っちゃダメよ！」

地鳴りがした。義兄とアベルが、はっとしたように後ろの山を見る。

「雪崩が来る！」

「タイムリミットか」

「ここは一旦、空へ避難しましょう！」

コニーはその場にいる全員を翼のある結界球で包むと、雪崩が押し寄せる前に地表から離れた。

轟音とともに雪像群が呑み込まれてゆく。

「ところで、あの妙な雪像は一体何だったのでしょう？」

義兄らに聞くと、偽コニーが逃げる際に、雪面があちこちで噴出隆起して出来たものらしい。それで行く手を阻まれ見失ったのだとか。

「遥《はる》か南の島には、海を泳ぐペンギンという寸胴の鳥が棲息するそうですよ。子供の頃、図鑑の挿絵で見たことがあるのですが、それによく似ています」

アイゼンがそう教えてくれた。内陸のハルビオンにはいない鳥……何故そんなものを大量に模したのか、と謎が残る。

雪崩が収まるのを待って、山頂へと結界球を移動させた。正確には頂は尖った岩が天を突くような形なので、それより数十メートル下にある道で結界球を解いた。少し歩くと暗い洞穴があり、入口には〈引き返し不可〉と書かれた木の立札。洞穴の中はどちらも真っ暗だ。

揚羽が黒い袖に包まれたしなやかな腕を振り、魔法で発した炎の玉をそこに投げ込む。

その明かりで、奥に黒い扉が二つ見えた。それぞれ白い塗料で、上向きと下向きの矢印が描かれている。普通に考えると、上下階を意味しているのだろうが……

「引き返せない、ということは扉の中を確認しに行けないってことですよね」

コニーは四人の顔を見る。

「何故、わざわざ下階へ行く道を用意しているのか……だな」

「引っ掛けかな？　実は下矢印の方が上階へ行けるとか」

「どちらも内容が違うだけのデスゲームということも――」

アベルの疑問に、義兄とアイゼンが推測を口にする。揚羽が自身の腕をさすりながら言った。

「最後のゲームなら、とっておきの仕掛けを用意するんじゃない？　だから、引っ掛けはしないと思うわ」

体にぴったりな一枚しか着てない彼は、誰より寒そうだ。唇も青い。気の毒になって小精霊に預けておいた黒いフードマントを彼に貸してあげた。長身の揚羽にとってはかなり裾が短いし生地も薄いが、ないよりマシだろう。

「ありがとう、仔猫ちゃん。助かるわぁ」

いつものひらひら黒衣はどうしたのか聞いたら、不意打ちで飛び出してきた〈ヒル人間〉にむしり取られたのだという。

アイゼンが火玉に照らされた扉を見ながら、話を続ける。

「揚羽殿の言い分も尤《もっと》もですね。この矢印が見た目通りの道標であるなら、敵の狙いはリスク回避のため……と二手に分かれ人数を減らすこと、でしょうか」

まぁ、そんなに順調に行けるはずはない、と疑心暗鬼が湧きますからね。

「ここまできて戦力の分散はしない方がいいよ」

「敵はそこまで読んでいると思うぞ」

義兄と、アベルも意見する。

警戒することで考えが一周してしまいますね……

結局、上向き矢印の扉へ全員が向かうことに決まった。これも敵の計算の内であれば、これから起きることは大体予想がつくが、上階へ行くには避けて通れない。

木製の黒い扉の向こうは、まっすぐな石畳の狭い通路。そこにも火玉を浮遊させながら進む。最後尾にいた義兄が通路に踏み込むと、黒い扉は石壁に溶けるように消えてなくなった。ほんの一瞬の出来事だった。なるほど、〈引き返し不可〉とはこういうことか。

少し歩くと、今度は鉄の扉が現れた。〈2〉の文字が描かれている。

「地下の二階という意味でしょうか？　さっきの氷雪地帯は六階だったと思うのですけど……」

コニーの前にいたアベルが少し思案して言った。

「もしかしたら、だが……山頂まで上ったことで三階分は越えた、ということかも知れないな」

地上まで一気に近づいた。その分、妨害も激しくなるだろう。

「いい？　開けるわよ」

先頭の揚羽が鉄扉を押すと、そこも真っ暗だった。火玉をひとつ放り込んでも床の一部しか見えない。それで火玉を増やして中を照らした。円形の石部屋だった。けっこう広い。直径二十五メートルぐらいはありそうだ。真ん中に金属のテーブルのような円柱台があるのみで、他には何もない。

室内が奇妙な造りであることに気づいた。石床の中央に向かいやや凸面になっていて、石天井は逆に窪《くぼ》んでいる。双方とも同じ模様が溝のように彫られていた。円を八分割してそのラインに合わせて斜線が入っている。コニーの記憶に引っかかる。

「旋風を図形化したようなこの模様……どこかで見た覚えがあるのですが。どなたか、ご存じないですか？」

皆、知らないと言う。他に出入口はないようだ。先の鉄扉も全員が入った途端に消え失せた。例の鉄琴の音も、放送も聞こえてこない。

――行き止まり？　閉じ込められた？

突然、天井近くの壁が光った。〈600〉の数字が浮かび上がる。ぴこんぴこんと点滅したかと思うと、599、598、597……と一拍ごとに減ってゆく。

「次のタイムリミット……？」

義兄の言葉で、皆に緊張が走る。

「十分でここを出ろということか！」

「出口を探すのよっ！」

アベルと揚羽の言葉に、方々に散って探し始める。

「これ、すごく怪しくないかな？」

義兄に呼ばれて、近くにいたコニーは視線を向けた。室内の真ん中にでんとある、腰の高さほどの太い金属の円柱。最初はテーブルだと思っていたが、下部が床石の中にがっちりはめ込まれているし、椅子もないのはおかしい。何か仕掛けがあるのかと二人で触ってみるも、びくともしない。

一体何の役割があるのか……ふと天井を見上げると、真上に丸い穴があった。

それに気づいた義兄が、不穏なことを口にする。

「あそこ、ちょうどこの円柱が差し込めそうだね」

「そうなったら、わたしたち全員ぺしゃんこに潰れま──」

……待って？　真ん中の支柱、上下に彫られた溝……この構造って、豆を挽《ひ》くアレでは……

「石臼《いしうす》──!?」

思わず叫ぶ。同時に大きな音が重なった。

ガコンッ！

視線を向けると、壁に扉一枚分の出口が開いている。その向こうには、明かりの灯る通路。

え、どうやって開いて……

コニーは周りを見回す。出口とは反対側の位置にいる揚羽とアイゼン、その手が触れた壁がぼんやり白く光っている。そして、彼らから九〇度右側にいたアベルの右足の下、床石の一部も光っている。彼は右足をそっと上げてみた。フウッと光を失い、同時に出口の上から鉄板が下りてくる。

彼は素早く足を戻した。出口は半分になってしまった。

「これは……光る石を押さえたままでないと、出口は維持出来ないってことですか……」

カウントされる数字を見る。残り一分を切った。

「コニー、ダグラー、早く出ろ！」

アベルが怒鳴る。動かないコニーの手を義兄が掴もうとするが、彼女は振り払った。

「コニー!?」

揚羽からも叱責が飛ぶ。

「何やってんのっ！　ここはアタシたちで切り抜けるから、行きなさい！」

きっと、時間切れで天井が下りてくる。巨大な石臼で挽き潰すために。ただの石天井なら攻撃魔法で打破できるとは思う。

現にわたしとリーンハルト様が抜けても、二人が攻撃魔法を使えるし、揚羽隊長なら防御魔法も使える――それでも、ここから自分が抜けたらいけない気がする。

『最後のゲームなら、とっておきの仕掛けを用意するんじゃない？』

元暗殺者であるがゆえ、あらゆる窮地を潜り抜けてきた揚羽の懸念。それが今、コニーを引き留めている。

「わたしはここに残ります！　リーンハルト様、部屋を出てください」

「君を置いて逃げる訳ないだろうっ！」

カウントは〈0〉になった。

ゴオオオオォン　ギュルルルル

轟音を立てて部屋全体が揺れた。頭上で回転しながらゆっくりと迫ってくる天井に――禍々しい骸骨の描かれた魔法陣が浮き上がる。コニーはその圧力に備えて、楯の結界を連ねて傘のように広げた。

◆異形たちの裏作業

地下の十階から始まるゲームフロア〈ドキワク超デンジャラスゾ～ン〉を、「ありえねー感じ」で突破されている。

あれは〈楽しく拷問〉をコンセプトにという、影王子様のご要望で作ったモノなのに――

身の丈百三〇センチの大型ペンギンのような憑物士ランチャー。荒《すさ》んだ目つきがチャームポイント。彼は奇才の魔道具職人にして、影王子の片腕だ。

最初の男女ペアには、処刑の歯車を壊されたし、人喰い魔獣鳥も討たれた。

後続の男二人組には、最初の舞踏会場の仕様にキレられ、フロアそのものを破壊されてしまった。溶岩池は魔法剣で底をぶち抜かれて下階に流れてしまったし、天井と壁を破壊して落ちた瓦礫《がれき》を足場にして、やつらは次フロアへと進んだ。

そのあとの人喰いミミズを仕込んだ狭小フロアも殲滅、破壊。魔力耐性のある高い壁も下側に大穴を貫通。後続の仲間のためなのか――二人の男が競り合うように壊しまくっていた。

やばかったのは、後追いしている魔法使いもだ。個々が尋常でない強さを持っている。こいつら全員が集まったら、最終ステージの〈石臼刑の間〉まで突破されてしまう。

せめて、あの白緑の騎士……防御魔法の使い手がいなくなれば――

ランチャーは疑心暗鬼で殺し合いをさせようと画策した。自ら変身の魔道具を用いて、あの男だか女だかよく分からない魔法使いに化けた。地下のあらゆる場所に放した蛾の形をした魔道具〈盗視の蟲《むし》〉の目を通して、彼らの喋り方や関係性も摑んでいる。

だが、あっさり偽者だとバレてしまった。〈ヒル人間〉が奪ってきた臭い黒衣を身に着けていたのに――

〈氷晶の指揮官〉の指示で、即席で作らされた落とし穴。そこに白緑騎士が落ちた。

これ幸いと、今度はそいつの姿を借りた。当然のことだが、複写できるのは見た目だけのため、高位精霊の鎧の力などあるわけがない。だが、信頼度の高さと紅一点であること――これで、他の男どもを懐柔するのも簡単なはず。カマな魔法使いに濡れ衣を着せて、袋叩きで殺してしまえば、次フロアへ繋がる山頂へは辿り着けない！

――しくじった。また偽者とバレた。鎧女子と一般女子の違いってなんだ⁉　どっちも同じ雌だろが！

人間を真似るのは意外と難しい。ランチャーは必死に逃げた。いくつもの仮の姿を持つ彼にとって、ペンギンは今一番お気に入りの形体だ。飛べない鳥であるがゆえ、水搔きでペタペタ走るしかない。周囲はどこまでも白い雪原。視界が良好すぎる。万が一にと、備えておいた〈量産型ダミー〉を出現させることにした。雪中から際限なく生まれてくるペンギンの雪像群。今度は雪像に変身して、追手を何とかやり過ごした。

「ハァ～、やれやれ……とんだ目に遭っちまったっすよ」

魔道具工房がある地下十三階に、ランチャーは戻ってきた。

ベレー帽に研究者の白衣、体に見合わぬ小さな手羽で額の汗を拭う。

そもそも、自分があんな無駄骨を折るはめになったのは、憑物士どもや〈ヒル人間〉が役に立たないからだ。雑魚とはいえ数だけはいるくせに、ゲームエリアに入るまで敵の一人も片付けてないから――

「あいつらを指揮するイグアナ姫もヒル男爵も、ホンット役に立たねえなっ！」

つい声を荒らげて吐き捨てる。

ペタペタと廊下を進んで、工房内の制御室へと入った。城塞結界を一括で操作できる装置があり、敵の偵察や各階への放送もここで行う。奥の壁一面には四角い〈監視鏡〉がびっしり縦横に並ぶ。各フロアにいる〈盗視の蟲〉を通じて入った映像が、ここで集約して見られるのだ。

今頃、あの一行は〈石臼刑の間〉に到着しているはず。その前に下階（十階へ逆戻り）への分岐点もあるのだが、警戒心からそこで分散することはなかったようだ。

五名とも同じ道に進んで行き――そして、思っていた通りの結果となった。

天井に攻撃・防御の魔法を〈相殺する魔法陣〉を仕込んでおいたのだが――白緑騎士の魔力が強過ぎて、逆に魔法陣ごと石臼天井を破壊されてしまった。

何なんだよう！　こいつら！　アッシの力作の玩具ぜぇんぶ壊しやがってえええええ！

「憤怒《ふんぬ》うううううぅ――――！」

腹立たしさに寸胴を捩って身もだえする。

ランチャーは他人の不幸を味わうために、魔道具職人になったようなものだ。他人を騙す・殺す魔道具の開発製作に情熱を注いできた。城塞に侵入したこの地の管理者たちや、廃王子の監視にやってきた多くの兵たち、某国間者どもを血祭に上げた完璧な拷問エリアが――ろくに使い物にならなかった。悔しくて怒りで発狂しそうだ。

「憤号《ふんご》おおおおおおおぉぉ――――！」

「ちょっと、そこの寸胴ナベ」

「おおおぉぉ……お？」

真後ろに異形の女が立っていた。大胆なスリット入りの黒ドレスにピンヒィル、肌を埋め尽くす滑らかな蝶貝の鱗。背後から覗く爬虫類《はちゅうるい》の太い尾に、蝙蝠《こうもり》のような翼。闇より深い髪色は〈高位悪魔〉が宿る証《あかし》――

「……いつからそこに居らっしゃったんで？」

気配を完全に消してるから、全く気づかなかった。

「お前が留守の間、代わりに放送案内してやったでしょ？」

それって、四十分ぐらい前のことでは……ペンギンは青褪めた。

やっぺぇ！　さっきの聞かれ――

がしっ、と女の右手がランチャーの頭を掴む。至近距離で顔を覗き込まれる。

「誰が役に立たないんですって？」

「もちろんヒル男爵っす」

琥珀《こはく》に彩られた長い爪がブスッと額に刺さったまま、ぎりぎりと締めつけられる。

「――と、アッシっす」

「そう、自己分析できる頭でよかったわぁ」

ぐりぐりと穴を開けてから爪を引き抜く。そこからプーッと黒い血が噴き出した。

ベレー帽からにょきっと生えた白い蛙の手が、傷口の手当てをする。ペンギンの形は気に入ってるが、手羽が短くて使いにくいので作った帽子だ。ついでに、身を守るための魔道具や救急箱なんかも入っている。

イグアナ〈姫〉もヒル〈男爵〉も、悪魔の棲《す》む地の底〈地涯《ちがい》〉での階級を表す。ちなみに、〈氷晶の指揮官〉はその能力によって得た彼女の地位だ。つまり、〈地涯〉においては悪魔の万軍を率いる立場なのである。

――それが何故、人の世界に来たのだろう、と疑問ではあるが……召喚者は自身と似た悪魔を引き寄せるともいうから、よほど相性が好《よ》かったのかも知れない。人としての名は、ネモフィラという花の名前だったらしいが……そんなイメージは今や見る影もない。完全な悪魔化は済んでいないものの、その言動には生粋の悪魔っぽさがある。

自己中で自己愛の激しいところが……

彼女は指先についた黒い血を、ハンカチで忌々しそうに拭き取る。

「相変わらず、下等悪魔の血は腐った油みたいに臭いわ」

文句言うぐらいなら刺さなきゃいいのに。あと、これでも〈中位の上級〉悪魔なんすけどね！下等と一括《ひとくく》りにされる中でも、一番上なんすけどおおお！

すると、ちらりと鋭い視線を向けてきた。

「お前、感謝するのね。本来ならコレで仕置きしてやるところよ」

彼女は腰ベルトに提がる剣をなでる。その刃に宿るのは毒気を吐く怨霊。憑物士の頑丈な肉体すら溶かす威力があるのだ。

アッシがいなくなったら影王子様だって困るっしょ！

そう反論しようとしたが、相手に殺気がないことに気づく。

「今のあたしはとても機嫌がいいから、特別、不問にしてあげるわ」

「へ……ぇ？」

ランチャーは首をかしげる。先ほど〈監視鏡〉に映ったやつらが、最後のゲームフロアを突破した様子を見ていたはず。ランチャーを責めたり罵倒するならともかく……この状況でご機嫌、だと？

彼女は口角を上げてニマニマしている。どこか満足げな様子を不思議に思い尋ねた。

「何かイイことでもあったんすか？」

「ここに来る前に、影王子に呼ばれて行ってきたのよ。最終的な作戦の打ち合わせと――それから、ジュリアン様に差し入れをしたの。うふふ……」

目を細めて異形の女は笑う。何でも影王子からの許可もあり、予《かね》てから用意しておいた衣装を渡してきたのだと。

このとき、ランチャーの脳裏をよぎったのは、影王子の部下半分を占める女憑物士たち。闘技場で敗北した騎士らの死体を、奪い合うように貪《むさぼ》り食っていた。特に顔のいい男、体つきのいい男は大人気で……闘技場に出る前には影王子が必ず、騎士たちに着替えをさせていた。何のためかというと、身奇麗な方が部下のテンションも上がるだろうからと――

「あの王子様、もう喰っちゃうんすか？」

ブスッ。せっかく手当てした包帯の上から、また爪で刺された。

「何言ってるの、このゴミは」

違うのか。そういや、高位悪魔は人間食わないって聞いたことあるような……

「あたしが選んだ衣装を彼が着て、この戦いに勝利するあたしを出迎えるのよ！　想像するだけでぞくぞくするわ！」

妄想でニヤけが止まらないようだ。

……ちょっと、あんまりやつら見くびらん方がよくないか？

平静を装ったつもりだが、少しだけ、不安が漏れていたのかも知れない。

「お前の玩具《おもちゃ》はそれなりに、役に立ったわよ。あの女の鎧の魔力を十分消耗させた点でね」

鼻で小馬鹿にしつつも誉めてくる。地下一階の扉前に立つ者たちの姿が〈監視鏡〉に映った。

――おや、人数が減っている？

「……さてと、そろそろ準備に行くわ。あたしの出番まで、ステージはあと二つ。塔まで誰が辿り着けるか、楽しみね」

2　黒羊戦

光る結界の傘の上には、粉々になった瓦礫がみっしり積もっていた。

「どうなることかと思いました……」

「仔猫ちゃんが残る選択をしてくれてよかったわ……アタシの防御魔法だけじゃ、とても持ち堪えられなかったもの……」

石臼と化した天井が下り出した際に、現れた魔法陣。そこに描かれた骸骨がぱかりと口を開けて、結界の光を吸い込み始めた時には焦った。

『魔法を相殺しようと魔力を吸っているんだわ！』と揚羽が悲鳴じみた声を上げたので、コニーは結界維持のために強化を幾度か重ねた。そうしないと、結界が消えてしまいそうだったから。

初めは喜々とした様子で魔力を吸い上げていた骸骨だったが、みるみる膨れ上がり巨大化していき、三分もしない内に苦悶の表情を浮かべ――爆発して消えた。

「コニー、大丈夫なのかい⁉　かなり魔力を使っていたようだけど、体に負担とかは――」

白金髪の華やかな顔が、どアップで心配してくる。どさくさ紛れに手を握ろうとしたので、サッと引いた。

「平気ですよ？」

自身の魔力じゃないから負担になるはずもないし。

それにしても、彼の顔の紅い紋様……全然消えませんね。ずっと、あのままなんでしょうか？

「ヴィレ、鎧の魔力残量はどのくらいか確認できますか？」

プラチナ髪の御仁《ごじん》が現実を突きつけてくる。コニーが小精霊に聞いてみたところ——

〔現在、魔力使用量は全体の五〇パーセント〕

と返ってきた。残り半分か。先ほど結界強化に使った量が気になった。確認すると、なんと四〇パーセント。これにはさすがに愕然とする。

あの骸骨、とんでもない大食らいじゃないですか……！

小精霊の声は、コニーと魔力ある者にしか聞こえない。揚羽と——義兄の驚愕の表情。やっぱり、彼にも聞こえているんだ——と思いつつ、魔力残量を周りに伝えた。

「任せきりにして済まない。次は俺たちに任せてくれ」

申し訳なさそうに言う上官アベル。

「謝らないでください、全員が無事であることの方が大事です」

一定の条件下でしか開かない出口は、骸骨が爆発した影響で周りの壁ごと吹き飛んでいた。五名はそこから出て通路を進み始める。しかし、すぐに左右の分かれ道が現れた。しかも、右側の道のずっと奥で、小馬鹿にしたように両手をひらつかせ跳びはねて踊る人影が見える。

「あんのヒル男めぇ……！」

怒りを見せる揚羽に、冷静に状況判断をするアイゼン。

「――これで、一階への正しい道が分かりましたね」

あの男を仕留めれば〈ヒル人間〉は根絶する。こちらがそれを知っていることに、気づいたのだろう。追えとばかりに挑発してくるのは――

「わたしたちの戦力を分散させるつもりでしょう」

コニーの言葉に、「乗るか？」とアベルが皆に問う。揚羽とアイゼンが「行く」と答えた。

「アレを仕留めたら、すぐにそっちを追いかけるわ！」

実力はあれど割と感情的になりやすい揚羽なので、どんな時にも平常心のアイゼンが一緒なら安心だ。

「では、そちらも気をつけて」

アイゼンの空色の双眸が残る三人を見回し、コニーの前で止まった。じっと注視してくる。

「揚羽隊長とアイゼン様も、お気をつけて」

何か言いたそうな感じではあったが、揚羽が風の魔法を使って彼をも包み、ヒル男を追撃すべく飛んでいった。

コニーはアベル、義兄とともに左の道へと進んだ。ほどなくして〈1〉と描かれた両開きの大きな扉が現れる。ここをクリアすれば地上に出られる！　意を決して、扉を開けて中へと踏み込んだ。

青々とした草原が広がっていた――地平線まで緑一色。

これも氷雪のフロアと同じく、魔法で錯覚させているのだろうか。瑞々しい草の匂い。

風が吹き渡る中、異質な黒いモノが立っていた。全身を黒々とした鎧に身を包み、不気味な雄羊の面を模した黒冑を被っている。禍々しさを感じる螺旋の角は外側にねじれて、大きく開けた口は歯を剝き出し、眼を見開いた凶悪な貌《かお》が――こちらを向いている。

するりと、腰に提げた黒い長剣を抜いた。

「憑物士……？」

コニーの腕輪の魔除け石が光る。乳白色だったそれは、燃えるような赤色に変わっていた。

えっ、これって……!?

闘技場でアイゼンに会った時と同じだ。瘴気に反応している！

黒羊冑の男が持つ剣をよく見れば、うっすらと紫煙をまとっている。

あの色、あらゆるものを一瞬で腐食させる息を吐く〈不浄喰らい〉と、同じ濃度の瘴気では――

そいつはその位置から、剣圧とともに瘴気を飛ばしてきた。だが、幸いにも、三人とも高濃度の瘴気には対応できる術を持っている。コニーは高位精霊の鎧、アベルは魔獣槍、義兄は右半身を覆う謎の紅い紋様があるおかげで。三人の体に届く前に瘴気は霧散する。

直接、あの刃が体を傷つけでもしない限り、効果はないのだ。

それに気づいたのであろう、黒羊の男が駆け出した。白緑鎧が目立ったのか、一直線に迷うことなくコニーめがけて突っ込んでくる。彼女は魔法の中楯を出して構えた。しかし、すぐに両脇から武器を手にしたアベルと義兄が、男の斬撃を阻む。二人の同時攻撃に一度、宙に大きく弾き飛ばされるもくるりと回転し、驚くほどきれいに着地した。かなり大柄な体軀であるのに、恐ろしく柔軟だ。草地を蹴って、今度は義兄めがけて突進してきた。

「くっ！」

鋭く重い剣の威力に圧倒されるかのように、義兄は後退しながらも何とかその攻撃を捌く。男の背後から魔獣槍を繰り出すアベルだが、体をスッと捻っただけでうまくかわされてしまった。

「リーンハルト様！」

コニーが楯を使って、義兄と敵の間に割り込むも――鉄塊のような重い拳を楯に食らい、その衝撃で十メートルぐらい吹っ飛ばされた。柔らかい草地と鎧の防御力が高いため、あえてごろごろ転がってから止まる。手元を見て驚愕した。

うそでしょ、魔法楯が……裏側までへこんでる⁉

何という威力の拳なのか。いや、もしかして、あの男が着ているのも魔法の鎧？　それとも自身の魔力を拳にまとわせて……

黒羊男は執拗に、義兄ばかりを追い込んでいる。まるで、彼を最初に片付けるとでも決めたかのように――……あれ？　拳と蹴り、剣を繰り出す割合が半々だ。それにあの剣筋……

「この黒羊、ボルド団長じゃないですか――！」

アベルと視線が合うと、彼も頷いた。

――はっきり言おう。ジン・ボルドはハルビオン国一の剣豪だ。毎年の御前闘技大会で七年連続一位。ここ三年は次位のアベル、三位のリーンハルト。そして、彼に一時師事したコニー。自分たちが敵う相手ではないのだ。今は三人で対応しているから、何とかぎりぎり持ち堪えているだけ。

コニーとアベルで邪魔をしているとはいえ、すでに義兄の息が上がっている。

「アベル様！　あの人を隔離します！　タイミング合わせてください！」

「分かった！」

義兄の剣が弾き飛ばされた直後に、「今ですっ」とコニーとアベルが、彼らの両脇から突っ込み、魔獣槍とフィア銀刀で攻撃を仕掛ける。軽くいなすように刃を弾いてくる黒羊男。コニーは一瞬の隙を突いて「三倍強化、大楯！」と、強度を上げた魔法楯で体当たり。相手の視界を大きく塞いで、義兄とアベルから引き離す。さらに小精霊に指示して、黒羊男――もといボルド団長を、結界球の中に閉じ込めることに成功。

ガンガンガンガン！

内側から拳や剣で殴って暴れている。これにも三倍強化の魔法をかけておいた。

「ジンは一体、どうなってしまったんだ……」

荒い息をついて顔を曇らせる義兄も、戦っている間にボルド団長だと気づいていたようで。

「わたしたちのことが分からないようですし……敵に洗脳されているんでしょうか？」

「あの変な被り物が原因、ということはないだろうか？」

アベルは見た目も奇異な部分が気になるようだ。確かに、冑にしてはおかしな意匠だとは思うのだが。

「単に〈犠牲の羊〉という、くだらない人外ジョークのような気もしますが……」

「確実かは分からないし、冑を外すにしても難しそうだね」

義兄がそう返しながら、別の提案をしてくる。

「このまま閉じ込めて、援軍が来たら回収してもらって、城に戻って治療するのはどうかな？　裁定者もいるし……」

高位精霊イバラなら、魔性の洗脳を解くことが可能かも知れない。よい考えではあるが――

「それは無理です。長時間に及ぶ魔法の持続は、割と魔力を使うので」

今後、控える人外戦で自身が不利になる。そのことを伝えると、義兄も納得してくれた。

「そういえば、鎧の魔力残量もあと半分だと言ってたね……別の手を考えよう」

「今ここで対処しておかないと、先行隊や援軍に被害が出る。やはり、正気に戻す方法が必要となるが――」

アベルもそう言って考え込む。

さすがに敵もタダで地上に出す気はないらしく、ゲーム以上に難易度が高い――頭を抱えそうになったコニーは、左籠手に巻いたマクラメ編みの腕輪を見つめる。結界により瘴気が遮断されたことで、乳白色に戻った小さなまるい石……

「これを使うのはどうですか!?　イバラ様お墨付きの、超強力な魔除け石です！　不浄喰らいの瘴気も撥ね返しています！　彼の手首につければ、邪悪なものも浄化されるのでは――」

義兄とアベルも是《ぜ》と答えたものの、問題は剣を握る彼には隙がないということだ。

さっき隔離出来たのは三人がかりで、なおかつ寸前で魔法楯を中型から大型に切り替えたから。

ボルド団長が七年も無敗なのは剣の技量だけでなく、対戦者の戦い方を分析してしまうからだ。

よって、彼に同じ手は通用しない。

「その魔除け石、ぶつけても効果あるかな?」

「肌身離さず持っておくように、と言われたので……」

「体に留めないといけないのか……腕につけても投げ捨てられたら意味はないな」

鎧の隙間にねじ込むのも不可能だし──

「相手を気絶させるしかない」

「至難だろ、君だって一度も彼に試合で勝ったことないのに」

「──あの黒羊冑の口に入れてしまうのはどうですか? 手で取り出される前に、口の部分にだけ結界を張るんです。冑を脱ごうとするでしょうから、一斉に攻撃して気絶させれば……」

ガガガガガガッ!

異様な音に結界球を見れば──凶悪な羊面を小刻みに振動させながら、啄木鳥《きつつき》のように剣で結界を突きまくるボルド団長。彼の魔力はさして多くはないから壊せるはずがない、と思ったのも束の間──わずかにヒビが入った。一点集中の上、強烈な瘴気を纏う刃のせいか!

「結界をほきょ──」

バアァァン!

強化の魔法を使う前に、結界球が破壊された。

「コニーの作戦で行こう! ダグラー、俺たちで気を引くぞ!」

「言われなくとも!」

こちらへ突進してくる真っ黒なボルド団長を、アベルと義兄が各々の武器で迎え撃つ。鋭く鳴る刃の音。両者の攻撃を無駄のない動きで、彼はいなす。食いつくように、義兄たちは再度の攻撃を仕掛ける。

コニーはタイミングを計る。歯を剝き出して開いてる羊の口。しかし、動きのないコニーをも警戒しているようで、時々、羊の凶悪な面が、こちらの位置を確かめるように動いている。なかなか飛び込む隙がない。それなら、もっと相手を動揺させるなりしないと――正気のない人に？

義兄が視界に入った。彼の肌に紅い紋様が出た当初、虚ろだったことを思い出す。コニーの必死の語りかけで正気を取り戻した。覚醒時のワードは確か――

出来ることなら誰にも知られず墓場まで持って行きたかった、泥酔入浴事件の内容……

これで元に戻るとは思わないが、せめて動きを鈍《にぶ》らせることが出来たら――

コニーは息を吸うと、大声で呼びかけた。

「ボルド団長！　ハビラール砦の――砦の母様をご存じですよね！」

一瞬、彼の剣先がブレた。それをアベルの魔獣槍が弾く。義兄の剣が踏み込むも、片腕に装着した小楯で難なくそれを受け止め、すぐに攻めに転じた。

「赤毛の可愛らしい御方です！　彼女から、季節ごとにお手紙をもらってますよね！」

義兄へ繰り出した攻撃が空振りする。横から薙《な》ぎ払うようなアベルの斬撃を、かろうじて剣の背で打ち返し、ボルド団長は二人から距離を取った。

これはかなり動揺している。〈砦の母〉に関することは、彼の心に届いているのだと確信。

コニーは右手にフィア銀刀、左手に中楯を出して彼に向って突撃した。

「十年！　文通されているんですよね」「もちろん大事にされてるのでしょう」「例えば、寄木細工の文箱で厳重に保管して」「他人に触らせたくない、見せたくない――それはもう唯一無二の宝物のように！」

矢継ぎ早に彼の秘密を口にしながら、刃で打ち合う。自身が動揺していることに、戸惑っている――そんな感じがする。剣のキレを欠くには十分で、義兄らのサポートが入らずとも、一人でその剣を捌き切っていた。

「わたしも、直接お会いしたことがあるんですよ！　赤毛の御方に！　どんな話をしたか、興味ありませんか？」

「な、……にを⁉」

初めて発したその声は驚愕に満ちていた。

「コニー、避けて！」

背後からリーンハルトの声。相手の剣を楯で殴ると見せかけて反応した瞬間、脇腹に回し蹴り、相手の体勢を崩してから斜めに飛びのく。魔法剣から放たれた閃光の刃が、彼の腹部を直撃。大きく弧を描いて吹っ飛ばす。

コニーたちが駆け寄ると、草地に落ちた彼は仰向けに倒れていた。

気絶している？　瘴気の剣はどこかに飛んでいったのか、近くには見当たらない。

「今の内に腕輪をはめてしまいましょう。効果が出るまで、また結界で抑え込めば……」

アベルが警戒したまま魔獣槍を構え、義兄がボルド団長の右側の黒籠手を外していると——黒い鉄拳が唸り、義兄の顔を掠めた。起き上がりかけた黒羊の頭。コニーはとっさにその頭を掴んで地に抑え込むと、羊の口にズボッと腕輪を突っ込んだ。勢い良すぎて、本人の口にまで届いてしまった。時が止まったかのように静まり返る。

たしたし、とコニーの腕を軽く叩く黒籠手の主。コニーが手を引くと、彼は黒羊冑を外した。見慣れた野性味あふれる黒髭のおっさんが——ひどく憔悴《しょうすい》した様子で現れる。頭を左右に振り、ぺっと口から腕輪を取り出すと怪訝そうに眉を顰《ひそ》めた。

「それは、砦の母様から頂いた魔除け石です。差し上げますので、身につけておいてください」

コニーがそう説明すると、彼は目を瞠った。それから、そそくさと自分の手首に腕輪を巻いて留める。

「嬢よ……砦の母とはどこで会った？　あの人は、ハビラール砦から滅多に出ることはないはず、なんだが……一体どんな話をしたって……？」

不安げな様子で尋ねてくる。

「イバラ様のお客人として城に来られたので、苺パイを作って差し入れしました。お話は、パイのお礼と魔除け石についてですね」

「他には……？」

「それだけです」

彼はホッとしたような顔をする。もらった手紙を大事に隠している、ということを〈砦の母〉に知られていないことに対する安堵だろうか。そこにはやはり、〈叶わぬ思慕〉も隠しているからか。何かの間違いだと思いたかったのだが。

……赤毛の幼女様の御歳を考えると、何とも言えない気持ちになります。きっと、ろり……じゃない、何か理由があるのだと信じてます。

「あ、そうそう。これお返ししますね」

ずっとコニーが背負っていた布包みには、ボルド団長の大剣があった。

「済まねぇな、恩に着る」

彼はそれを受け取ると、腰の剣帯に吊るしながら尋ねてきた。

「ところで、ここはどこだ？　ジュリアン殿下は無事に城に戻ったか？」

彼が捕まっている間に起きた諸々の事情を、ざっとかいつまんで伝えた。

「何、だと……!?」

主君の監禁や、自身の部下たちが闘技場や〈魔性ヒル〉の寄生で犠牲になったことを知って、彼は怒りを顕わにした。

そこへ哄笑が響いた。見れば草原にぽつんと扉が立っている。〈1〉と描かれた両開きの大きな扉――あれはコニーたちが入ってきた入口だ。そこに王様に扮した道化師がいる。

「あぁ、何とも、情けない情けない！　こうも簡単に敗れるとは！　国一番の剣豪が聞いて呆れるぞぉ～！」

腹を抱えて笑うグロウは、耳まで口が割けている。揚羽たちを撒いてきたのか。

憤怒の形相となったボルド団長が愛剣を抜き、やつに向かって突進する。ひらりとマントを翻して、グロウは挑発するように跳びはねながら扉向こうへと逃げ出した。止まることなく追いかける彼を、コニーたちが慌てて呼び止める。

「ボルド団長！」

「待てジン、そっちは！」

「地下に逆戻りだ！」

彼は首だけ振り向いて怒鳴った。

「てめぇらはジュリアン殿下を探せ！　俺はやつを片付けたら、すぐに追う！」

猛然と扉を駆け抜けてゆくと——

ギイイイイィ　バタン！

勝手に扉は閉ざされた。すると、同時に草原の彼方に、別の扉が現れる。

「地上への出口でしょうか……？」

「やけにあっさり出てきたな」

「とにかく行ってみよう」

コニーはアベル、義兄と互いに顔を見合わせると、そちらへ向かって駆け出した。

最初に見た時は随分遠くにあるように見えたが、一、二分ほどで辿り着けた。そして、慎重に開けた扉の先は、やや狭い地下通路。魔法ランタンが設置されたそこをしばらく歩くと階段があり、四十段ほど上ると天井に真四角の蓋。特に何の印も数字もない。

「いいですか、開けますよ?」

先頭にいたコニーが、少しだけ蓋を押し上げると——光の差し込む緑の森が広がっていた。

◆少女の願い、這いずる闇の手

ゴトゴト　ゴトゴト
城塞跡地アシンドラを目指して行軍するのは、第一砦と第二砦の騎士千名。各々が後ろ足で駆ける立ちトカゲ魔獣にまたがり、長い隊列で粛々と進んでいた。その最後尾には、食料や武器を積んだ幌付魔獣車も複数台続く。

荷物の間で、水色のワンピースを着た女の子が膝を抱えて座っていた。

十二歳のドロシーは小柄で痩せているため、二つほど年下に見られがちだ。紺色の髪をふたつに結い、意思の強そうな灰色の瞳は、車の後部に広がる景色を見つめている。左隣にある樽の上には、十センチほどの液体の人型が座っていた。目鼻口はないのだが、スーピーと鼻風船を出している。

……これって寝てんの?

ドロシーは今の状況に至るまでの出来事を思い返した。

昨晩、悪巧みする男たち——ギュンター隊の会話を聞いてしまった。砦からの援軍の進攻妨害をすべく、メルミル河にかかる四つの橋を落とすのだと。

――援軍が間に合わないと、戦場に向かった姉御たちがピンチになる！

人生の軌道修正をしてくれた彼女のために、役に立ちたい――その一心で、朝から河を小舟で下り、四つ目の落ちた橋を前に立往生する砦軍に追いついた。

ドロシーは水の半精霊アスと、三日間だけの主従契約をしている。隣で寝ている水小人のことだ。彼女の額に刻まれた契約の印は、魔法使用時にだけ現れる。契約終了は明日の夜明け。ドロシーが主となることで、アスは大きな魔法を使えるのだという。その力で河を操り、砦軍を対岸へ送るつもりだった。

当然だが、初対面の子供がいきなり「協力します」と言ったところで、門前払いは目に見えている。だから、事前にアスと相談し――砦軍のトップにいる支部団長二人を説得することにした。

〈先行隊〉に故郷を助けてもらったこと、恩返しがしたくて旅路を共にしたこと、戦場が近くなるので別れたが、その後にギュンター隊の悪巧みを知ったことを話し――

『あたし、〈水の精霊使い〉なんです！　水を操ることなら大得意です！　ぜひ、協力させてください！』

真実と大胆な嘘を織り交ぜた。

白緑騎士だと知られたくない、と言っていた姉御の名はもちろん出してない。

それから、アスに命じて河の流れを空に跳ね上げてアーチ型に変えてもらい、河底に対岸までの一本道を作った。大軍が通るには時間がかかる。安全であることを証明するためにも、ドロシーはその道の真ん中へと立って見せた。

ここまでは、アスと話し合って決めていたことだ。半人半精霊の彼は幼い頃に人の姿に戻れなくなったため、二十年間引きこもりだったのだが……さすがに思考は大人のようで、事前にうまくいくよういろいろと助言をしてくれた。

最初は怪訝な顔をして渋っていた砦の支部団長たち。しかし、事態は切迫していた。五番目の橋まで回って夜遅くアシンドラに着くか、一か八かで目の前の河を渡り日暮れに着くか。しばし、二人で話し合っていたようだが――

第一支部団長の筋肉ムキムキな色黒のおじいちゃんが、ドロシーと一緒に河の真ん中に立つことで、試しに五名ずつ渡ることになった。対岸に着いたら、次の五名が渡るという感じで。こりゃ時間かかるな～と思いつつも――ドロシーが敵の回し者であった場合、突然、水の流れを戻して大切な仲間を失ってはたまらないからだろう。慎重になるのも仕方ない。

その間に、おじいちゃん団長から〈先行隊〉と旅した時のことを聞かれた。何を話すか迷った。隊長らが魔女の薬で子供になった話とか、姉御含めた〈黒蝶〉のこととか……？

でも、これは他人に言ってはいけない気がした。彼らが〈後続大隊〉にも知らせず行動していたからだ。そこのところは避けて、〈先行隊〉が故郷の町で悪党と憑物士らを退治したことや、〈先行隊〉のいた宿にギュンター隊が火をつけ大火災になったことを話した。

『死傷者は何人出たかの？』

『一人も出てません！　あたしの精霊が消し止めたので！　発火原因の魔道具の金属片も、彼が見つけたんですよっ』

『ほお、そうか。何の魔道具だったか分かるかの？』

『えぇと……確か、照明弾だったかな……と思います』

『それじゃあ、結構な爆発もあったろう。どうやって助かったんじゃ？』

『あぁ、それは室内で結界魔道具を作動させてたからで……』

そのあと、おじいちゃん団長は第二支部団長に話をしに行き、全軍に河底を渡らせるよう指示を出した。あれっ、と思っていると、戻って来た彼は言った。

『実は、あの火災の件は、ギュンターの悪行とともに情報が来ておってな。深夜、街の宿で起きた大火災であった割に死傷者なし、ということを不思議に思っておったんじゃが』

あ～、もしかして、隊長はあたしとアスのことは報告してなかったのかな？

行きずりの旅の同行者だったから、省いたのかも知れない。

目許に深いしわを作っておじいちゃん団長は微笑んだ。

『嬢ちゃんの矛盾のない説明で、納得したんじゃよ』

信用してもらえたようだ。メルミル河越えは無事終えた。

何かお礼をさせてくれと彼に言われたので、戦場近くの町か村で待機させてほしいと頼んだ。出来れば彼らの帰還ルートがいい。姉御に会って――

『先行隊の無事を確認したいんです！』

『そのくらいならお安い御用じゃ』

午後四時。あと二時間後には、城塞跡地アシンドラに到着する。

――これで援軍が姉御たちの助けになってくれる！

そんな風に安堵し、やり切った感とともに青い空を眺めていると、ガタンと幌付魔獣車が停まった。急に周りが騒がしくなる。御者席の方に顔を出して騎士に尋ねると――

「この先にある道が、岩石で塞がっているらしい」

そこは高い崖に挟まれた細い道であるため、撤去するのも困難な状況だという。先に魔獣単騎で速度を上げて進んでいた騎士たちも、すべて足止めを食らっているのだとか。

近くの村でしばらく待たされたあと、農夫から聞いたという迂回路《うかいろ》へ進むことになった。何でも、アシンドラ近くへ抜ける洞窟があるらしい。ドロシーはその村に置いて行かれることになった。

――まぁ、いっか。王都へ帰還する時には、姉御たちもここを通るだろうし。

とりあえず、村に宿がないか探すことにした。すれ違う村人がやけに暗い顔ばかりなのが気になる。途中、草むらの奥に向き合う男女が見えた。両方が暗い顔で俯きぼそぼそと会話している。

「本当にあの子は帰って来るの？」

顔を上げた男は、砦軍に洞窟の抜け道を教えた農夫だった。

「だが、あの洞窟に誘いこまなければ……分かっているだろう？」

「バレでもしたらまずいわよ。それに、騎士なら化物一匹どうとでもなったんじゃないの？」

不穏な台詞に居てても立ってもいられなくて声をかけた。

「おじさんたち、砦軍を騙したの？」

「い、いや、そんなわけ……」

「なんでそんな嘘を？」

「う、うるせえっ！　おれらの子供の命がかかってんだ！」

「あんた、黙って！」

妻らしき女は男を鋭くとがめる。はっとしたように男は口を噤んだ。

「子供……？」

そういえば、この村ってさっきから全然、子供の姿を見てないような。

焦ったように草をかき分けて出てきた女が、ドロシーの手の中に何かを押しつけてきた。

「ほら、これをあげるから！　あんたは何も聞いてない、いいわね？」

何言ってんの!?

反射的に振り払う。銅貨が地面ではねた。「待て！」捕まえようと手を伸ばしてくる農夫をかわし、ドロシーは一目散に駆け出した。

騎士にばれたらまずい？　洞窟に誘いこんだ？　子供の命がかかっている？　それって――

ギュンター隊がまた妨害工作を!?　あの夫婦の子供を人質に取って!?　きっと、洞窟に何か仕掛けてるんだ！　はやく、砦軍に知らせないと――

急いで洞窟を見下ろす崖まで行くと、最後尾の幌付魔獣車が入ってゆくところだった。

「もう全部入っちゃった、止められない！　どうしよう!?」

「オレ、行コウカ？」

体に斜め掛けにした革水筒から声が聞こえてくる。

「アノ洞窟ノ下、地下水脈アル、村ノ井戸カラナラ、スグ追イック」

「もう手遅れで敵襲に遭っていたら？　アスが巻き込まれ損になるかも……」

火事や河越えに大活躍してくれたアスでも、さすがに戦闘となると勝手が違うだろう。

「それに、あたしが近くにいないと大きな魔法は出せないんでしょ？」

「大丈夫、魔法ハ使エル。離レテモ相互デ、声ヲ送レルカラ、指示シテ！」

「──そんな便利なことが出来るんだ？」

村の広場にある共用井戸へと行き、水筒を逆さにして水の小人を水面に落としていると──さっきの夫婦がすごい形相で追いかけてきた。

「砦軍に知らせる気だ！　誰か、そいつを捕まえてくれ！」

広場にいた村人たちが反応して、いっせいにドロシーを捕まえようと押しかけてくる。

えぇっ⁉　まさか村中がグル⁉

「あっ、逃げたぞ！」

「逃がすな！」

まともに話せる大人はいないのか！　そんな願いはむなしく、出会う村人全てが追いかけてくる。

これ、捕まったら何されるか分からない！　それなら──

村を飛び出して、砦軍が入った洞窟へと向かった。背後から「あいつを止めろ！」と喚く夫婦も──何故か洞窟内までは追ってこなかった。

その後、アスから届いた〈声〉により、砦軍の先頭で起きていることが分かった。洞窟はかなり長かったようで丁度抜け出す直前で追いつき、行軍にストップをかけたらしい。まだ罠らしきものはなかったため、あの第一支部団長のおじいちゃんに、農夫婦の嘘や村人の異様な行動を話した。

そして、アスに洞窟の先へ偵察に出てもらう。

そこは五メートルほどの深さの窪地で、ごつごつとした巨岩に囲まれている。その奥は高い崖で行き止まり。アスは、岩場の後ろに憑物士が一体潜んでいると伝えてきた。ギュンター隊の裏工作ではないってことか。

偶然そこにいた、というにはあまりにタイミングが好過ぎたため、姉御が敵対する人外の手下であろうと思った。ということは、あの村人たちは人外に子供を攫われたのか。

それにしても、たった一体で騎士千人を相手にするとか……無謀じゃない？

「アス。そいつ、どんな姿してる？」

〔顔ガ尖ッテ、襟ガ大皿ミタイ……エリマキトカゲ、似テル〕

なかなか砦軍が洞窟から出てこないせいだろう。ややして、岩陰でウォーミングアップしているらしい、とアスが伝えてきた。手にした松明に己の息を吹きかけ、火炎を吐いている、と。

その様子を聞いて想像した。窪地に砦軍を誘い込み、そこで一気に焼き殺すつもりなのだろう。

火炎系の憑物士……なら、アスでも勝てるんじゃない？

前に一度、同じ方法でドロシーを殺そうとした騎士たちを、失神させたことがあるからだ。それに宿の大火災を消したのだ。火炎の反撃を食らっても抑え込めるはず。

ドロシーはやつを水で閉じ込めるようアスに命じた。

アスは液体だからこそ、変幻自在に大きさを変えられる。地下水脈を利用して敵の足元から噴き出して隙を突き、巨大な水クラゲとなって相手を呑み込んだ。松明の火は瞬時にして消えたが――エリマキトカゲ野郎は球状に体を膨らませると、水の中でガボボボボッと大きく空気を吐き出した。

〔有毒ナ可燃ガス、人ガ吸エバ、倒レル〕

「めちゃめちゃ危険じゃん⁉」

どんどん有毒ガスを吐き出して、水の膜を圧して穴を開けようとしている。アスも地下水脈を呼び寄せて、さらに水の壁を厚くして対抗する。いたちごっこになってると聞いて焦る。

これって、どうすれば……⁉

そこへアス経由で、おじいちゃん団長から伝言を受け取った。「憑物士を始末するから、上部に一点穴を開けてやつを水から出してくれ」と。

想定外の事態に考える余裕もなくなっていた。今もアスの中で有毒ガスがばんばん膨らんでいるし、憑物士は失神する気配もない。言われた通り、アスに指示を出した。

巨大に広がった水クラゲの上から、ガスがブシュ―ッと噴出する。その穴から体をねじ込んで脱出してきた憑物士を、おじいちゃん団長が剣で仕留めた――と、アスが伝えてきた。

「おおっ、やったじゃーん！」

有毒ガスは少しずつ放出すれば、大気で薄まりさほど害にならないという。アスは人のいない隣の山まで移動して、時間をかけて放出することになった。

その後、砦軍は洞窟をリターンして村まで戻ってきた。六人分の子供の焼死体を運んで。

村ぐるみで騙した真相は、昨日、山菜採りに村を出た子供たちが攫われ、後に現れたエリマキトカゲみたいな憑物士に脅されたのが発端だという。

『砦軍が来たら洞窟へ誘導しろ、そうすれば子供たちを返す』『砦軍に頼ったら子供を殺す』『常に見張っている』と。

敵に加担し行軍を妨げたことは、本来であれば厳しく咎められるべきこと。だが、子供の命を握られていたこととドロシーにより軍への被害は食い止められたため、不問とされた。

実際その活躍を見ていない村人らは、支部団長らに説明されてドロシーに対し謝罪と礼を口にしたものの、「はぁ、そうなんですか。そら悪かった」「ありがとうよ」と半信半疑なのか、まったく心のこもっていないものだった。

――支部団長や騎士たちには、頭を地面につけて号泣しながら謝っていたくせに。

追い回されたあげく疑われるのは理不尽でしかないが……子供たちを失った悲しみが大きいのだろうと、広い心で許すことにした。

砦軍は、また別の迂回路を探して進むことになった。ドロシーはこの村に留まるのが嫌で、おじいちゃん団長の許可をもらって、戻って来たアスと幌付魔獣車に乗った。

後味の悪さが残る。悪魔憑きは、対抗手段のない人にとって脅威でしかない――そう思い知る一件だった。

――あたしも、アスがいなかったら……

ひやりと背筋が冷える。

――でも、今まで魔法とか一切関係なく生きてきたのだし。いや、今後はスリも盗みもせず生きると決めたんだから……結界の外に出て、山菜採りとかで稼ぐことだってあるよね？

アスとの関係は契約終了までだ。あと残り半日。本当に今さら自分勝手なことだけど、彼を手放すのが惜しいとか怖いとか……思ってしまう。

「姉御みたいに強くなれば、こんな不安は消えるのかな……？　やっぱり、あたしは……姉御のお傍《そば》で生きていきたい」

ただ無力に、誰かの悪意に流されることなく、なにものにも屈しない強い心と力がほしい。

外を魔獣の単騎で並走する騎士らの声が聞こえた。

「今度の迂回路だと、アシンドラに着くのは七時頃になるって話だ」

「マジかー、一時間遅れだな」

「戦況はどうなってるんだろう？」

「それが、何度か現地にいる隊に通信魔法を飛ばしているのに、返信が来ないらしくて……」

どうか、姉御が戦地から無事に戻ってきますように――！

☆

魔道具の鏡に映し出されているのは、地下一階フロアでの戦い。

ボルド団長の闇堕ちが解けると、それを眺めていた影王子は黙り込んだ。

あの腕輪の石、確か人事室長が持っていたものと同じ。影の洗脳も一瞬で解き〈不浄喰らい〉の瘴気を退けるなど、とんでもない代物だ。王太子に近い二人が同じものを持つということは、こちらの戦略に対抗して用意されたものに違いない。

赤い炎のような魔力の色を発していた。裁定者イバラが与えたものではないだろう。大陸でも名の知れた大魔法士でもなければ作れないはず。そんな人物にツテがあったのか？　見えない所で大きな脅威となる何者かがいるような、そんな懸念を抱く。

また気になるのは、副団長の身に起きた異変だ。魔道具職人ランチャーに聞いたところ、あの体に浮かぶ紅い紋様は封じの魔法だという。体の内にいる〈何か〉が出ようとしているのを抑制するため表れたらしい。その何かとは分からないが――

「アレはかなり強力な二重封じっすから、人間にとっても相当厄介な――〈災害級〉のモノであることは確かっすね」

完全に封じが解けたら、世に災いを振りまくことになるということか。それも面白そうだが、こちらの計画にどう影響するか分からない。利用するのはやめておいた方がよさそうだ――今は。

焦ることはない、影王子の手には強力な駒が三つ残っている。

その一つ、〈不浄喰らい〉姉弟の弟ドーラ。〈上位上級〉の悪魔憑きだ。元憑物士であり悪魔化は完了している。イバラに始末された姉ゾーラは〈高位最下級〉だった。悪魔の魔力レベルは大別して四段階。上から高位・上位・中位・下位。さらに各位は上級・中級・下級（高位のみ、さらに最下級）に分化される。

ドーラは姉より魔力が一段階劣るが、姉同様、生物すら一瞬で腐らせる呼気を吐く。人類にとって未曾有《みぞう》の災厄に変わりはない。イバラがこの地まで出張ってこない以上、大陸で名を馳せた大魔法士でもない限り、滅するのは不可能だ。

とりあえず、脅威になりうる存在かも知れないと、〈大陸五大魔法士〉については前もって調べておいたが……この五名はいずれもかなりの高齢で、内一名は消息不明。日々こなす人外駆除の件数も少なく、王族からの依頼であっても、半年待ちは当たり前。やってくる確率はゼロに等しい。

万が一、来たとしても老いぼれなど、〈不浄喰らい〉とネモフィラの敵ではないだろう。

この二体の憑物士がいる限り、自分が負けることはないのだ。

それに、城にはもうひとつ貴重な駒を〈確保〉している。

ただ、誤算と言えば……最後の特別な〈黒きメダル〉をこの駒に与えたが、一向にこちらの思うようには動かなかったこと――だが、動かぬなら動かすまで。

影王子の闇堕ちの術から逃れることが出来るのは、外から差し伸べる救いの手があった場合のみ。

けれど、あの駒には――あの〈孤独な女〉にはそれがない。

二度目に送り込んだ〈ヒル人間〉は囮《おとり》だ。王族だけが知っている、秘密の隠し通路のひとつから侵入させた。その情報は、廃嫡王子ドミニクから吐かせた。腐りかけのパン一つと引き換えに。

城内で騒ぎを起こして、裁定者イバラの目をそちらに向けさせる。その間に駒を動かす。速やかに――そう、かつて不遇な学者ドジデリアにしたように、下僕として操る。そのために、影王子の分身も侵入させた。狙いは〈異腹兄〉である国王の殺害だ。

今度こそ、好機を逃さない――

「サテ、コチラモ、次ノ舞台ノ時間ダ」

殺された憑物士の骸とて無駄にはしない。ドーラの餌にして、その成長に役立てている。

地下を脱し、城塞の中庭に現れた三名が鏡に映る。

魔獣槍使いに、災い封じの騎士、そして、イバラの肩入れする白緑の騎士。

ダークホースになりそうなやつは、やはりこいつか……ドーラに確実に潰すよう、言っておかなくては。

3　立ち塞がる不浄喰らい

地下の階段を上って来たコニーは、天井の蓋をゆっくり押し開けた。

目の前に広がるのは、鬱蒼とした森。ブナの木々の上に、古びた屋根や朽ちた石壁が見える。ぐるりと森を囲むように建っているようだ。

「ここは城塞の中庭……でしょうか？」

森の上には、蜘蛛の巣のような薄衣の覆いがある。

「上空を結界が覆ってますから、先の草原のような幻覚ではなさそうですね」

辺りの気配を探りつつ外へ出た。日差しが白緑鎧に柔らかく反射する。陽の傾き具合から、夕方だろうか。続いて地下から出てきたのは義兄。白い騎士服の破れと――顔の紅い紋様が目立つ。空を仰いで瞳を細めた。

「あれが、生物を炭化させる結界なんだね」

最後に、銀鎧をまとい魔獣槍を手にしたアベルが出てくると、不審そうに問いかけた。

「ダグラー、視認できるのか?」

「え?」

「魔力のない者に結界は見えないだろう。俺には見えない」

この場にいる三人ともに魔力はない。だが、コニーだけは白緑鎧の恩恵を受けているため、結界を視認できる。リーンハルトは慌てて訂正した。

「いや、気のせいだったみたいだ! 薄暗い場所から急に出たから、きっと錯覚したんだと思う」

その様子を見て、コニーはもしやと思う。

白緑鎧の魔法を使うと、楯や結界などに魔力光が宿ったままになる。意図的に消すことは出来たが、地下では明かりとして使えたのでそのままにしていた。だから、彼も勘違いしたのだろう。見える結界もあるのだと。

自身に魔力があることを隠そうとしている義兄。ダグラー公爵家の根深い問題と察したが故に、コニーは踏み込むべきではないと判断した。貴族の家門に関わる秘密は、それを知った外部の者を許さず始末するのも厭《いと》わない。直感的にその類のものだと感じたからだ。

――ただ、パイ作りの時に聞いた……右手のアザが〈武運を招くまじない〉だと言っていたのは、嘘ではないと思ったのですけど――

彼自身、本当に知らないことなのか。あるいは、複雑な事情があって表面的なことしか話せなかったか。ともかく、これに関しては広めてはいけない気がする。公爵家の秘密だから、というだけではない。国の守護者たるイバラを彷彿するような、あの魔力の強さは尋常ではないから。

「まずは、ジュリアン様の居所を探さないといけませんね。確か、一番高い塔だと……」

「あれじゃないかな？　木々で隠れて見えにくいけど」

義兄が指差す方向を見ると、森の向こうに塔の先端らしきものが見える。視界で確認出来る範囲内で、他に塔は見えない。西日とは反対側に位置するから、東塔か。場所も分かったし、ここは効率的に――

「じゃあ、あそこまで結界球で飛びましょうか」

ザワッ
突然、森が大きく鳴った。コニーたちは警戒し、周囲に視線を向ける。塔のある方角、重なり合う木々の間がやけに暗い。一筋の光も差し込まないほどに見通しが悪いことに気づく。

まだ日が暮れてもないのに、そんなことってある？

地面が揺れた。森もざわざわと揺れる。

「「「!?」」」

のそりと、天に聳えるような巨人の男が、緑を突き抜けて立ち上がった。

ずたぼろの黒衣をまとい、青白い蛇肌が仄かに光る。白目部分のない真っ黒な目、だらしなく開いた口から絶えず涎《よだれ》をこぼす。黒々とした頭髪には少しだけ交じる灰色の筋。背中から突き出た白い刺は、翼になり損ねた骨なのか――

元は下位悪魔である〈不浄喰らい〉。だが、死骸を食らい続けることで、その魔力は高位悪魔と同等にまで進化する。うろうろと何かを探すような仕草をしている。

顔だけで三メートルあると聞いていたから、体長は二十メートルぐらいかと思っていたけど、これなら二十五はありそうだ。

……まさか、ちょっと見ない間に成長してる？

巨人は森の上空から吹きつけるように、瘴気の息を吐き始めた。コニーたちのいる場所とは真逆の、奥側へ向かって紫煙が立ち込める。何をしているのかと思ったが――

「東側ばかりに瘴気を吐いているから、塔へ行く道の妨害だろう」

アベルの言葉に納得だ。コニーは頷いて言った。

「まだ、こちらには気づいてないようです」

「結界球で飛ぶと、的にされやすいかも知れないよ」

義兄の言い分ももっともである。

三人一塊で動くより、二人が巨人の足止めをし、一人が主の監禁された塔へ向かうことになった。まだ高位悪魔憑きのネモフィラがいることを考えれば、必然的に白緑鎧で対抗できるコニーが塔へ。

「荷の重い役を一人で背負わせて済まない」

菫の双眸を伏せがちに憂うアベルに、部下思いのよい上官だと改めて思う。

「わたしは黒蝶ですよ？　主のために戦うは誉れです」

「俺も、貴女と共に戦いたかったのだが……」

彼は国王より〈不浄喰らい〉を倒すための魔道具を託されているので、この場を離れることは出来ない。

「おい」

「やっぱり、コニーについて行こうかな」

ぎゅっとコニーの右手を握ってくる、甘えの入ったきらきらスマイルの騎士。

その耳をひっぱり引き剝がすアベルは、ムッとした顔で吐き捨てる。

「あのデカブツを俺一人で仕留めろ、と言ってるのか？」

「陛下からの賜り物があるなら楽勝じゃないか？」

「魔力玉はひとつしかないんだ！　イバラ殿でさえ、王都に現れた不浄喰らいの消滅に、二度の攻撃が必要だったと聞いている。一発で撃破出来る保証はどこにもない！　お前が、フォローするんだ！」

「……分かったよ」

耳元で怒鳴られて渋々と承知する義兄。

アベルはくるっとコニーに向き直ると、険しかった眦《まなじり》を緩めて言った。

「あの巨人の目に入らぬよう、建物の中を通った方がいい。おそらく、東側は憑物士が多く待ち構えているだろうから、西側の建物から」

「はい、そうします」

「もし、危険だと思ったら無茶をせず、退くことも頭に入れておいてほしい」

「善処いたします」

この先の戦いが、無茶なしで勝ち取れるほど甘くはないと分かっている。それはきっと、彼らも同じ。「善処」という言葉に反応したリーンハルトも、真剣な表情で念押ししてきた。

「コニー、何があっても、君の命を最優先にするんだよ！」

二人が〈不浄喰らい〉のもとへと駆け出してゆく。コニーは西側にある朽ちた建物へと走った。道などなく、草木をかき分けて進むので、巨人は気がついたらしい。地を揺るがしながらアベルたちを追い抜いて――何故かコニーに向かってきた。

「えぇっ!?　何で――」

捕まる前に建物内に入ると、廊下を走る。建物の中央にある廊下なので、巨人の目は届かない。朽ちかけた石造りの内部には何もない。廃墟だった。ふいに横から飛び出してきた憑物士を、愛刀で斬り捨てる。数は少ないが時々現れる。やつらを討ちながら進んだ。

それにしても、いきなり目をつけられるとは……白緑鎧が目立つから？　悪魔憑きは精霊を嫌悪すると聞くのでそのせい？　あるいは、影王子から白緑騎士の抹殺命令が出ているか――

石床や壁が振動する。巨人と義兄たちがやり合っているのか。

建物と建物の境界線部分まで来た。そこから中庭沿いの廊下になっている。硝子のないぽっかりとした窓がいくつも並び、緑がわさっと侵入している。

外からも見えないし、通っても大丈夫……ですよね？

「「「「ウオオオオオオーッ」」」」

廊下の奥から雄叫びと足音を響かせながら、憑物士が集団で駆けてきた。

ん？

よく見ると、先頭の犬耳のやつが追われているような？　近づくにつれ、それが〈犬男〉に変装した革鎧の間者と知る。やつもこちらに気づいたようで――

「あっ、メガネちゃあああああーん！」

茶髪を振り乱し、童顔に満面の笑みがはじける。両手と背後の尻尾をブンブン振りながら叫ぶ。

「こいつら、ウッゼエの！　ちょい始末すんの、手伝ってくんなああい⁉」

うっぜぇのは、あなたなんですが？　いつの間に地上に這い出てきたんですか――

そう考えてピンとくる。もしや、別の出口があったってこと？

ズザザザザザザザ――

窓から突き出していた緑がいっせいに引き抜かれていった。巨大な手らしきものが、窓の外を薙ぐ。その場にいた全員が、「え？」という顔でそちらを見る。


ドオオオオオオン！

窓側の壁と天井が爆発した。否、巨大な拳が二度、三度と豪速で殴り込んでくる。

砲弾のような威力だ。茶色の駄犬も憑物士の集団も、内側に吹っ飛ばされ瓦礫で圧し潰された。

壁がごっそりなくなり、そこを覆っていた木々がなくなったことで見晴らしがよくなった。

上から影が下りてくる。巨大な手がぬうっと伸びてきて、何度か死骸を掴み出していった。

コニーは壊れかけた壁の内側にぴたりと身を寄せてから、外を覗き見た。

ドサッ　ドサッ
事切れた憑物士たちが降ってくる。あの巨人が手の平に載せた死骸を、指で撥ねているからだ。

……わたしの死体がないかチェックしてる？　アベル様とリーンハルト様はどこに……

駄犬の姿も見えない。掴み出されたのだろうか。そっと、その場を離れて階段を探した。さっき襲撃された廊下は一階だが、二階まで破壊された。三階まで上らないと廊下を渡れない。

「あれは……」

この城塞の見取り図を記した石板を見つけた。かなり大雑把なものだが、逆に位置を把握しやすい。コニーが今いるのが〈要塞棟〉で、一番大きな建物だ。

巨人に先ほど破壊されたのは、要塞棟の北側にある〈天守閣塔〉。その奥に〈厨房棟〉。そこから渡り廊下で東に繋がる二つの〈兵舎〉があって、南に下って〈武器庫〉。そこから細長い〈玄関棟〉が西に伸びてまた要塞棟に戻る。つまり、これらの建物は中庭を囲んで一周しているのだ。玄関棟の真ん中にある入口は、南西の城門へと道が延びている。

そして、肝心なのは城塞敷地の奥に位置する、高さの違う二つの塔。その間には〈空中橋〉がある。主がいるのは一番高い〈東塔〉。そこに辿り着くためには、ここから天守閣塔、厨房棟を通り抜けて、やや低めの〈西塔〉の上階へ行き、空中橋を渡らなくてはならない。

　天守閣塔と厨房棟の廊下は一直線に繋がり、中庭側に面している。先にも述べたように無事なのは三階より上。あの巨人に気づかれないように、静かに、速やかに渡らなくては——

☆

　コニーを追いかける巨人を止めるべく、魔法剣と魔獣槍で攻撃する二人。

　巨人は彼らを叩き潰そうと、執拗に両腕を振ってくる。不吉な灰筋交じりの黒髪を振り乱しながら、時折、涎とともに口から紫煙をこぼして——

「その槍！　全然、攻撃が効いてないじゃないか！」

　リーンハルトの文句に、アベルも言い返す。

「そっちこそ！　人のこと言えないだろうがっ」

「肉が分厚過ぎるんだよ！　心核にまったく刃が届かない！　槍の方が確率的にはイケるだろ⁉」

「目玉はついてるのか⁉　あの腕の動きが速過ぎて、間合いに入れん！」

　だからこそ、両者ともに魔法武器を飛び道具的に使い、閃光の刃を飛ばして斬りつけているわけなのだが——それでも、あの肉の分厚さに阻まれてしまう。しかも腕の動きだけがやたら俊敏で、一瞬見えなくなることも近づけない要因だ。

　リーンハルト自身も何度か魔法剣で直接攻撃を——と思ったものの、悉《ことごと》く失敗。悔しいが、実力

的には彼の方が上手《うわて》だと分かっている。だから、「槍の方が」と言ったものの、あっさり断られてしまい焦燥が募る。隙さえ出来ればあの巨人を倒す糸口もあるのに——やはり、早々にアレを使うしかないのか？　とリーンハルトは思う。

　突然、ぴたりと巨人は動きを止めた。コニーの入った西側の建物を、白目部分のない闇のような漆黒の目でじっと見つめている。そして、お前らの相手は飽きたと言わんばかりに背を向けて、三つの棟が連なる真ん中までのしのしと近づき——その壁を覆う草木を、太い腕で薙ぎ払い始める。

「何で……まだ、あいつはコニーを狙ってるんだ⁉」

「大方、高位精霊の鎧が邪魔で、先に片付けるよう命令されているんじゃないか？　影王子に」

「早く止めないと！　陛下からの秘密兵器は⁉」

「超・高濃度の魔力玉だ！」

　アベルは籠手の内側に巻きつけておいた小袋を引っ張り出した、そのとき——

　ドォン　ドォン　ドーン！

　それは豪速の殴り込みだった。建物の壁を殴ってぶち壊す巨人。

「しまっ——」

「コニーは⁉」

　やつは巨大な手を瓦礫に突っ込み、動かなくなった憑物士を摑み出している。手の平で何かを確かめるようにつつき、一体ずつ指で弾き落としている。

　二人はコニーがその場にいないかと、息を呑んで見つめた。巨人はきょろきょろしながら首を傾げ、一度落とした死骸を、また拾い集め出した。

「——コニーはいないみたいだ。瓦礫の下敷きになっていたら、アレが見つけただろうし」

リーンハルトは、ほっと小さく息をつく。

「あまり時間も経ってないから、まだあの辺にいるかと思ったんだが……うまく逃れたのか」

アベルも安堵し、小袋から銀細工の二枚貝を取り出した。

「魔力を漏らさない魔道具の入れ物だ。よって開封も一度きり」

「開ければ、敵に感知される可能性もあるってことか」

魔力のある者は魔力を感知できる。強い魔力ならなおのこと。〈不浄喰らい〉の動向を視界に入れつつ、緊張しながら二枚貝を開ける。中には二つの魔力玉があった。大粒の宝石のように美しい、六角形にカットされたオレンジ色の玉と、雫型の白緑色の玉が。巨人の様子を窺うも、こちらに対する反応はない。やつは拾い上げた死骸に、フウーッと唇を突き出し息を吹きかけていた。

瘴気で死体を腐らせている……？

その不審な行動に眉を顰《ひそ》めながら、アベルは口早に伝えた。

「陛下からはひとつだと聞いていたのだが……この白緑玉は、イバラ殿の魔力色だな」

「万が一に備えて、裁定者が用意したものかも知れないね」

「——ネモフィラは、これまでも執拗に黒蝶を排除しようとしていた」

「高位精霊のバックアップを受けたコニーには、強い警戒心と憎悪を抱いているはずだよ」

「『この白緑玉はコニーに——』」

同じことを考えていたらしい。台詞が被ったことに、ムッとして互いが口を閉ざす。

続きは言わなくとも分かる。これは彼女に渡すべきだと。

アベルは魔力の補塡《ほてん》をすべく、オレンジ色の魔力玉を魔獣槍に叩きつけて割る。しかし、〈超〉高濃度の魔力だけあって、すぐに吸収は出来ないらしく――槍全体を包むように球状の光膜が現れた。彼の手を離れてふわりと浮き上がる。球の中で、夕陽に照らされたように光る波が揺らめき、少しずつ穂先に吸収されてゆく。

二枚貝についた銀鎖を剣帯に巻きつけながら、アベルは言った。

「目の前にいる〈不浄喰らい〉が、イバラ殿が倒したものと同レベルだとは限らない。だが、アレに迫る魔力は持っているだろう」

巨人はもごもごと口を動かしている。腐った死骸を頬張っていた。また屈みこんで死骸を拾っている。好物なのか、こちらの存在もすっかり忘れているようで、餌漁りに夢中だ。

魔力玉の気配にも気づいてないのか、問題にならないと思っているのか？　今が攻撃を仕掛けるチャンス――だが、魔力補塡はまだかかる。

東側の朽ちた建物からざわめきがする。リーンハルトは舌打ちした。

「雑魚が出てきた！」

「魔力玉に釣られたのか！」

アベルは剣帯に提げていた長剣を抜く。刃先にフィア銀を塗布したものだ。やってきた十体ほどの半人半獣どもを、リーンハルトと共に狩ってゆく。やつらを片付けた頃には、魔獣槍を包んでいた光膜はだいぶ小さくなり、穂先にまるく留まるのみ。

「あと少しで魔力の補填は終わる。雑魚が来たら相手を頼む」

アベルの言葉に「分かった」と、素直に引き受けるリーンハルト。

魔獣槍の先端に、スーッとオレンジの光膜は吸い込まれて消えた。アベルは柄を摑むと巨人の背後へと回り込んだ。

高位悪魔憑きの〈心核〉は多く、性能の優れた魔法武器をもってしても、こちらの勝機はないに等しい。故に、〈黒きメダル〉を狙う。それは悪魔を地上に繋ぎ留める楔《くさび》。壊せば契約が切れて、悪魔は自動的に地涯に送り返される。あの厄女中《やくじょちゅう》マルゴに憑いていた黄色い靄《もや》のように。

魔力のないアベルに、はっきりとした視認は出来ないが――〈高エネルギーの集まる場所〉と、その〈独特な波動〉を感じ取ることは出来る。瘴気溜まりの〈心核〉同様に、不快さを感じる部分だ。集中して見れば、大体の位置も摑める。

――〈黒きメダル〉があるのは首の左後ろだ。

〈心核〉の位置も確認したが、全身に散らばるようにある。

――攻撃の余波である程度は消滅できるだろうが……やはり、すべては無理だな。

確実にやるため射程距離を測りながら少しずつ近づく。やつはまだ餌に夢中だ。

意を決して、槍に攻撃魔法をまとわせた。いつもとは桁違いの威力を肌で感じる。大きく振りかぶって投擲《とうてき》――その瞬間、くるっと巨人は振り返った。

気づかれた⁉

ボッ！

的が逸れた。〈不浄喰らい〉の頭の上半分が、木っ端みじんに吹き飛んだ。

「くっ、仕留め損ねた！」

攻撃魔法の強烈な余波は、さらに上半身に散らばる〈心核〉までも、連鎖的に内部爆発しながら破壊してゆく。青白い蛇肌のあちこちに穴が開き、黒血が大量に噴き出す。

「ゴゥオウオオオオオオオ――!?」

巨人の頭に残った口が吼《ほ》える。

ダダダダン！　ダダダダン！

狂ったように足踏みをして、地面や建物を揺らす。頭部を両手で探りながら、上半分がないことに気づいて一層、暴れる。やつの右肘が西側の建物にヒットして、三階の壁が崩れ落ちた。廊下の隅に白緑鎧の騎士が――コニーがいる。

その気配を察したのか、巨人の腕が彼女に伸びた。阻止しなくては！

「戻れ、魔獣槍！」

しかし、自我を持つ槍を呼ぶも戻って来ない。

「コニー！」

リーンハルトが駆けていくのが見えた。巨人の右足に向けて魔法剣を振るう。足首の半分以上、深く斬りつけることは出来た。そこに集っていた大量の〈心核〉も一瞬にして消滅したのを、アベルは感じ取った。だが、敵は頑丈だった。バランスを崩すどころか、憤怒に任せ、その巨大な踵でリーンハルトを蹴り飛ばしたのだから。

「ゴォオウ！　グオオオ――――！」

苛立つように吼えながら、〈不浄喰らい〉は拳で建物の壁を殴り始める。コニーが逃げるのが見えたが――瓦礫の雨は容赦なく、アベルの上に降り注いだ。


気がつくと、アベルは奇跡的に瓦礫が作った隙間に倒れていた。

少し頭がふらふらする。最初に地下へ落ちた時に冑を失くしていたので、瓦礫の破片が頭に当ったのかも知れない。立つスペースはないが、膝付き状態で起き上がることは出来た。真っ暗な中、全身を触ってみて、軽い打撲と切り傷程度で済んだのだと知る。

運が良かったが――完全に閉じ込められたようだ。周囲の瓦礫を押してみるが、びくともしない。魔獣槍はいくら呼んでも戻らないし、咆哮と地震はまだ続いている。巨体ゆえに〈心核〉は残ってしまったらしい。一筋の光が漏れる瓦礫の間から外を覗く。

数メートル先に銀細工の二枚貝が落ちているのが見えた。落としてしまったらしい。

あいつはどこだ……？

巨人は建物の壊れた部分から手を突っ込み、何かを探しているようだった。

まだ、執念深くコニーを狙っているのか……！

少し離れた場所で、瓦礫が動いた。ややして、それを押しのけて、よろめきながら立ち上がる白金髪の男。白い騎士服にはあちこち赤い染みがついている。

魔獣槍の威力には劣るかもしれないが、あの魔法剣でも魔力玉は使えるはず。

「ダグラー！　そこに落ちている魔力玉を使え！　やつにコニーを追わせるな！」

コニーの危機だからこそ、そう叫ぶが——聞こえてないのか、彼はこちらを見向きもしない。魔法剣を握りしめたまま、地面を見つめるように項垂れている。

「……ダグラー？」

魔法剣の柄にはめ込まれた精霊石が、尋常でない光を帯び始める。同時に、彼は全身を震わせた。目を見開いて歯を食いしばり、何かに耐えているような横顔。次第に、それは狂暴な顔つきへと変わってゆく。まるで、理性を失った獣が乗り移ったかのように——

直視出来ないほどの閃光が周囲にまで迸った。その眩しさに引き寄せられた巨人が、踏み潰そうと動く。それよりも速く、リーンハルトは剣を振るった。数多の白銀の光刃が放たれて、巨人を吹き飛ばしながら斬り刻む。その肉塊すらも閃光に焼かれて灰塵《かいじん》と化し——

空に弾かれた黒い鉄塊も、砕け散った。

樹木が倒れ見通しのよくなった中庭の森に、静寂は訪れる。
ドサッ
膝をつきリーンハルトは倒れた。

◆想定外と焦燥

アシンドラに捕らわれた騎士は四百余名にも上る。

彼らを解放する〈騎士救出組〉は、〈黒蝶〉の梟、スノウ、コーン、チコリ。そして、アベルの従者ニコラだった。

コニーと側近四名からなる〈王太子救出組〉と別れてから、ひたすら騎士たちの監禁場所を探し回っていた。敵はどこからでも、いくらでも湧いて出た。

——一体、どれだけいるんだろう？

まだ十四歳であるニコラは、〈黒蝶〉たちの動きについていくのが精一杯だった。救いは、最後尾にチコリがいてくれることだ。

最初は全員で固まって行動していた。魔道具フェチであるスノウがいるお陰で、大勢の敵に囲まれても難なく攪乱して突破したり、隠れてやり過ごしたり出来ていたのだが——四つ辻のど真ん中で四方から追い込まれてしまったことで、状況は一変。

〈黒蝶〉隊員で実力トップという梟と、戦闘狂の異名を持つスノウが突如、爆走モードに。暴風のごとく大暴れ、敵を大量殲滅しながら駆け抜けていき——騒がしい駄犬二号コーンが「おれっちだって負けるかああああ！」と、それに続いて——

「つ、ついに、置いて行かれました……っ」

ゼエゼエと息を切らすニコラ。完全にはぐれてしまった。上階と下階、どちらに行ったかすら分からない。

「あれは野犬と猛獣どものセットだから、仕方ない」

厚めの前髪で目元を隠す陰気な青年チコリは、ぶっきらぼうに言う。

そういえば、この人……

ふと、ニコラは思い出す。〈先行隊〉として城塞に潜入した後、皆がバラバラにはぐれてしまったのだが、あのときもチコリが後ろにいてくれたことで、ニコラは一人きりにならずに済んだ。

「すみません、チコリさん。また足を引っ張ってしまって……ぼくがちゃんと皆について行けてたら……」

「気にしなくていいって。コニーからも頼まれてるし」

「えっ、コニーさんが?」

無造作に伸びた薄青の髪を揺らして、彼は頷いた。

「多分、あれらが暴走して置き去りになるのを見越して、だと思うけど」

コニーさん、ナイスフォローっ！

「あいつには、借りがあるからさ」

ぽつと小さく漏らした彼の言葉に、ニコラはアレのことかなと思う。

魔女の薬をかぶった事故で、幼児になったチコリとコーン。そんな状態でも見捨てることなく、彼女は旅を続けられるよう彼らに配慮していた。

やっぱり素敵な女性だ、と再認識。

——ぼくのご主人様は文武両道、人徳もあって超絶カッコよいのだけど——ちょっと目を離すと迷子になったり、仕事に集中するあまり食事を忘れたり、黒熊化したりと、なかなか難儀なところがあるから……彼女なら、しっかり支えてくれそうだと思っていたんです。

戦場で颯爽《さっそう》と戦えるというのも凄い。とにかく、ニコラはご主人様のお相手に、コニー推しだ。

副団長という手強いライバルもいるのだし、アベル様にはもっと頑張ってほしい……！

周囲を警戒しつつ、少し前を歩くチコリについていきながら、ニコラが心の中で主人にエールを送っていると——目の端を何かがよぎった。

「「……!?」」

ぎょっとして足を止める。五メートル先、左右に分かれた通路の左側から何かが覗いている。直径二十センチの丸くて白いボール？　いや、パン種みたいに伸び縮みしているやつが。

「チコリさん。あれは、生き物なんでしょうか？」

「あ、あぁ、なんか豆みたいな目でこっち見てるよな……」

襲いかかってくるか、と剣を抜いて身構えると、跳びはねながら変なダンスを始めた。

くるくる回ってびよんびよんと伸びるパン種ボディ。両脇から手のような翼のようなものが生えている。よく見れば、小さな黄色いトゲが真ん中に刺さってるけど、あれって嘴《くちばし》？　まさかの鳥？

「何をやっているんでしょうか？」

「さぁ？　必死にこっちの気を引こうとしてるようにも見えるけど……」

パン種鳥は目線の高さで翼を高速で動かし滞空、くるるるるっと前転。

「……もしかして、肯定してる？」

「はっ、こっちの気を引きつけて、背後から仲間に襲撃させるつもりか⁉」

チコリはバッと背後を振り返るが、何もいない。だが、その間に変な鳥は横回転した。

「言葉が分かるんじゃないですか？　今、横に回りましたよ？」

「襲撃を否定？　騙そうとしているに決まっている！」

「でも、敵意を感じないというか……」

またもや、くるるるるっと前転。また、肯定？

「「……」」

パン種鳥は天井に飛んだ。ふわっと布切れが舞って落ちてくる。

「えっ、一体どこから出した？」

何かに気づいたチコリが、ぱしっとそれを掴み取る。布を広げた瞬間に、彼は青褪めて震える。

「こっ、これは…主の……っ！」

横から覗いたニコラも息を呑む。

そこには王太子の紋章が刺繍されていた。楯と緑葉、百合の花、上向きに交差する剣。百合は初代女王の愛した花と言われ、国王の紋章を継承する代々の王太子は、百合の部分だけ国内に咲く七種の百合から選んで変える。現国王は山脈の黄百合だが、ジュリアンは渓谷の白百合だ。

それを何故、この変な鳥が持って……

二人の視線を受けると、天井でハチドリのごとく滞空していたパン種鳥は、サッと降下するとチコリの手からハンカチを奪った。勢い余ってワンバウンドして床に転がる。ちゅるるるっとトゲみたいな嘴の中にハンカチを吸い込むと、ぽよんぽよんと跳ねながら去ってゆく。

「ちょ、待てよ！　オレらの主に何しやがった⁉」

憤然と追うチコリを、ニコラも慌てて追いかける。

「チコリさんっ、このまま行って大丈夫なんでしょうか⁉　誘導されてる気がしますよっ！」

「あのパン種、絶対何か知ってるに違いない！　とっ捕まえて吐かせてやる！」


その後、二人は魔道具工房らしき場所へと辿り着いた。壁に数字がある。

「ここは地下十三階ってことか」

「えっと……、さっきの鳥モドキさんはどれでしょうか……？」

巨大な工場のような工房内には、白くて丸いパン種鳥の集団がせっせと無心に働いていた。ここへ誘導してきたやつに何か目印があったわけでもなく、見失ってしまった。何匹かニコラたちの傍を通って行ったが、どの鳥もこちらにはまったくの無関心だ。というか、見えてないかのようにスルーする。まるで先の一匹だけが、明確な意思を持っていたように思えてくる。

「騙されたわけじゃなさそうですね……」

味方してくれた理由は分からないが――

「なぁ、ここって……敵アジトの心臓部になるんじゃないか？」

「ですよね、邪魔が入らない内に探りましょう！」

「その前に、仲間に伝えないと――応援が必要だ！」

チコリはイヤークリップ型の通信魔道具を使って、〈黒蝶〉たちと連絡を取った。もしもに備えて、少し前にスノウから渡されていたものだという。

同じ頃、コーンは騎士たちの囚われた牢を探し当て、スノウと梟は昇降機を見つけていた。

昇降機は地下十階停まりだけど、難しくない構造だからと、今、スノウが分解して中の設定をいじっているらしい。

「それが済んだら、梟は地上に出て待機。あとで援軍への合図を出してもらう。スノウは戻って来た昇降機で、オレたちのいる階に来る。魔道具に詳しいやつがいた方が効率いいからな」

彼がいれば、城塞を覆う危険な〈炭化結界〉を解除したり、フロアを迷宮にする仕掛けを止めたり出来るかもしれないからだ。通信が終わるとチコリは言った。

「よし、探りに行こう！　工房を管理するやつや、影王子もいるかも知れないから、慎重に――！」

「はいっ」

ニコラは緊張しながらも、拳を固めて頷いた。

☆

影王子は舌打ちをした。

あの〈不浄喰らい〉が、魔法士ですらない人間に敗れるとは――

「魔獣槍ヘノ、魔力注入マデナラ、想定内ダッタモノヲ」

だが、妙な封印を持つ副団長は〈中のモノ〉の魔力を引き出して昏倒し、魔獣槍を持つ男は瓦礫の下敷きになった。ダメージも大きく、ラストバトルへの参戦は無理だろう。

そこへ城塞の結界が解除されたと報告があった。魔道具工房内の制御室に侵入した人間によって、結界を発生させる魔道具を破壊されたと。

「ランチャーハ、ドウシタ？」

工房管理者のことを尋ねると、制御室から人間を締め出したあと復旧作業を行っているという。

「まだ見通しは立たないそうでありますが……」

「何故、侵入ヲ許シタノカ、ト聞イテイル」

「そ、それが……渾身のゲームフロアを抜けた輩が、不浄喰らいの餌食《えじき》になるのをナマで見たいと仰って……その、地上へ出て……城塞の屋上から観戦している間に侵入されたそうで」

「……」

よほど、あの〈ドキワク超デンジャラスゾ〜ン〉を、破壊されたのが悔しかったのか。

城塞を覆う結界を、こうも易々と失ったのは誤算だ。じきに、城塞外で待機していた〈後続大隊〉が侵入してくるだろう。

──焦ることはない、たったの百人だ。ものの数じゃない。

内心でニヤリとほくそ笑み、千体の憑物士軍に出迎えさせろと命令した。

「アト、工房内ノ鼠《ねずみ》ト、中庭デ倒レタ二匹ノ始末モ、早急ニセヨ！」

「ハッ！　直ちに！」

「――チョット待テ」

報告に来た憑物士を呼び止める。衰弱しているし、逃げても大した戦力にはならないだろうが……それでも万が一、人質がいなくなっては困る。

「騎士達ノ牢ニ、見張リヲ増ヤセ」

「畏まりました！」

壁一面を飾る大鏡の中――城塞の中庭に放った鳥型の魔道具。その目を通して映像が送られてくる。疾風のごとく駆ける白緑鎧の女がいた。王太子の塔はネモフィラが守っている。そこに向かっているのだ。

所詮は王太子の捨て駒だと高を括っていた。正直、イバラが鎧を与えるほど肩入れするとは思わなかった。

しかし、ネモフィラに憑いているのは生粋の高位悪魔だ。〈不浄喰らい〉は影王子が育てた家畜のようなもの。十年かけて死骸を食わせることで下位から上位、高位の悪魔へと進化させた。濃い瘴気と巨体による破壊力を武器とするが、知能は極めて低い。本来の高位悪魔とは根本から違う。

それを話した時、ジュリアンは信じがたい顔をしていた。

異界の者は、地上において魔力制限がかかるからだ。プライドの高い高位悪魔が召喚に応じるはずはないと――ところが、悪魔の中にもごく稀に、目的のためならば召喚に応じる者もいる。

例えばコレクター。若く美しい男を生きながら水晶詰めにしてコレクションする、高位悪魔アネモネ。気に入った相手への執着ぶりがネモフィラによく似ている。

自己の喪失を恐れるが故に、彼女との同一化を避け――〈黒蝶〉を仕留め損ねていたネモフィラ。

その葛藤も終わった。

どのみち、ジュリアンに救いの手は届かない。彼にはぜひ、絶望を堪能してもらいたい。

もちろん、彼を慕ってやってきた健気な侵入者たちにも――

☆☆

六月二日、午後五時。

アシンドラ城塞の東側にある、小高い岩山の上。かつては、城塞の見張り台だった塔は外郭の一部が残るのみ。そこに張られた天幕がひとつ。その中で豪奢《ごうしゃ》な椅子にふんぞり返る男がいた。

後方へなびくヤマアラシのような灰色髪に藤色のメッシュ。騎士服を着崩して、眉なし、鼻ピアスをしているロブ・ベンノ・ギュンター（31）。

朝八時から何もすることがなく、ずっと暇を持て余している。

城塞に〈先行隊〉が入って、九時間が過ぎた。このままでは陽が暮れてしまう。生物を炭化させるという忌々しい結界が、ロブの行く手を阻んでいた。

「先行隊のゴミどもは何してやがるんだ！　さっさと結界を解除しやがれ！　このワシの英雄譚《たん》が始まらねぇじゃねーか！」

苛立ちに、食事の載った簡易テーブルを蹴飛ばす。

王太子救出のため、国王から任命された〈先行隊〉と〈後続大隊〉。ロブの指揮するギュンター隊は〈後続大隊〉より追い出されていた。〈先行隊〉に夜襲をかけ、始末しようとしたことがバレたからだ。今や、その相手頼みでしか城塞に入る手立てはない。

——アレだって、ろくな証拠は摑まれちゃいねぇのに……！　あるとすれば、油断して刈られた一房分の髪ぐれぇだろうが。んなもん、シラ切ればどうとでもなる！

だが、一度は〈後続大隊〉の長に就きながらの大失態。それを含めて、国王に報告されているに違いなく——

『十中八九、ギュンター隊の捕縛命令が砦軍に出ておりましょうな』

老侯爵オルゾイはそう言った。

ロブはこれまで、王家の人間に認められたことはなかった。三大公爵家のひとつ、ギュンター家の長男であり、武に秀でているにかかわらず、城のどの騎士団にも入れなかった。

今こそ、雪辱を果たす時！　王太子を救い出した英雄となれば、国民も味方につく。罰することなど出来はしないだろう！

砦軍が間に合わないよう、部下に命じて四つの橋を落とさせた。人外の敵が推定四千体だということを考えなかったわけではない。本当にそれだけいたら、砦軍を阻むのは悪手となるからだ。

『敵の数は多くても三百まででしょう』

オルゾイは自信満々でそう言い、その根拠を述べた。

『実は学生の頃、アシンドラを訪れたことがありましてな。知り合いの考古学者のもと、遺跡調査の助手の真似事をしたことが……当時からすでに建物の劣化は酷く、多くの兵員を潜ませるなど到底無理かと。地下遺跡に関しても、二百年前の大地震で埋まっておりますゆえ』

『じゃあ、どっから四千なんて数字が出たんだ？』

『おそらくは、辺境に湧いた憑物士の合算。まだ同じ数だけ隠れていると思って……慎重過ぎる陛下が、本来なら要らぬはずの砦軍にまで動員をかけたに過ぎぬのです』

つまり、砦軍などはなから不要ということだ。〈後続大隊〉百十名だけでも対応可能。

加えて自身を含めたギュンター隊十三名がいる。裏切者や死者が出て半分ほどに減ってしまったが、さして問題はない。何故なら、オルゾイが〈後続大隊〉の仮の長だからだ。彼はロブを熱烈に支持し、自分の言う通りに動いてくれる。

囚われた王太子なんぞどうでもいい。どうせ異形どもの巣窟で、まともに生きているとも思えない。それなら、死体になってくれてた方が運びやすいというものだ。

「ロブ殿、後続大隊を集めましたぞ」

天幕の入口から老侯爵が呼ぶ。今朝がた、ロブの乱入に難色を示した〈後続大隊〉は、城塞の南側より一キロほど離れた地点で待機をしていた。それをオルゾイに命じて、この岩山に移動させたのだ。

何故、自分が東側にいたかといえば、城塞の門は西側の一ヶ所しかない。しかも、〈先行隊〉は門の内側に入った途端、姿を消した。罠があると分かっていながら、そこから入る馬鹿はいまい。真逆の位置からなら油断する、と考えたのだ。

いつでも突入出来るよう、城塞を囲む空堀を越えて、城壁を上る準備をさせておく必要がある。まぁ、それも結界が解除されねぇと意味はないんだが……戦闘は落陽までが勝負だ。暗くなれば夜目の利く憑物士の方が有利になる。さすがに、夜半までには砦軍も着いちまうだろうし……

「くそっ、ワシの未来がかかってるんだ！　グズどもめ、さっさと結界を解きやがれ！」

「あれ、何でこんな所にいるんだ？」

天幕を出たところで、不肖の弟フェリクスに出会った。

「何でたぁ、ご挨拶だな？」

「そりゃあ、犯罪者が逃げも隠れもせずいたら、普通は驚くだろ」

まだ十代半ばのガキのくせに、正義漢ぶってしゃしゃり出てくる。気に食わないやつだ。

文官野郎の意見に肩入れし、自分に恥をかかせたからギュンター隊から放り出したのに、ちゃっかりレオニール隊に収まっているのも忌々しい。

「何が犯罪者だ！　ワシはまんまと嵌められただけだ！　冤罪だ！」

「まだそんなこと言ってるんだ？　言っとくけど、後続大隊は誰も信じてないから。あ、オルゾイ隊を除いてだけど」

「テメー、兄貴であるこのワシを立てる気はないのか!?」

「は？　オレは一度たりとも、アンタを兄だと思ったことないんだけど」

――正確にはフェリクスは従弟《いとこ》だ。両親がいないため、数年前にギュンター家に引き取られた。

こいつ、恩を仇《あだ》で返しやがって……！

「オイ、厄介者のくせに！　何だ、その態度は！　何様のつもりだゴラアッ！」

フェリクスの髪を鷲掴《わしづか》みして、乱暴に引き倒す。

「テメーの親が事故でくたばったから、うちで面倒見てやったんだろがぁ！　それをよォ――」

顔を近づけて、さらに毒づこうとすると――

「事故だって？　オレが何も知らないとでも思ってるのか？」

強い憎悪のこもる眼差しに、一瞬怯む。突如、ぐいっと背後から腕や肩を引っ張られた。ロブはひっくり返り地面に尻をぶつける。

「ってぇ！　何しやがんだ――!?」

「それはこちらの台詞ですよ。うちの隊員に無体な真似はやめてもらいましょうか」

二十代半ばの青年が、険しい顔で見下ろしてきた。普段はおっとりしているレオニール隊長だ。

はっと見回せば、〈後続大隊〉所属の隊長五人がロブを取り囲んでいる。全員が刺すような剣呑な目つきだ。何だ!?　と思っている内に、体に縄をかけられた。

「どこに雲隠れしたのかと思ったら、こんな所で優雅に天幕張ってくつろいでいたとはな～」

ぎゅうっと縄を結びながら、レオニールと歳の近いブラン隊長が陽気な声で皮肉ってくる。

「テメーら、こんなことしてタダで済むと思うなよ！」

ギュンター家の影響力を受ける小領地の騎士のくせに！

そこへ、一人の騎士が走って来て大きな声で報告をした。

「ギュンター隊十二名、オルゾイ隊十九名の捕縛を完了しました！」

ロブは目を剝いた。

「何だって⁉」

そういえば、さっき呼びに来たはずのオルゾイの姿が見えないことに気づく。

白髪交じりのゼロシス隊長が言った。

「我々五隊は、王命に逆らったギュンター隊、及びそれを擁護するオルゾイ隊を、後続大隊より徹底排除することに決めたのだ」

怨みのこもる昏《くら》い眼をしたリゾン隊長が、ロブの顔を覗き込んできた。

「我が隊は、ぬしのせいで十六名も死傷した。壊滅したバロール隊に次ぐ被害だ。今後も、戦場で我らの足を引っ張ったり、人の手柄を横取りせんと画策されても困るからな」

――先に潜入した〈先行隊〉が、王太子の居場所を突き止めている可能性は高い。手柄を得るには、やつらを殺して横取りするしかない――それを見透かされていた。

さっきから黙っている髭の中年男を見た。これまで、ロブにやたらゴマをすっていたやつだ。

「おいっ、ナナセド！　ワシの縄を解け！」

「――オレんとこの部下も十一名、オメェの愚策で死傷してんだよ」

「この、ザコ騎士どもがぁ……っ！」

フェリクスが冷めた声で淡々と告げてきた。

「――オレ、砦軍の様子を見に行ってきたけど、橋が落ちて迂回したんだって。近隣住民の目撃もある。〈ロブ様の為に〉と言いながら、橋を壊す連中がいたってさ。どれだけ愚行に走れば気が済むんだよ」

　ロブは青褪めた。

「そんなのは、でっち上げだ……！」

　急に地面が揺れた。縄で縛られたロブは無様に転がる。

　――地震⁉

　ざわざわざわざわ
　結界の向こう、城塞の真ん中の森が大きく揺れている。風もないのに――

　建物の屋根を飛び抜けて黒い毛玉が見えた。いや、あれは人間の頭だ。

　異変を察した〈後続大隊〉の隊長らの視線も、城塞に向けられていた。

「黒髪の……巨人？」

「まさか、憑物士では……」

「えっ、それって……黒の……高位悪魔憑き？」

「いや、完全な黒髪じゃないだろ、灰色の筋が交じってるし……」

　草木を腕で薙ぎ払っているようだ。建物を破壊するような音が響く。静かになったと思ったら、何かを食べているような……いきなり、ボッと巨大な頭の上半分が吹き飛んだ。

　誰かがアレに攻撃してる⁉

　残った口が吼える。狂ったように暴れて地面を揺らす。巨人の足元から閃光が迸った。それは中庭の森を染める。白銀の光刃が巨人を斬り刻み、閃光の中へと消えていった。

しばらく、誰もが放心したように動けなかった。ロブは冷や汗が止まらない。

あんな化物がいる所に自分は乗り込もうとしていたのか、と。

すると、フェリクスが声を出した。

「きっと、先行隊が……クロッツェ隊長が倒したんだ！」

ややして、一筋の黄色い狼煙《のろし》が立ち昇る。空高く伸びていく様に、結界が消えたことが分かった。

合図だ。フェリクスの言葉に奮い立ち、〈後続大隊〉は城壁を乗り越えて突入を開始する。

縛られたまま空堀に置き去りにされたロブと、二つの隊。屈辱に耐えること一時間ばかり。

その縄が解かれたのは、辺りが薄暗くなり始めた頃──城塞から離れていた部下が戻って来てからだ。多少の魔力がある者だったので、砦軍から〈後続大隊〉への通信魔法を妨害させていたのだ。

城壁の向こうからは、まだ戦いの喧騒が聞こえてくる。

「──出遅れはしたが、あの巨人が暴れたことで先行隊も壊滅しているかも知れねぇ！」

ロブたちも急いで城壁を上り、城塞へと突撃を開始した。

☆☆☆

瓦礫の間に閉じ込められたアベルは、長剣を使って必死に脱出を試みていた。

体感的に二十分か三十分経った頃、中庭に憑物士たちが大勢やってきた。瓦礫の山を探っているようだ。何度目かの呼びかけで、やっと魔獣槍は手許に戻ってきた。

あの巨人の腹いせか偶然かは分からないが、暴れてステップを踏んでいる最中に土中深く押し込まれ、さらにその上に大量の瓦礫が積み上がったせいで、なかなか抜け出せなかったのだという。

ようやく、魔獣槍を用いて瓦礫の下から脱出することが出来た。

憑物士らを蹴散らしながら、近くに落としたはずの二枚貝を探すも――見つからない。

ダグラー副団長の姿も見当たらなかった。

確かに倒れるのを見たはずなのに……コニーを追ったのか？

押し寄せる敵を蹴散らしながら、アベルもまた、東に聳《そび》える一番高い塔へと向かう。

――あの魔法剣の威力は何だったのか……？

〈不浄喰らい〉の巨体を灰塵に帰した攻撃魔法。以前、彼が魔法剣を振るった時とは――レベルが違い過ぎる。そもそも〈精霊言語〉を用いて発動させるタイプの魔法武器に、あれほど破壊力のあるものなど見た事がない。

それを可能とするなら、本人の魔力が上乗せされているということに……？

――蕁麻疹だという顔の紅い紋様。崩れた〈精霊言語〉に見えなくもなかった。だから、敵に呪いでもかけられたのか、と尋ねた。城塞結界を視認した時の反応といい、あくまで魔力などないかのように誤魔化していた。

敵の仕掛けたものでないなら、と今は追及する必要はないと思っていたが――

「あいつ、何かとんでもない秘密を持っているんじゃないのか……？」

「主殿、知りたいなら――」

戦闘中は余計なことは一切言わない魔獣槍が、提案してきた。

魔獣の魂魄《こんぱく》が宿る槍には、相手の能力を探ることができる。そのためには、アベルを通じて間接的にでも相手に触れる必要があるのだが――

「あの魔力値は異常なのでござる。拙者の最大攻撃力を凌駕しておった。警戒すべし……！」

三章　黒き狂華と戦う枯れ女子

1　黒き狂華、逆襲する

西塔内の階段を駆け上っていると、窓の外から強烈な閃光が差し込んできた。

それが引いてから中庭を見下ろすと、あの存在感のあり過ぎる〈不浄喰らい〉の巨体が消えていた。アベルが魔力玉を与えた魔獣槍を用いての攻撃は、失敗したと思ったのだが……。

さっきの強烈な光は何だったんでしょう……？

アベルと義兄のいる位置までは、建物の角が邪魔して見えない。中庭の森はやけに静まり返っている。二人とも大丈夫だろうか……心配は尽きないが、コニーは階段を上り始めた。

今は、自分のすべきことをしようと。

西塔の上階に辿り着いたコニーは、そこから空中橋へと踏み出した。南東の城壁近くから狼煙が上がっているのを見つける。城塞結界が解除された合図だ！　じきに〈後続大隊〉が乗り込んでくるだろう。

砦軍も来ているのなら、心強いんですけど……

空中橋の反対側には一番高い東塔がある。主が監禁された場所だ。その入口前で、異形の女ネモフィラが腕を組み待ち構えていた。

黒髪ポニーティルに三つ編みを巻きつけ、百合を模した簪《かんざし》を差している。一応、鎧をつけてはいるが、とにかく覆う面積が狭い。黒い金属製であつらえた——首と肩回りの覆い、丈の短いボディスと超ミニスカート、膝当てすね当てに籠手。つまり、胸の谷間、お腹、太腿、二の腕をがっつり露出させている。爬虫類の太い尾も含めて、肌部分を蝶貝の鱗がびっしりと埋めていた。

「辿り着いたのはお前だけなの？　やはり、その分不相応な鎧のおかげかしらね」

鼻で嘲笑ってくる。

「不浄喰らいの方が手強いでしょうから。わたしがこちらに来たんですよ」

現時点で、この判断は間違ってはいない。〈不浄喰らい〉には人の自我がないことからも、完全に悪魔と同一化していることが分かる。頑丈な分厚い肉体を持つため、飛び道具的に魔法攻撃を仕掛けられるあの二人が適任だった。そして、高位悪魔憑きといえど、まだ未覚醒のネモフィラに対しては、防御力の高い白緑鎧のコニーが適任。

お前の相手はひとりで十分だと言われ、口許を歪めるネモフィラ。

「その言葉、後悔させてやるわ！」

剣帯から抜いたのは細身の長剣。どす黒い〈気〉をまとう。無数の髑髏《どくろ》が浮いては消える。苦悶に満ちたそれは、その剣に命を吸われた哀れな亡者のようにも思えた。

蝙蝠の翼をばさりと広げ、ネモフィラが動く。風を切り猛スピードで突っ込んでくる女の剣を、

コニーはフィア銀刀で受け止める。

「すっかりトカゲになってしまいましたね。そんな姿で一体どこを目指しているのですか？」

「決まっているじゃない！　あたしとジュリアン様だけの楽園よ！」

激しく刃で打ち合う。以前よりも、彼女の剣捌きは素早くキレがあった。まだコニーの剣の技量が上ではあるものの――遠慮のない攻撃魔法も交えてくる。

氷の矢を楯で防ぎながら飛び込み、一閃――フィア銀刀で斬りつけるも、ネモフィラの体は傷つかない。蝶貝の鱗が鎧の役割をしているようだ。

――だから、露出度の高い鎧を着ていたのですか。

今のところ、双方の防御力は同じぐらいだろうか。鱗が〈心核〉を隠しているため、まったく見えない。前に左膝にあった〈心核〉の塊を斬ったから、十ほど残っているはず。だが、記憶を頼りにひとつずつ狙うのは効率が悪い。

こちらの攻撃が相手のダメージにならない消耗戦。ネモフィラも同様のはずなのに、焦る様子もない。それどころか戦闘意欲に燃える彼女は、余裕の笑みを浮かべている。

剣と氷の魔法で殴り込んでくる。魔法楯で受け流す。幾度も繰り返し、闇雲かと思われたそれは、すぐに違うと分かった。

戦うほどに相手の戦闘力が上がっていることに気づく。

中の悪魔との同化率が上がったせい？

剣技、スピード、攻撃魔法の威力上昇。変化に富んだ軌道で氷刃を撃ち込んでくる。臨機応変に鞭を繰り出したり、太い尻尾をしならせて武器にしてくる。コニーも応戦のため、魔法楯の強化や翼による飛翔速度を上げる。息もつかせぬ攻防は、三十分ほど続いた――

このままでは危ういと思った。これだけの急激な変化がもたらすもの。それは、悪魔化も最終段階、高位悪魔の覚醒も間近であるということ。

ネモフィラのことだから、絶対に自我を手放さないと思っていたけど……

なりふり構わないのか？　それとも、自我を保てる限界まで挑戦しているのか――

コニーにとっての問題は、白緑鎧の魔力が有限であるということだ。

その枯渇条件である〈広範囲、高出力、長時間、連続〉での魔法使用。負荷が増大するこれらを、コニーは先ほどからずっと続けている。

〈鎧の魔力使用量が、全体の八〇パーセントに到達〉

ついに、小精霊から警告が出た。

今の流れを切らなくては。反撃の機会を失う前に！

戦いぶりから察するに、彼女に憑いた悪魔は〈攻撃特化型〉だ。悪魔は元々好戦的だが、そんな中でも群を抜いて〈攻撃力〉に長じた戦士タイプ。コニーの剣技も通用しなくなる恐れがある。現時点で、彼女の剣捌きはコニーと互角に打ち合えるほどまでに冴えわたっていた。

この戦いは、相手の防御を突破した時に勝機がある。しかし、フィア銀刀だけではうまくいくか心許ない。というか、あの鱗を撃破するのはきっと無理だ。

魔法武器さえあれば――いいえ、それならあの変則技が使えるはず……！

先に〈黒きメダル〉を壊し、悪魔化を解くしかない！　どこにある？　ソーニャの町で襲撃してきた時も、見えなくておかしいと思ったが……いや、あの時は胸と腹部あたりまで心核のひとつもなくて、不自然さを感じた。あそこに〈黒きメダル〉を隠している可能性は高い！

豆サイズの楯を連ねて丸い小楯を形成する。悟られないように、小精霊には攻撃直前にもうひとつの指示を出しておく。「強化十倍で威力を最高値まで上げる」ように。

隙を突いて肉迫、豆楯の散弾をネモフィラの胴にぶち込んだ。その体はものすごい勢いで、塔の前にある東側の兵舎へと激突。四階の壁をぶち抜いて穴を作った。

「黒きメダルに当たったか、確かめないと……！」

コニーは光る蔓草の翼で橋からジャンプ、ネモフィラを追って飛ぶ。

いきなり、ワアッと下から歓声が聞こえた。視線を向けると、脱出したらしい騎士たちが数十名と……その先頭でこちらに向けて両手を振りながら、一際はしゃぐ男が見えた。新聞記者ダフィだ。戦場までやって来たのか、と呆れてしまう。その手には銀色の小箱――写真機を持っている。以前、コニーが壊したことがあったのだが、まだ予備を持っていたのか。

「何、呑気《のんき》に写真なんか撮ってるんですか……危機感のない……！」

四階の壁穴を空中から覗くと、倒れたネモフィラがいた。胴体を覆う鱗がぼろぼろに剝がれている。かなりのダメージを負ったようだ。

ぼんやりとだが、〈黒きメダル〉と、残りの〈心核〉が塊となって見える。百か二百ぐらいはありそうだ。それを覆う透明な膜があった。二重の防御をしていたのか。だが、膜は揺らいで消えようとしている。

今なら！

フィア銀刀を手に、コニーが攻撃を仕掛けようとすると——

「コニー！」

その声に、ハッと思わず振り返る。

空中橋につながる塔の暗い入口。そこに現れたのは、監禁されているはずの——

「ジュリアン様……⁉」

ヒュウッ
首に鞭が巻きつき、ぐるんと遠心力で体が高く投げ飛ばされた。とっさに鞭を刀で斬り、一回転して橋の上へと着地する。魔法の翼を消して、すぐに下の兵舎を見た。腹から散弾を払い落としながら、忌々し気に立ち上がるネモフィラ。瞬く間に鱗が腹部を覆って、修復してゆく。

「あぁ、すまない。僕のせいでこんな目に……でも、必ず来てくれると思っていたよ！」

ジュリアンの足には枷と鎖があり、塔からは出られないようだ。室内の闇に溶けるように佇む。

その姿にコニーは眉を顰めた。

「……悪趣味ですね」

ネモフィラも蝙蝠の翼で飛んで、橋の上に戻ってきた。端《はな》からダメージなど受けてないかのように嘲笑う。

「せっかくだから、お前の惨めな様を見てもらおうと思ってね」

南東の武器庫から中庭の森へと侵入する、〈後続大隊〉が見えた。それに気づいたネモフィラが、フンと鼻を鳴らす。

「蛆虫《うじむし》どもが……鬱陶しいこと！」

ひらりと手をかざすと、黒い魔力の波動が森の上空へ波紋を広げた。ばたばたと地に倒れ伏すダフィや逃げ出した騎士たち、そして〈後続大隊〉。

魔力中《あた》り……！

コニーはとっさに、空中橋の周辺を結界で囲んだ。ネモフィラの魔力を遮断するためだ。

しかし、倒れたまま動けない彼らのもとへ、武装した憑物士の大軍が押し寄せる。やつらの足止めをすべく、さらに結界壁を築いた。「双方、十分維持！」味方の回復を見込んで、小精霊に指示を出す。同時に警告が聞こえてきた。

〈鎧の魔力使用量が、全体の九〇パーセントに到達〉

魔力を使い過ぎた。〈黒きメダル〉の位置は把握済み。もう一度、楯の散弾魔法でネモフィラの防御を突破しなければ――

「よそ見してるんじゃないわよ、このゴミが！」

ネモフィラによる怒濤《どとう》の攻撃はさらなる威力を増し、自身をガードするので手一杯になった。

楯魔法の強化を連続で、最大値まで上げる。たまに、彼女の剣が発する黒い髑髏の〈気〉が、鎧の上から噛みつく。その度に楯で殴り払う。

ネモフィラの赤い口角が上がる。

「ねぇ――そろそろなんじゃない？」

鎧の魔力切れを狙っているのか。防御力を失ってから、コニーを叩き潰すつもりだ。

あと十パーセント。何とか勝負をつけなくては。どうすれば隙が出来る？

コニーは彼女から距離をとり、再度、散弾型の小楯を作ろうとする。

「え？」

出来ない。さっきまで使えていた魔法が――

橋周りの結界ふたつを見る。時間指定したせいか維持はされている。

「小精霊様……？」

彼からの応答もない。ふと見た胸甲の精霊石が割れていた。小精霊の宿る場所が――!?

「やっと気づいたの？　魔力もない、精霊言語も扱えないお前が頼りにしている、だぁぃじなサポーターがいる場所なのにねぇ？」

大きく唇を歪めて狂笑するネモフィラ。

「ほぉらほらほら～！　早く避けないと串刺しになるわよ～？」

氷魔法で槍を作って、途切れることなく撃ち込んでくる。狭い橋の上でそれらを避けたり愛刀で撥ねのけたりするも、次第に数が増えてくる。

「あぁ、なんて愉快なの！　もっと踊るがいいわ！　死ぬまで下手くそなダンスをね！」

鎧自体も次第に魔力を失っているのか、ネモフィラの剣から放たれた黒い髑髏を振り払えない、手首や膝に噛みついた部分が、じわり溶けはじめている。

ネモフィラが黒い皮膜の翼で、高く高く飛び上がる。右拳を突き上げて、空に黒い光の魔法陣を描いた。その上に、先端の尖った十メートルの巨大な氷塊が作られる。

「アハハハハハハ！　内臓ぶちまけて潰れてしまうがいい！」

コニーの真上から落ちてきた。間一髪、塔に向かって走り直撃は逃れたものの――氷塊は橋を爆撃。コニーの体も宙へと弾き飛ばされた。落下しながら飛散した石塊が何度か冑に当たった。衝撃で頭が揺れた。いや、石塊程度ならこの鎧で衝撃なんか受けないはず、あの女が執念深く攻撃を？

意識を失う直前、東塔の入口に佇むジュリアンが遠目に見えた。

なんで、笑って……？

このまま死ぬのでは――と思いながら、目を閉じた。

2　碧眼《へきがん》の聖獣と雫玉

〔こっちだよ〕

暗闇の中で迷子になっていると、声をかけられた。よく見えないが子供のようだ。

〔こっちにきて。ついてきて〕

声の聞こえる方に向かって歩いた。

〔出口はもうすぐだから〕

その子は気遣うように、ずっと話しかけてくれる。

〔きみが忘れてしまっても大丈夫、ぼくが覚えているからね〕
何のことだろう、と首をかしげた。
〔帰ったら、お弁当を持ってまた一緒にあの山へ行こう〕
義兄みたいなことを言っている。
〔だから、命は最優先にすること。絶対に忘れないでね！〕
柔らかい口調で釘を刺してくる。
闇の向こうに明かりが見えた。近づくにつれ、周囲がぼんやり明るくなる。自分の手がやけに小さいことに気づいた。手足が短いし目線がかなり低い。まるで幼児にでもなっているかのようだ。
ぱあっと足下に雛菊の絨毯《じゅうたん》が広がってゆく。白、黄色、桃色と鮮やかに。
あ、これ夢だ、と思った。
目の前をゆく小さな生き物がいた。きらきらとした毛並み、花びら模様のある白猫だ。風がさあっと吹き抜けて、ぴこぴこと揺れるまるみのある三角耳。
〔約束だよ？〕
振り向いた白猫はそう言った。

目覚めると薄暗い洞窟の中にいた。おかしな夢の余韻に、コニーはぼんやりと洞窟の入口を眺める。その向こうには、夕陽に染まる山並みが見えた。
――義兄の言いそうな台詞を喋る猫。

たまに義兄が猫っぽいと感じることがあったから、無意識下で現れたのだろうか？　でも、毛色が違ってたし。彼のイメージ的には上品な白金長毛種を想像していたが、野生味ある顔立ちの猫だった。ただの夢に、すごく既視感を覚えるのは何故なのか……そういえば、小さい頃にも似たような夢を見たことがあったような……

すぐ近くから視線を感じた。はっと顔を上げると、光に包まれた男の子が覗き込んでいる。

「あなたは……」

落ち着いた印象で、どことなくイバラに似ている。八、九歳ぐらいだろうか。髪は頬にかかるぐらい短く、大きな瞳。簡素な衣装から出た手足はしなやかで細い。本人の発する光で、全体が白っぽく見える。

〔白緑鎧の管理者なり〕

「あ、はい……ご無事だったんですね！」

人の形になれたことに驚きつつも、安堵の溜息を漏らす。精霊石が壊れて声も気配も消えていたので、最悪の事態も覚悟していたから……

「あの、ここはどこでしょう？」

〔城塞の裏側にある崖の洞窟〕

「塔から近い場所なんですね」

彼の話によると、ネモフィラとの戦闘で魔力切れが近づいた時、周辺で〈白緑の君〉の気配を強く感じたらしい。

「それって……イバラ様のことですね？」

〈是《ぜ》〉

そのまま彼が留まっていれば、精霊石も割れることはなかったのだが――あのままではいずれ、敵の前で身動き取れない状況になったという。

〈魔力残量が一パーセントを切ると、鎧の小さな破損が起こる。そのため、最低限の防御力を維持すべく〈修復作用〉が自動で働く。あのとき、敵の急激な攻撃力の上昇もあり、防御魔法の強化を連続したことで、瞬く間に三パーセントまでに減っていた。警告を出したが、契約者には聞こえてないようだった〉

――きっと、ネモフィラの攻撃を捌くのに集中していたせいだ。残量が十パーセントあると思っていた時には、残り僅《わず》かしかなかったのか……

〈鎧の〈修復作用〉は、最後に行った魔法形成後――放出した魔力の一割が逆流する。そのため、契約者は重度の魔力中りを起こすことになる。それだけは避けたかった〉

鎧は修復するけど、中のわたしは気絶したままになるからですね。攻撃力がアップし続けるネモフィラ相手では、これも一時凌ぎにしかならないわけで。小精霊もろとも、デッドエンド直行に。そうなる事態を防ぐべく、助力を求めるためイバラの気配を探しに精霊石から出たのだという。

〈相談せず悪かった〉

彼は済まなそうに謝ってくる。

「いいえ、こちらこそ警告を聞いてなくてすみません！　結果的にはお互い無事でしたし……それでイバラ様の気配、というのは見つかったのですか?」

さすがにこんな辺境に本人がやってくるとは思えないのだけど。あの方も契約で制限がかかっているからこそ、大事な鎧を貸してくれたのだし。

〔それについては――〕

このとき、少年の後方、奥の暗闇に光るふたつの目を見つけた。

あれ、さっきからいた……?

置物みたいに微動だにしない、大きな白い猫がどっしりと横たわっている。

こちらが気づいたのと同時に起き上がり、ゆっくりとした足取りで近寄って来る。かなり大きい。ボルド団長の相棒である青藍《せいらん》の狼よりもまだ大きいような……体長だけで四メートル近くある?

威嚇もないし敵意も感じない。太い四肢、長くて太い尻尾……猫科の猛獣だ。白に濃銀の花びらの紋様からして、雪豹っぽい。深く澄んだ青色の目をしている。怖さはなく、ただ綺麗《きれい》だと思った。

――夢に出てきた猫の紋様と同じですね……

精霊の少年は知っていたのだろう、しれっと紹介してきた。

〔コレが橋から落ちた契約者を助けた〕

「小精霊様のお知り合いですか?」

〔否〕

猫みたいにお座りをした。まるで自分たちの会話を聞いているみたいに、じっと見つめてくる。

「白系の魔獣だから性質も穏やかなんですね」

〈否。聖獣なり〉

「……えっ⁉」

聖獣は、精霊の棲む空の彼方〈天涯〉にいるとされている。魔法使いなどが召喚でもしない限り、地上に現れることはない希少な存在だ。

何故ここに？　という疑問が当然ながら湧く。

雪豹は口からぺっと何かを吐き出した。白緑色の雫のような玉だ。

〈白緑の君が手がけし魔力玉……〉

精霊少年が探していた気配の元はこれだという。

「イバラ様のお使いで届けてくれたのですか？」

コニーの問いに、雪豹はこくりと頭を下げた。

「まぁ、わざわざありがとうございます……！」

魔力玉は魔力を補塡するものだ。アベルの持つ二枚貝を思い出したが……彼は〈不浄喰らい〉との戦いで、国王から賜った魔力玉を使い切ったはず。

〈白緑の君の意図を汲むならば、これは鎧に使うべき〉

胸甲に叩きつけるようにと促される。こんな宝石みたいなのを叩き割るのか――と思ったのも一瞬、そこは戦う枯れ女子。パンッとあっさり割って、鎧に魔力を補塡。みるみる割れた精霊石は修復され、鎧は輝きに満ちた。

それにしても、と疑問がひとつ。

「今さらですが、こんな近くにいて敵に見つからないのですか？」

〔洞穴内において〈存在を隠す魔法〉を使用している〕

「小精霊様も魔法を使えるのですね」

〔ただし、鎧の管理者であるため、自身の魔法は最小限のみ使用可〕

「失礼を承知でお聞きしたいのですが……ネモフィラに対しても有効ですか？」

高位悪魔憑きの目を誤魔化せるのか、と気になった。特に気に障った風でもなく、彼は淡々と答える。

〔魔力が多ければ攻撃・防御で威力を増すため、戦いに有利。だが、それ以外において、長年の経験によって編み出された術の巧みさと魔力量は比例しない。むしろ、いかに少魔力で高度な魔法を成せるかを追求した末のもの。下品な脳筋トカゲ悪魔に看破は不可能。つまり、問題ない〕

……長年の経験……見た目通りの少年じゃないんですね？

淡々としているようで、意外と辛辣《しんらつ》。怒りの矛先は悪魔憑きに向いている。

そのあと、コニーは小精霊と作戦を練り、城塞に戻ってネモフィラを罠にかけることにした。

西側に繋がる三棟（厨房棟・天守閣塔・要塞棟）と、南の玄関棟へと赴く。豆楯を連ねて形成した凧型の中楯を、廊下の両脇にずらりと並べて設置。それらが見えないよう、〈存在を隠す魔法〉を小精霊にかけてもらう。

標的を廊下におびき寄せて、コニーの合図で次々と散弾攻撃する予定だ。

ここは、コニーが〈不浄喰らい〉を避けて迂回した建物である。一部破壊されたり、東側から〈後続大隊〉が侵入したことで、憑物士はほぼいない状態だったため仕掛けやすかった。

たまに、一体か二体現れても、雪豹が飛びかかり的確に〈心核〉をガブリ。速攻で始末してくれた。悪魔憑きの血中毒素が気になったが、けろっとしているので聖獣的には問題ないようだ。

「準備完了です！」

気がつけば、いつの間にか雪豹の姿が見えない。しまった、と後悔が押し寄せる。

……メガサイズの猫……一回ぐらい撫でたかった。

☆

速く速く速く、でないと間に合わなくなる！　大切なあの子を失ってしまう！

ただ、それだけの想いでリーンハルトはがむしゃらに駆けていた。

首に鞭を巻きつけられ、空高く飛ばされる彼女を目にしたからだ。

ふたつの塔を結ぶ空中橋の真下まで行くと、急に体が動かなくなった。黒い魔力の波動に抑え込まれる。義妹が張った結界の内側に入ったため、黒い波動は遮断されない。橋の上では彼女が戦っている。追い詰められているというのに――

巨大な氷塊が橋のど真ん中を撃ち壊した。その瞬間、飛散した石塊とともに彼女が落ちてくる。

自身の内側から瞬間的に噴出した何かが、黒い波動を打ち消した。動ける！

間一髪、彼女を〈背中〉で受け止めた。

そのあと、洞窟に避難させて、白緑色の魔力玉を彼女に渡した。裁定者のお使いということになってしまったが、別に構わない。〈この状況〉を説明することなど出来はしないのだから。始終、言葉を発しないように気をつけていた。

彼女が反撃の罠を仕掛けるのを見届けてから、そっと離れた。手伝えることもなかったので、計画の邪魔にならないようにと――

西端にある塔の裏まで歩いてゆき、草むらの中にしゃがみ込む。己のふかふかの手を見て大きな溜息が出た。どう見ても獣の前脚だ。白に濃銀の花びら紋様の――雪豹だ。

右半身にあった紅い紋様はどこに消えた？　とうとう封印が解けてしまったのか……？

十一歳の時、一度封印が解けてリーンハルトは大変な目にあった。小さな獣の姿になって幾日も彷徨《さまよ》ったのだ。

『よいですか、聖獣は若君の中で眠っているのです』

封印をかけ直してくれた老魔法士の言葉が、頭の中で語りかけるように聞こえてくる。

『若君の魔力が異例の強さである以上、我が術の封じも完璧ではない』

――生まれた時に右手の甲につけられた、まじないの星紋があった。

『若君の気が昂ぶれば、聖獣の眠りも妨げられる。半覚醒状態により、並ならぬ強靭な力を発揮することでしょう』

――物心ついた時からあった異常膂力。感情的になると制御が出来なかった。

『星紋はそれを抑えるべく、呪文となって肌に広がります』

――地下の闘技場でそれは起きた。

『半身を染めるほどに広がる時は警戒されますように――術が破られる前兆ですので。そのときには、再び、我が術のかけ直しが必要となります』

……これってもう、あの老魔法士に会うまで……このままってことなのか？

だが、今は状況的にも悩んでる暇はない――そう気持ちを切り替える。

じきに彼女の作戦は始まるだろう。何かあれば助けにいけるよう、スタンバイしておかなくては……

すっと草むらから立ち上がった。何か、さっきまでより目線の位置が高い気がする。

自身を見下ろすと、見慣れた白い騎士服と翡翠のマント。人間の体に戻っていた。着ているものまで……どうなっているんだ？　おまけに右腕右足の紅い紋様も消えている。剣を抜いて、その刃に顔を映してみると右頬には何もない。

そういや、『術が破られる前兆』って言っていたから、完全に封じが解けたわけじゃないのか？　焦った……

ほっとしながら草をかき分け歩いていると、唖然とした顔の鎧の男に出会った。

クロッツェ――まさか、見られた⁉

「ダグラー、そこの草むらに……猫がいなかったか？」

「え？」

彼は警戒したように周囲を見回しながら、近づいてきた。

「巨大な猫が潜んでいたように見えたんだが……」

「見てないけど……こんな所にいたら憑物士に食われるんじゃないか？」

内心冷や汗ものだったが、すっとぼけた。

「一瞬だったし、気のせいか……？」

彼も確信が持てなかったのか、首をひねっている。腰の上まで伸びた草のおかげで、巨大猫が人間に戻る瞬間は見えなかったのだろう。しかし、彼はじっとこちらを注視してくる。

「顔の蕁麻疹は消えたようだな」

「あぁ、一時的なものだったからね」

「怪我は大丈夫なのか？」

思い当たることがなく「してないけど」と答える。

「巨人に蹴られたり、瓦礫の下敷きになったのに？」

言われてから思い出す。そんなこともあったなと。

……あれ、大怪我をしてもよさそうなのに、どこが痛いとも感じないな。

白い騎士服のあちこちに覚えのない赤い染みがある。自分の体を手で触ってみるが、特に何ともない。敵の返り血……は毒素があるから極力かからないよう、対処していたはずだけど。その様子を見ていたクロッツェは片眉を上げた。不可解だと言いたげに。

「俺は運よく瓦礫の隙間で助かったから、お前もそうだったのかも知れない。だが、さすがにあの巨人の蹴りを食らっては、骨ぐらい折れてるんじゃないのか？」

「いや、それはないよ。受け身は取っていたし」

骨折なんかしていたら、それこそ激痛が走るだろう。

一連の記憶をたどってみる。巨人の足を斬りつけ大量の〈心核〉を壊して――直後にやつの蹴りを食らい、上から瓦礫が降ってきた。そのあと、瓦礫から這い出して、コニーを探して塔のある方向へ走った……。

待てよ？　だったら、あの巨人はどうなった？

記憶が不自然にカットされていることに気づいた。

「不浄喰らいは、君が倒したんだろ？」

「――トドメを刺したのはお前だ」

そう言いながら、彼はこちらの左肩に手を置き、顔を近づけてくる。

探りを入れるかのように、瞳を覗き込んでくる。

「――魔法剣が尋常でない閃光を発して、やつを一撃で塵に変えた」

そりゃ、魔力なし魔力玉もなしでどうやったんだ、という疑惑が湧くのも無理はない。

「そこのところ覚えてないんだ。ひょっとしたら、私は瓦礫の下敷きになったときに、頭をぶつけたのかも知れないね」

記憶喪失だと言いつつも、何となく分かってしまった。

封印の緩みで溢れた〈自身の魔力〉と〈聖獣の魔力〉。この二つが魔法剣の精霊石に過剰供給され、攻撃魔法の威力を爆上げ――結果的に巨人を討つことが出来たのだろう、と。その弊害で、記憶が吹っ飛んだ。強い魔法の余波で失神したり、記憶障害が起こるのは珍しいことじゃない。

そして、紅い紋様が消えたのも、このとき体内の過剰魔力が排出されたせい……かも知れない。

もちろん、こんな言い訳でクロッツェが納得するわけないだろうが――

「そうか」

意外にも彼は身を引き、あっさりと追及をやめた。

そこまで気にならないのか……？

安堵していると、彼は神妙な面持ちになってあることを告げてきた。

「……実は、白緑の魔力玉を失くしたんだ。すまない。落とした場所を探したが見つからなかった」

「えっ……そう……なんだ？」

「お前、見かけなかったか？」

「いや、知らない……な」

リーンハルトは雫型に輝くそれを、コニーに渡した。考えてみれば、いつ自分が手にしたかも記憶にない。無意識に拾った、ということだろう。

クロッツェには悪いが……これも説明出来ないな……

雪豹になったことまで話さないといけなくなるから、仕方ない。罪悪感がないわけではないが。

「親切な誰かが拾ってしかるべき場所に運んでいるかも知れないよ？」

「……棒読みで適当な励ましをするな」

ズダダダダダダダ！　ズダダダダダダダ！


突如、近くの建物から、金属の礫《つぶて》を叩きつけるような爆音が響いた。

女の悲鳴じみた罵声も聞こえてくる。

コニーの反撃が始まったんだ！

3　ネモフィラの最期

さて、罠は設置しました。ここからが問題です。

あのトカゲ女を、罠のある北西の厨房棟まで誘導しなくてはならない。

コニーはいまだ、小精霊の〈存在を隠す魔法〉を自身にもかけてもらっている。今のままではネモフィラは気づかない。光る蔓草の翼を広げて、城塞中央の上空から見下ろしつつ考える。

姿を消したこの状態でなら、戦いも有利かも知れませんが……

憑物士軍と〈後続大隊〉が中庭の森で戦っている以上、そちらに被害が及ばぬようにしたい。ネモフィラは敵味方関係なく、攻撃魔法を繰り出すから。

姿を見せれば、即座に気配を察知してやってくるだろう。しかし、いきなり建物に入ると、罠を勘ぐられるかも知れない。

——というか、ネモフィラは一体どこに？

風に乗って血生臭さが鼻先を掠める。風の吹く方向を見る。

北側ですね、ダフィさんと脱出した騎士たちがいた――

ぞわり、と嫌な予感がした。

そちらへと空を駆ける。ふたつの塔より手前、北東の兵舎と北西の厨房棟の間にある渡り廊下。その屋根を飛び越えた所で見えたのは――無残な騎士の屍《しかばね》が数体。頭や体の一部が嚙みつかれたようにごっそり溶けて、血溜まりを作っている。

真っ先に思い浮かんだのは、ネモフィラが持つ黒い髑髏を飛ばす剣。その餌食になったに違いない。自分が見つからないから、腹いせに殺《や》ったのか。だが、そこにトカゲ女はいない。

騎士の人数……もっといたはず。まだ人質は必要だから、追い立てて牢に戻した？

犠牲者たちの血を踏んだ足跡を辿り、そこから近い兵舎へと入った。逃げ切れなかったのか、廊下には先ほどと似た状態の死体がいくつか転がる。翼で低空飛行しながら耳を澄ます。女の甲高い笑い声と、複数の叫び声。

コニーは速度を上げて階段を上る。二階、一番奥の突き当たりの部屋から声がする。そこに辿り着いた。中には檻があり、二十人ほどのやつれた騎士たちが閉じ込められていた。一人だけ檻の外で踏みつけられている男がいる。新聞記者のダフィだ。

「お前ぇ、これであたしを写していたのぉ？　あたしの許可も取らずにぃぃ！　なあぁんて図々しいのかしらあっ！」

彼を踏みつけているネモフィラ。その後ろ姿を見て、コニーは目を瞠った。結い上げた黒髪の下

——うなじから大きな黒いトゲが鬣《たてがみ》のように尻まで生えている。

あんなもの、ありましたっけ？

尻から伸びた爬虫類の長い尻尾が、不機嫌そうにばっしばっしと床を叩く。もう一度、視線を上に戻すとやけに頭部が大きいような……ダフィから取り上げた写真機の小箱を握る手は、五本指であるものの鉤状の太くて鋭い爪がついている。

「何とか言いなさいよおっ！　この美しいあたしの姿を後世にぃ、残したいんでしょぉおおお！お願いすれば、考えてやらなくもないわよおおお！」

喋り方が何だかおかしい。意識が飛んでいるのか、ダフィは答えない。黙っていれば見てくれは爽やかな好青年だが、実際のところはチャラくて失礼なハイエナ記者。そんな彼も、この女には手も足も出ないようだ。

彼の前髪を掴んで引きずり上げる、ネモフィラの横顔が見えた。

「！」

ごつごつとしたトカゲの顔になっている。あちらも魔力の使い過ぎで、容貌に変化が現れたらしい。あれが、ネモフィラの中に召喚された悪魔の真の姿なのか。黒髪はそのままなんだ……と妙な所で感心する。なんていうか、ちょっと鬘《かつら》っぽく見える。

「ほらあ！　ほらああっ！　あたしの美しさを褒め称えなさいよおおおっ」

前髪を掴んでぶんぶん振り回されている男。その目が、パッと開いた。

「——やべ、イグアナがしゃべってる……」

ネモフィラの動きがピタ、と止まる。

トカゲの細い顔と何か違うと思ってたけど、イグアナか。トカゲの仲間ではあるけど……そっちの方が的を射ている。

「人外でもタイプの美女に殺られるなら本望かと思ったけど、こりゃないわ」

ネモフィラの目が点になる。

「ごついし目ちっせぇし口でっけーし。ちょ、口が生臭いよ？　何食ってんの？　ドブ鼠？」

前言撤回、安定の無礼さだった。それも真顔で、ド直球の本音を隠しもしない。

何を言われたか理解できないような顔をしていたネモフィラは、ようやく怒号を発した。

「はあああ⁉　ふざけんじゃないわよおっ⁉」

……ネモフィラ、自分の顔が変わってるって気づいてない？

「殺《や》るなら殺るで、せめてさっきの顔に戻ってくんないかなぁ？　あ、さすがにそこまで悪魔化進行したら、ダメなんだっけ？　惜しいなぁ！」

「⁉」

そう言われてやっと、自分の顔を両手でまさぐる。額は鼻先にかけて出っ張り、突き出した大きな口に、顎下から喉元まで一直線のトゲが生えている。

「ヒッ、あ、あ、あたしの顔が、何これ……⁉」

ひどく衝撃を受けているようだ。

「ああっ⁉　何で、うそ、うそよ！　アネモネ様は絶世の美女なのよおおお！」

思い込みなのか騙されたのか。ネモフィラが悪魔を受け入れた心境が、何となく分かった気がした。美形の悪魔なら、美に固執する彼女にとって抵抗も少なかったのだろう。

そこへ、ダフィの容赦ない言葉がザクザクと飛んできた。

「キミさぁ、自分が何捨てたか自覚した方がいいよ？　そんなんじゃ、どんな男も寄り付かないって！　それどころか一目散に逃げるって〜」

無神経は恐ろしいと思ったが、そのときの彼の顔を見て分かった。あ、これ、逃げられないと思って自棄《やけ》になってる、と。

「な、な、なんですってえええええ!?」

小さな目をカッと見開き、クワッと口を広げる。バキッと写真機を握り潰した。

「あと、オレの審美眼が拒否ってるから。褒め称えるとか、死んでもナイナイ」

プライドをへし折られたネモフィラは、怨霊を発する剣を引き抜いた。

「調子乗ってんじゃないわよおっ！　虫けらの分際でえええーっ！」

ダフィに斬りかかろうとした直前、そのポニーティルを、コニーはガッと引っ掴んだ。彼らのやりとりの最中に、背後まで近づいていたのだ。

「はい、そこまで」

間髪いれず、異形女を廊下へと投げ飛ばす。さっと窓に行くと足をかけて、このタイミングで小精霊に〈存在を隠す魔法〉を解いてもらう。猛然と戻ってくるネモフィラに、すちゃっと右手を上げて挑発してやった。

「雑魚と遊んでる暇はないですよ？」

窓から飛び下りて、魔法の翼で逃げる。

「こっ、このくたばり損ないがあっ！　よくも――」

憤慨するネモフィラをまんまと釣り上げて、厨房棟の北入口へと誘導した。

逃げるそぶりを見せると、ネモフィラも蝙蝠の翼を広げて追いかけてくる。

罠を仕掛けた西の三棟。まず北寄りの一棟目、一階から四階までの階段を追わせる。四階の廊下でも、スピードを落とさず食いついてくる。そこへ隠して設置した魔法楯から、散弾を発射！

両脇から次々と発動させ、執拗にネモフィラを撃ちまくる。

「一体何故⁉」「誰が⁉」「どうして⁉」

動揺と混乱、悲鳴に近い罵声を上げている。白緑鎧の魔力がフル充塡されたのが信じ難く、罠に飛び込んでしまった誤算ゆえか。それでも後退することは考えない。何故なら、コニーが廊下の先で待っているからだ。

二棟目の四階廊下の終わりで、一度、散弾の罠はなくなる。女は足下をふらつかせて、そこから出てきた。三棟目の四階、直線廊下の真ん中に立つコニーめがけて、突進してくる。まだまだ元気だ。コニーは翼を使って悠々と逃げるが、相手は走って追ってくる。多少のダメージはあるらしい。

まぁ、まだ一段階目ですからね。

突き当たりを左に曲がって数メートルで、二段階目の罠を発動。追うことに必死で飛び込んでしまったネモフィラを、容赦ない散弾が襲う。鎧の魔力はめちゃくちゃ使うが、この散弾ゾーンを抜けるまで延々と撃ち続けるよう、小精霊に指示してある。

四階の階段前でコニーはそれを眺めていた。この位置に立っていれば、負けず嫌いな彼女は前進するしかない。後退するにも、また散弾の嵐を潜らないといけないからだ。建物の内側にある廊下のため、窓から逃げることも出来ない。

いきなり威力マックスな罠にすると、本能的な危機感から逃げられる可能性もある。だから、打ち込む豆楯の威力調整〈強化〉〈加速〉も最初は三倍、次は六倍と順次上げている。そして、これから最終ゾーンの三段階目。散弾の威力は、最高値となる十倍だ。

あと少しで二段階目を抜けてきそうなので、コニーは階段を一階まで下りて、南に面した玄関棟の入口より少し奥で待機。そこで、また小精霊に魔法で姿を隠してもらう。

――正直、この〈存在を隠す魔法〉がなかったら、作戦はうまくいかなかっただろう、と改めて思う。

小精霊様ってすごく有能な方ですよね。

名前を言わなかったり、一線を引いてる節があったり、人間ぽい姿になれるのに光玉で現れたりと、謎を感じる部分もあるのだが、基本的には親切だし、サポート力は抜群だ。

一階へ下りてきたネモフィラは、激しく撃つ散弾の雨の中を駆けてきた。ここでは、天井からも攻撃を仕掛けているのだが、なかなか倒れる気配もない。さすが高位イグアナ。しかし、廊下半分の距離あたりで減速しはじめ、よろよろしながらこちらに向かってくる。意識が朦朧《もうろう》としているのか、目つきが怪しい。

あえて、玄関口は開放しておいた。それに気づいた彼女は身を投げ出すようにして、外へと脱出。ごろごろと転がりやっと止まると、ゆっくりと起き上がる。肩でゼエゼエと荒い息を吐く。

全身の鱗は無惨に剝がれていた。それでも、前より念入りに胴体部分を防御の膜で覆っていたようで、〈黒きメダル〉の影は微《かす》かに見えるのみ。

こちらも一度で学習した、想定内だ。

——チャンスは、この一瞬だけ！

フィア銀刀を手に素早く突進した。厄介な高位悪魔を〈地涯〉へ送り返す、その一念で。

手負いの獣は敏感だ。何かを感じ取ったのか、こちらに向けて氷の刃を飛ばしてきた。隠れ蓑だった小精霊の魔法が解ける。だが、そんなことで足を止めたりはしない。二度、三度とくる氷刃を刀で打ち払い、ネモフィラに迫る。

「コニー！」

ジュリアンの呼ぶ声が聞こえたが、無視した。

唇を歪め小馬鹿にしたように、ネモフィラは嘲笑った——醜悪な爬虫類の顔で。立ち上がり、黒い怨霊剣を振りかざす。自分が勝つことを信じて疑わない、傲慢な表情だ。頭を狙ってきた。刀で弾く。同時に、左手で抜いた〈黒蝶〉の短剣を、ネモフィラの左胸に深く埋めた。刃の両面を連なるようにコーティングした豆楯が、相手の防御膜を突き破る。刃先が硬いものに当たる手応え——〈黒きメダル〉だ。

「爆散！」

豆楯の散弾が胸部ではじけて、大きな風穴を空けた。

ネモフィラは小さな目を見開いたまま、仰け反るようにゆっくりと倒れていく。ごとりと大きな頭を石畳に打ちつけた。ややして、口の端から赤黒い血がごぷりと零れた。ひゅうと冷たい風が吹く。その体が少しだけ浮き上がって——地面に底なしの深い穴が現れた。

彼女からぶわりと抜け出した漆黒の靄が、吸い込まれて消えてゆく。

——〈黒きメダル〉を壊したから、〈地涯送還〉の術が発動したのだ。彼女の中にいる悪魔は、強制的に悪魔の棲み処に戻る。マルゴにも行ったこの方法は、中の悪魔を取り逃がすというデメリットがあるが、そもそも高位悪魔を殺すのは至難の業。

穴はすぐに閉じて消えた。悪魔が抜けて人間の姿に戻ったネモフィラは、地面に青い髪を散らす。

「ジュリ、アン……さま、は……永遠……に……あたし……と、同じ……闇のな……か……」

その唇に満足げな笑みを湛えて、目を閉じた。

心臓に〈黒きメダル〉を埋め込んでいたネモフィラは、もう動かなかった。

——今のは、どういう意味？

周りの影が濃くなる。夕焼けの朱と黒の濃いコントラスト。じきに陽が沈む。

コニーは魔法の翼で飛翔し、ジュリアンの囚われた東の塔へと向かった。最上階の部屋に辿り着いたが、誰もいない。最初に分かっていた。あのとき現れた主は偽者だと。

『必ず来てくれると思っていたよ！』

彼があんな台詞を言う訳がないのだ。危険な仕事はさせたくない。〈黒蝶〉から外れてほしい、とさえ望む人だから。

しばらくして義兄とアベルが、その次にアイゼン、揚羽、ボルド団長が、次々と塔の部屋に駆けつけてきた。この塔の下にある入口を〈後続大隊〉が固めて、敵の侵入を防いでくれているのだという。揚羽が魔法の火玉を天井に投げて、薄暗くなった屋内を照らした。隠し扉や抜け道がないかと、皆で入念に探す。だが、ジュリアンはどこにも見つからず。

「別の場所に移されたのでしょうか……」

ここまで来て、肩透かしを食らうことになるとは――

不安を口にするコニーに、〈黒蝶〉の長たる揚羽はきっぱりと否定した。

「ジュリアン殿下には白緑の加護がついているわ。微かにだけど、その魔力を感じるの。絶対に、近くにいるはずよ！」

刻々と空は紫紺に染まり昏くなってゆく。

◆影王子の撤退と、置き土産

あと一息だったのに――

空中橋から落ちた白緑の騎士を仕留めていれば、その時点で片は付いたはずだった。結果的に、ネモフィラの傲《おご》りが仇となり敗れた。

――想定外のことが起こり過ぎた。十年かけて準備してきた完璧なはずの計画が、ここまで突き崩されるとは。国王を始末するために手配した駒の〈孤独な女〉——あれも失敗した。その駒に張りつけておいた己の分身が、またイバラによって事を成す前に消されてしまったからだ。囮として送り込んだ〈ヒル人間〉たちも駆除されたことだろう。

苛立ちながら、影王子は暗闇の中を歩く。ここは異形の通り道のひとつ、夜海のような異次元だ。現世に出入口を作れるのは、影を操る異形のみ。海溝のように深い場所に、切り取った小部屋ごと二人の王子を沈めておいた。ネモフィラが敗れてすぐ、影王子はそこに向かっている。

——これから、ジュリアンの最期をじっくり見届けるのだ。

ネモフィラの死と同時に、彼女が仕掛けた術が発動する。それは、ジュリアンの命を奪った時点で完成するものだ。

今頃、空っぽの塔を探し回っているであろう連中の姿を想像して、ほくそ笑む。駒たちが全滅しようが、目的を達成できればそれでいい。敵の援軍も内部争いのお陰で大した数ではないし、やつらの始末は後回しだ。

小部屋の中では、禍々しく光る氷の壁が、ジュリアンを囲むようにして立ち上がっていた。術中に捕らわれた彼は身動き出来ない。新しい漆黒の宮廷衣を身に着けていた。飾りの宝石も刺繍もすべて黒。ネモフィラが誂《あつら》えたそれを、どうやって着せたのかと思ったが……魔道具の鏡が床に落ちていたことで察した。あれで外の様子を見せることを条件に取引したのだろう。

ひどく憔悴《しょうすい》していたが、こちらに気付いて彼は強い眼差しで睨んできた。

「君の切り札は、これで最後？」

「ソウダヨ。ボクノ勝チダ」

「――まだ勝負はついてない」

負け惜しみの声を上げる。

「イイヤ、終ワリダ。コノ部屋ハ、影ノ通リ道――異次元ニ沈メテアル」

ちらりと視線を部屋の隅にやる。そこには、両手で頭を抱えて縮こまる痩せこけた男。

「助けてくれ、助けてくれ、助けてくれ、助けてくれ……」

誰に向かって言っているのか、ブツブツと俯いたまま呟く。反対側の壁際に横たわる、腐った首なし死体を一瞥する。かつて、国母と呼ばれ栄華を極めた女の末路だ。

「万ガ一、入口ヲ見ツケテ、入ッテモ、帰レル保証ハナイ」

氷壁は少しずつジュリアンを包み込んでゆく。高位精霊の加護が邪魔をしているせいか、彼から少し離れた位置でゆっくりと、だが確実に――

まだ時間はかかりそうだな、腰を据えて見物しよう。

そこにある椅子に座る。

「ソノ氷ハ、タダノ氷ジャナイ。氷晶ノ魔法。ネモフィラノ、置キ土産ダヨ。彼女ノ愛ヲ、ジックリ味ワウトイイ」

その言葉で察したらしく、ジュリアンは眉を顰めた。

「……死んだあとも質《たち》が悪い」

「彼女ハ最期ニ、笑ッテイタヨ。オマエヲ、取リ逃ガス事ガナクテ、満足ナンダロウ」

「吐き気がする」

「助けてくれ、助けてくれ、助けてくれ、たすけてくれ……」

男の掠れた小声が会話に割り込んできた。

そうだ、アレの始末はどうするかな、と廃王子を見る。

影王子が人だった頃の不遇の死。それは元王妃の暗殺指示によるもの。理由はこいつを次代王に就かせるためだった。

災いの根幹をさくっと殺すなんて、そんな慈悲深いことはしない。心が壊れるまで、もっと絶望させなくては。元王妃の心を病ませるのは簡単だったが、この廃王子はなかなかしぶとい。ジュリアンの死を見せたあとは、やはり、この部屋に放置一択だな。孤独を味わいながら、自ら死を望むまで細々と生かして——

ビクリと影王子の体が震えた。

——なんだ？　悪寒……？

勝手に影の体が小刻みに震える。ひどく胸騒ぎがして戸惑った。原因を探して周囲を見回す。

床に落ちた魔道具の鏡面に、チカリと赤い点が光った。思わずそれを拾い上げる。

映っているのは城塞の南方面。朽ちかけた城壁のはるか向こう、紫紺に染まる空から小さな赤い光が飛んでくる。怖気立つほどの物凄い魔力の塊だ。その後方、地上を魔獣で駆けてくる軍勢も見えた。あの赤光は先行する魔法士か。

——本能が、あの赤光から逃げろと警告している。

急いで部屋を飛び出した。塔に繋げた入口には、白緑の騎士らがいる。別の出口を作って、城塞の地下にある指令室へと戻った。

部下の憑物士がやってきて、千を超える敵軍を物見台から確認したという。

魔道具工房に行きランチャーに命じる。仮死状態の憑物士をすべて蘇生させよと。だが、蘇生させた者と城塞内にいる者を足しても、三千ほどしかいないと知って、愕然。

何故、そんなに減っているのか⁉

――外にいた百名ほどの救出隊が入ったのは、一時間ほど前のはずだ。憑物士を多く狩っても、せいぜい三百体前後が関の山だろう。それに、〈ヒル人間〉を千体投入している。つまり、城塞内の戦士は仮死状態のものも含めて六千体だ。となると、〈先行隊〉七名と脱出した四名だけで、誤差を入れても二千五百体以上狩っている計算に……そんな馬鹿な⁉　あいつら、本当に人間か⁉

「ヒル人間ドモハ、ドレダケ残ッテイル？」

「あ～、それなんすけど……二百ぐらいは残ってたんすけどね。ついさっき、ヒル男爵があの筋肉ゴリラと黒いオカマにやられちゃったみたいで……もう役には立たないっていうか～……」

ペンギンもどきな魔道具職人は、気まずそうに目線をさまよわせて報告する。

親玉のグロウが致命的なダメージを受けたことで、〈ヒル人間〉たちは同時に干からびて動かなくなってしまった、と。

人間が憑物士と戦うとき――魔性狩りに適した特殊武器と、攻撃魔法への耐性が高い鎧をまとうことで、敵の三分の一の戦力で応戦が可能とされている。

互角……いや、あちらは千を超えていたから若干こちらが不利か……だが、今は自身があの赤光の魔法士から逃げるのが先決だ。

「全軍デ、迎エ撃テ！」

そして、ランチャーに工房内にある魔道具すべての破壊を命じた。

「急ゲ！　奴《ヤツ》ラガ、到着スル前ニ！」

「そんじゃ、工房内にある自爆装置を作動させるっすよ！　十分あれば余裕っす！」

ジュリアンの死を最期まで見届けることが出来なかったのは、唯一の心残りだが……どのみち、彼らを救出することは誰にも出来はしない。元王妃とドミニク、ジュリアンをこの世から完全排除したことで、目的の六割方は達成した。

「アトハ、国王ト、王都ノ殲滅ダケ」

そのためにも、計画の立て直しをしなくては――

影王子はアシンドラ城塞の北側から、誰に知らせることもなく速やかに離脱した。

☆

塔の最上階に監禁されていた。異変に気づいたのはいつだったか……

天井と片面の壁がいつの間にか消えて、そこに途方もない闇が広がっていた。蠟燭《ろうそく》入りのランタンしかないため、部屋はかなり暗い。そのため初めは錯覚かと思っていたが……

部屋の隅にしゃがみ込んでいたドミニクも、こちらの様子に気づいて上を見て、前方を見て、驚愕の表情を浮かべた。見間違いではないようだ。

それから数時間ほど経っただろうか。突然、足元の床が輪を描いて光った。次の瞬間、その輪から氷が生えてくる。少しずつ、ジュリアンを囲むように壁のように立ち上がる――まるで閉じ込めようとするかのように。まずいと、そこから抜け出そうとしたが、足が動かなくなる。

「――殿下!」

「ジュリアン殿下!」

「ジュリアン様! どこですか⁉」

頭上の遠い闇から、いくつもの声が降ってくる。

「ここだ! ここにいる!」

声を張り上げて、彼ら一人一人の名を呼ぶが、返事はない。

「――で……か……!」

「さ……ま――!」

「――こ……に……」

声がどんどん遠ざかっていく。

こちらの声は届かないのか、どうすれば……⁉

焦る中、ドミニクが短い悲鳴を上げて身を竦めた。ランタンの近くでゆらめく、幼い子供の影。

「――影王子」

彼は〈この状態〉が、最後の切り札だと言った。自分の勝ちだ——とも。

——状況的に戦局も大詰め。影王子の持つ有力な手駒の出番はすべて終わった、ということだろう。だから、人質を取り戻される前に……片付けにきたのか。

この氷晶は死んだネモフィラの置き土産だと聞かされた。

椅子に座って、こちらが氷詰めになる様子を見物していた影王子。突如、小刻みに震え出し、床に落ちていた遠見の鏡を摑んで姿を消した。

何があったのか、やけに慌てた様子だった。

イバラの加護と悪魔の力が競り合っているのか、氷晶はジュリアンに触れないよう包み込んでくる。すでに、卵の形で三分の二まで形成されていた。完全に覆われたら、息が出来なくなる——

「ハハハ……いよいよ終わりだ……ここは異次元だってよぉ」

ドミニクが乾いた声で嗤った。その顔は老人のようにしなびている。

「キサマもオレも玉座に就けず……惨めな最期を迎えるんだ。あの、化物のせいで……」

「——その化物を作り出したのが、君ら母子《おやこ》だろ」

「……え？」

呆《ほう》けたような間抜けな顔を向けてきた。まさか、知らないのか？

「——そもそもの発端は、十年前、君の母親が、先王の御子に暗殺者を差し向けたせいだよ。死に切れなかった御子が、人外に堕ちて影王子が生まれた。復讐のためにね。その標的が君らだけでなく、王族全てにすり替わってしまったのは、理不尽としか言いようがないけど」

ドミニクは目を瞠る。口をぱくぱくさせながら、「なんだ、それ……」と呟く。

「影王子や、君の母親から聞いてないのかい？」

落ち窪んだ目を床に彷徨わせながら、彼は枝のように細くなった自身の腕をさする。

「あの化物……何か言ってた気はする……けど、よ……異形の戯言だとばかり……母上は……何を聞いても、怒鳴るか叫ぶばかりで……」

一度たりと、まともに考えたことはなかったのか。

「すぐに……助けがくる、と思ったんだ。母上が、ここにいるなら、……伯父上も……黙っちゃいないだろうって……」

隣国レッドドラム王を当てにしていたのか。元王妃キュリアが幽閉場所からここに攫われたことを、あの国が知ることが出来たかは分からないが……ドミニクがここに護送されたことは知っているだろう。逃亡させるために間者を送り込んだかも知れない。ただ、塔に辿り着かなかったことを考えれば、影王子の配下に始末されたに違いなく——

「キサマと墓場をともにするなんて、夢にも思わなかった……」

「何言ってるんだい。僕は君と最期をともにする気なんて、さらさらないんだけど？」

「——無駄だ、ムダ、むだ……だれも、たすけになんかこない……」

思考を放棄したのか、ドミニクは自らの膝に顔をうずめる。

話している間に卵型の氷晶は八割方、出来上がっていた。

——寒い、凍えそうだ……！　嫌だ、こんな場所で死ねない、諦めたくない！

もう一度、先ほど聞こえた声の主たちに呼びかける。

「ジン・ボルド！　揚羽！　シルヴァン・チェス・アイゼン！　アベル・セス・クロッツェ！　リーンハルト・ウィル・ダグラー！」

冷気が口から入り込む。臓腑から凍らせようとするかのように――それでも叫んだ。

「コニー・ヴィレ！　僕はここにいる！」

幾度も幾度も、声が枯れるまで呼び続けた。卵の氷晶は、あと一欠片分で完成してしまう。

そうなったら、この声も塞がれてしまう。

「君たちの声を聴いたんだ！　僕の声に気づいてくれ！」

王になることも出来ず、妃との約束も守れず、生まれた娘の顔も見ることなく――

あの子の幸せも見届けることが出来ないまま――

「僕はまだ、こんな所で終われない――！」

そのとき、闇を割いて、一筋の白緑の星が流れ落ちてきた。

四章　昏き夜を乗り越えて

1　光を手繰《たぐ》る

城塞に囲まれた中庭の森に、憑物士軍があふれている。〈後続大隊〉だけでの戦いは不利になっていた。

塔の最上階に部屋はひとつだけ。壊れた空中橋へと繋がる半分に、若干広さを感じる。内側の石壁と床がなく、外郭部分だけになっているせいだ。最初からこうなっていたのか？　それとも敵が意図的にやったことなのか？　疑問に思えど何の為かは分からない。

もう半分には粗末な寝台とワードローブ、階段に繋がる扉がある。

義兄とアイゼンは外郭だけになった所を調べ、アベルとボルド団長は寝台をどけて床を調べた。

「何もないな」

「地下室なら、壁や床下に隠し通路や部屋があったりするんだがなぁ」

空中橋に繋がる入口から、翼のある憑物士らが襲来してきた。乗り込まれる前に揚羽が結界で塞ぎ、ついでに階段側の扉も封じた。その様子を見ていたボルド団長が声をかける。

「おい、揚羽。大丈夫か？」

青褪めて額に汗が浮き出ている揚羽は、傍目《はため》にもかなり具合が悪そうだ。

「えぇ、まぁ、牢生活で体力が落ちているせいね。丸一ヶ月、甘味断ちしているのもこたえるわぁ」

自身の魔力を使うと、体力の消耗も早い。魔法を扱う技量に長けている彼だが、元々の魔力量は決して多くはない。それを補うために、いつもは魔力装填済みの魔法武器などを持っているはずだが……敵に奪われたらしく。自身の魔力だけで戦っていたので負担も大きいようだ。

あまり彼に無理はさせられないな、とコニーは思う。

ワードローブの中を調べたが、男性用の衣装が少しあるだけだった。ここに幽閉されていた廃王子の物だろう。やつの行方はこの際どうでもいい。主を探しているのだから。

——何故か、ここが気になるんですよね。

念のため少し動かして裏側も見たが、壁際に埃《ほこり》が溜まっているだけだった。

『ジュリアン様は永遠に、あたしと同じ闇の中』

ネモフィラが最期に残した言葉。闇とは、どこを指しているのか……まさか、すでに死んでいるという意味では……

そんな不吉な考えを振り払うように、頭を振る。

ワードローブの中に入ってみた。周囲の板を拳で軽く叩く。やけに、しんとする。

……外の音が聞こえない？

一度、扉から頭を外に出すと、ボルド団長らの話し声がする。また、ワードローブの中に頭を引っ込める。扉は開けたままなのに全く聞こえない。

――この中だけ、何かの力が働いている？

魔法楯を出すと、奥の厚い板を軽く殴ってぶち抜く。

楯を覆う光で穴の中を照らすと、そこにあるべき石壁はなかった。炭のような空間が現れた。

腕を突っ込んでみるが、どこにも当たらない。かすかに何か聞こえた気がした。

風の音？　人の声？　よく分からない。

破壊音も聞こえてないようなので、皆を呼んでみる。そして、揚羽に頼んで穴に魔法の火玉を投げてもらった。暗闇に吸い込まれるように消えてゆく。

「見通せないほど広くて深いわね。あのストーカー女が言っていた〈闇の中〉って……ここじゃないの？」

揚羽が神妙な顔つきで言う。ネモフィラの件《くだん》の台詞は、もちろん皆と共有済みだ。

「まるで影の世界に通じているみたいですね。影王子だけに……」

横から覗き見たプラチナ髪の御仁が、そう感想を漏らす。ボルド団長が言った。

「こんな所に入口が隠してあるってぇことは……もう確定じゃねぇか？　ここが影王子の真の巣で、ジュリアン殿下はこの奥に捕らわれているってよ」

コニーはサッと手を上げた。

「じゃあ、わたしが探しに行きます。魔法で飛べますし」

揚羽がそれならと声を上げた。

「アタシも一緒に行くわよ！」

「揚羽隊長、魔法の使い過ぎで限界が近いのではないですか？　ここはわたしに任せてください」

無理をして戦線離脱されても困る。

「仔猫ちゃん……そんなにアタシのことを……！」

感激して目を潤ませる揚羽だったが、そこにリーンハルトが慌てて引き留めてきた。

「待って！　ここって、前に君と彷徨った異次元に似ている気がするんだ！」

それは、コニーも気づいていた。体感した者にしか分からないであろう、あの茫漠感。どこにも辿り着けない恐怖に本能が発する、あの危機感――だが、一番にこの人が反対しそうだと思って、あえて言わなかったのに。

ふと、彼の左目尻の下にある泣き黒子。白い肌にぽつんと目立つ。顔の右半分を染めていた紅い紋様が、きれいになくなっている。いつ、消えたんだろう？

「迷子になる可能性が高いということか」

アベルが心配げな眼差しを向けてくる。

「じゃあ、やっぱりアタシも行った方が……」

揚羽が前言撤回しようとするので、コニーは白緑鎧の魔力が補填されていることを告げた。

「――だから、大丈夫です。まだ十分余力はありますから」

「コニー、どうやって魔力の補填を？」

不思議そうにアベルが尋ねてきた。

「イバラ様のお使いの聖獣が、白緑色の魔力玉を持ってきてくださったのです」

「聖獣？　……それは白くて大きい獰猛《どうもう》そうな猫か？」

「いいえ、白くて大きなおとなしい猫でしたよ」

アベル様もどこかで見かけたのでしょうか？

つい猫と答えたが、あれはどう見ても雪豹なので猛獣だと思ったのかも知れない。

アベルは眉間に皺を寄せ、怪訝そうな顔で黙り込む。そこへアイゼンが話を戻した。

「やはり、ヴィレが適任でしょう。あとは迷子対策ですね。揚羽殿、彼女の位置を特定できそうな魔道具を持っていませんか？」

「通信魔道具ぐらいしか、ないわね……」

可愛らしい四つ葉のついたヘアピンを二つ出し、片方をコニーに渡してきた。衝撃に強くした改良版だというが、音声をやりとり出来るだけなので、位置までは把握できない。アイゼンが再度、揚羽に尋ねる。

「ヴィレの鎧を、あなたの魔力感知で追うことは出来ますか？」

「あまり遠くなると無理よ。出来る限り追ってはみるけど」

義兄は反対こそしなかったが、そわそわと落ち着きがない。

「ジュリアン殿下がどの辺にいるか、だけでも分かれば……」

「近づけば分かるかも知れません。かすかにですが何か聞こえてくるので、それを追ってみようかと」

「今でも聞こえるか？」

アベルの問いに肯《うなず》く。コニー以外の五人は顔を見合わせた。どうやら、彼らには聞こえてないらしい。揚羽がぱんと両手を打つ。

「ひょっとしたら、ジュリアン殿下にかけられた加護と、白緑鎧の魔力が同じだから……遠くても感じるものがあるのかもね。共鳴っていうんだけど……声のする方に意識を集中してみて？　鎧の魔力がそちらに向かうようにイメージするといいわ」

暗闇の底を見つめながら、言われた通りにしてみる。すると、どうだろう——はっきりと、ここにいるメンバー全員の名を呼ぶ声がする。さらに、白緑に光る細い糸が闇底へ繋がっているのが視えた。これって、道標？

「——小精霊様、冑をここに置いたら帰還の目印になります？」

〔闇への入口が開いている限り、可能〕

コニーはその言葉と、白緑の糸を辿れば主のもとに行けるかもしれないと、彼らに告げた。これなら異次元の迷子対策もばっちりだろう。冑を外すとワードローブ内に置き、借りたヘアピンを耳の横に差す。コニーは彼らを見回した。

「では、行ってきます！」

ひらり、闇の空間へとダイブする。パッと光る蔓草の翼を広げた。真っ暗な空気が、波のようにさざめくのを感じる。黒い海中をひとひらの光のように下りてゆく。

右も左も上も下も黒い。白緑鎧に宿る光がなければ、自分自身さえ見失ってしまいそうだ。

最初は揚羽とヘアピンを通じてやりとりをしていたが——途中で何も聞こえなくなる。

「揚羽隊長？　聞こえますか？」

通信魔道具は小さいものが多く衝撃で壊れやすい。改良したものなので、ちょっとやそっとで壊れるわけがないのだが——

主の呼ぶ声が、だんだん近づいてくる。もう少しだ——

……あれ、何？

闇の中でも煌々と、禍々しく歪んだ光を放つ硝子の卵を見つけた。近づくにつれ、その中に閉じ込められた人影が見えてくる。

何てことを——！

卵の周囲は、切り取られたあの塔の部屋半分だった。

完全に密閉された分厚い硝子……いや、ネモフィラの置き土産なら氷か。中に立つジュリアンと目が合った。唇が少し動いた。内側に空洞があるらしく、呼吸はまだ阻害されてないようだ。彼がまとう漆黒の宮廷衣は、宝飾も刺繡も黒。そのせいか、蒼白な肌がやけに際立つ。

コニーは細心の注意を払って、魔法楯でヒビを入れて割ろうとした。

コツッ
軽く角をぶつけると、一気に砕け落ちた。あまりの脆《もろ》さに啞然としたが、自身の白緑鎧と、主の左手首にある加護印——蔦のリングが眩しく輝いていた。どうやら共鳴の力が、二者間にある障害物を排除すべく働いたようだ。

「お待たせしました、ジュリアン様！」

「コニー……」

呆然とした様子で彼は言う。

「確かに、君の名を呼んだけど……」

「もちろん、聞こえてました！」

「何故、君が……？　側近や黒蝶たちも来ているはずだよね？　何で一人？」

ものすごく納得いかないような、でも安堵も混じる、複雑な顔をされた。

一人前の〈黒蝶〉として認めてもらえないことを心で嘆きつつ、それでも笑顔で返す。

「わたしが最も適任だったからです！　イバラ様にお借りした加護の鎧がありますからね。何があっても、ジュリアン様をお守りできます！」

彼は目をまるくした。

「イバラ殿がそれを……？」

「はい、必ず王太子を連れ戻すように、と仰られました。さあ、一緒に帰りましょう！」

手を差し伸べると、彼はその手を掴む。そして、小さく微笑んだ。

「さすが、僕の仔猫は大物だね。帰ったらご褒美をあげないといけないな」

なんというチャンス！　これを逃してはならない！

「では、黒蝶の正規メンバーに戻りたいです！」

「君らしくて抜け目がないね。でも、ここまで来たなら史実に残る英雄だよ？　いっそのこと、年金を出すから引退しても……」

「いえ、黒蝶にはバイトでなく、正式に籍を置きたいのです！　それ以外望みません！　熟考していただけると大変嬉しいです！」

笑顔で畳みかけると「そうだね、よく考えよう」と、彼は苦笑しながらもそう言った。

やったあああ！　念願の正規隊員に戻れるかも――――！

コニーは魔法の翼を消して、小精霊に指示を出す。光る凧型の楯が連なって二人を囲み、多面体の球が形成されてゆく。

「ま、まってくれ！　オレも連れて行ってくれ！」

掠れたダミ声が飛んできた。転がるように駆け寄ってくる小汚い男。枯れ枝のようにがりがりで一瞬誰だと思ったが――ボロ雑巾と化した宮廷衣で廃王子ドミニクだと分かった。

ジュリアンに取りすがろうとするが、結界球の壁に阻まれる。

「あなたを助ける義理はありませんよ」

コニーは冷ややかに険しい視線を向けた。

「いいや、義務はある！　幽閉されてもオレは王族だ！　こんな所で死なせて言い訳がない！　父上だって、きっとそう言うはずだ！」

――生涯幽閉を言い渡された身なので、それ以外の場所にいるなら連れ戻さなくてはならない。

国王とて、こんな愚息でも見捨てることはしないだろう。だが――

「知ったことじゃないですよ」

「な……っ⁉　なんて薄情なやつだ！」

「わたしの主を長年害しておいて、どの口が言ってるんですか。虫のいい」

むしろ、ここでトドメを刺されないだけ幸運だと思え、である。放っておいてもすぐに死にそうなので、わざわざ手をかける必要もないだけだ。

「やりたい放題、生きてきたツケが回ってきたんですよ。そもそも、ペーター・コルトピはあなたのせいで殺されたのだから、あなたたち母子だけが報復されるべきです」

ちら、と壁際の暗がりに視線を向ける。そこに横たわる人影は——ドレス姿で首がない。

結界球についた小さな翼がはためき、ふわりと浮上した。摑み損ねた男は、なおも追いかける。

情けない顔で見上げながら、両手を伸ばして叫んだ。

「そんなやつのことは知らない！　知らないんだ！　母上が勝手にやったんだ！　置いていかないでくれ！　一人にしないでくれよ——」

あと一歩で、床の端から闇の海へ飛び出そうとした男は、バシンと何かにぶつかって尻をついた。

あの部屋をとりまく闇が、海流のように渦巻いているのが分かる。まるで、廃王子だけは逃すまいとするかのように——影王子の施した結界的なものだろう。先ほどは気づかぬ内に、白緑の魔力共鳴で突き破っていたらしい。

ジュリアンは一瞥をくれて言った。

「今度こそ永遠にさようなら、愚兄」

ぐんぐん速度を増して上昇する結界球は、あっという間に廃王子を視界から遠ざけた。

反省する素振りもない。却《かえ》って置き去りの罪悪感もなくて済んだとコニーは思う。

「この一月余り、君のお陰で助かったよ」

「？」

「君のお土産に大量に買った携帯食があったから、餓死せずに済んだ」

敵からの飲食物の差し入れは一切なかった、とジュリアンから聞き愕然とする。

その携帯食が切れたのが三日前。それまで地下室にいたので、壁から染み出る地下水を飲むことは出来たらしい。体力的にも限界寸前ということだ。

一刻も早くこの場所から出て、安全な場所にお連れしなくては――

「揚羽隊長、聞こえますか？」

ヘアピンの通信魔法で、塔にいる揚羽に連絡を試みる。何か騒がしい声が複数聞こえてくる。

「繋がらないのかな？」

「いえ、剣戟の音と喧騒がすごくて……おそらく、部屋にかけた結界を敵に突破されて、応戦しているのかも知れません。こちらの声が届いても、返す余裕がないのかも……」

しばらくして、ぷつっと音が完全に途絶えた。

――向こうのヘアピンが壊れた？

その間も、結界球は闇空間を上昇し続ける。遠くに光る一点が見えた。ワードローブの穴だ。

「あそこが出口です、ジュリアン様」

主に向けていた視線を再び上に向けると、さっきまで見えていた光がない。

「え？」

はっとして白緑の糸を探す。あった。ちゃんと上に伸びて、置いてきた冑に繋がり道標となっている。だが、どんどん上昇するも暗闇ばかり。

出口が閉じた？　どうして……

ふいに結界球の移動が止まった。白緑の糸が宙に浮いたまま切れている……ということは、この近辺に本来なら出口があるのでは？　小精霊の言ったことを思い出す。闇への入口が開いている限り、帰還は可能だと。それじゃ……

「あの、小精霊様？　これはマズイ状況ですか……？」

〔まだ、出口は完全に閉ざされてはいない〕

「コニー、あそこ見て」

ジュリアンの指差す位置を、目を凝らして見つめると――闇の中、淡い光をまとう剣刃と槍刃が、交差するように浮かんでいた。パチパチとそれが火花を散らし始めたので、結界球を少し下げる。


ドンッ！


突如、二つの刃を中心に闇が弾けて、光が差し込んだ。四角い出口の左右には、アベルとリーンハルト。そして、中央からぴょこりと覗く――可愛らしい赤毛の幼女がいた。

「二人とも、よくぞ無事だったの！」

一度だけ会ったことのある、〈砦の母〉だった。

☆

コニーが底なし闇にダイブしてのち、空中橋へ繋がる入口を塞いだ結界が——弾け飛んだ。

直前に、〈黒蝶〉長が補強しようとしたが間に合わず、飛空力のある憑物士らが乗り込んで来る。

リーンハルトたちは素早く動いて応戦した。異次元に繋がるワードローブを破壊されてはならない。だが、敵は次から次へと侵入してくる。

「くっ、こんなに大量に湧いたら、結界をかけられないじゃないのっ！」

敵から奪った長剣を手に、〈黒蝶〉長もまた憑物士を屠る。攻撃魔法を使わないのは室内が狭く、味方も巻き添えになるからだ。さすが元暗殺者だけあって、憑物士の心臓である〈心核〉を的確に斬る。だが、これまでに魔法を連続して使っているせいで、体力が落ちているのだろう。息切れを起こして顔色も酷い。それを見たリーンハルトは、死相が出ているのではと危惧する。

同じことを思ったのか、ボルド団長が彼の負担を減らすべく近くに行き敵を捌いている。

コニーたちが戻ってくる前に、敵を締め出して結界を張ってもらわないと——

そう思いながら、ワードローブの開いた扉奥に視線を向けた。木板が見える。

え？

闇の異次元に通じる穴が、少しずつ狭まっていた。

「嘘だろ⁉」

目の前にいた憑物士を斬り飛ばすと、ワードローブの前へと駆けつける。あと直径十センチほどになった黒穴に剣を突き立て、攻撃魔法を撃った。

ドンッ

閃光が膨らみ、穴は奥板全体に広がった——のも束の間、再びじわじわと穴は狭まってくる。二度目の攻撃魔法を放つ。

「ギャッ⁉」

背後で敵の悲鳴。振り向くと魔獣槍を手にしたクロッツェがいた。

「おい、背後に注意しろ！　何やって……穴が⁉」

魔法剣の先を見て、すぐに事態を察したらしい。

「攻撃魔法で一時的には開くけど、すぐに閉じるんだ！」

そう答えると、彼は「そのまま続けろ！」と言い置いて、こちらに向かう敵を片付け始めた。

リーンハルトは穴の収縮を止めるべく、幾度となく攻撃魔法を放ち続ける。

これも影王子の仕業か——⁉

わざと主君のいる道標を残して、そこに飛び込んだ者の帰路を断つ。

さっと横目で仲間の様子を見る。〈黒蝶〉長にこの穴を何とかしてほしいが、彼にそんな余力は残ってなさそうだ。自分が抜けたことで四人の負担も増えている。

——暗闇に向けての攻撃魔法は十五秒間隔で撃っていた。このままでは、魔法剣の魔力も早々に尽きてしまいそうだ。だが、その後も、剣柄の精霊石は魔力がフル充塡された状態のまま、瑞々しい輝きを宿していた。

――これは私の魔力のせいなのか、それとも……

右半身にあった紅い紋様が消えたので、〈不浄喰らい〉戦で大量の魔力排出とともに、アレの封印が再度かかったのだと思っていたが……

待てよ、雪豹の姿に変わった子供の頃、あの老魔法士は言ってなかったか？〈聖獣の魔力〉と、〈自身の魔力〉を同時に封じることで人の姿に戻ると――つまり、魔力漏れが起こっている今の状態は、ちゃんと封印が出来てないということでは……

いや、今はそんなことはどうだっていい！コニーたちが戻るこの入口を、維持できるなら――

「チッ、どんだけいやがるんだ⁉狩っても狩っても減らねぇぞ！」

ボルド団長が苛立ちながら叫ぶ。

「この羽蟲どもがああああ――！よくもっ！」

〈黒蝶〉長が発狂したように叫ぶ。通信魔道具のヘアピンを敵に壊されたらしい。

背後で戦うクロッツェが問いかけてきた。

「ダグラー！コニーたちは戻ってきたか⁉」

「まだだよ！」

さらに、重大な問題が発生していた。

「穴の収縮速度が上がっている！何とかこの穴を固定させないと――」

リーンハルトの言葉に、クロッツェが何か言いかけた。

突如、赤い閃光が室内に差し込む。一瞬だった。空中橋へ開いた入口からの――敵の流入が途絶えた。今の内にと、ボルド団長らは室内に残る半人半獣どもを狩り尽くした。

「外で何かあったのか……？」

「さっきの赤い閃光は一体――」

「あの、アタシそろそろ限界が……」

〈黒蝶〉長が、結界が張れないとギブアップ宣言してくる。

「次に魔法を使ったら多分、意識がなくなるかも……」

結界を張れば荷物になるが、剣でならまだ戦えるというので、どうするか四人で相談を始めた。

そっちも大変なのは分かるが――こっちに気づいてくれ！

自ら塞がろうとする異次元穴、その速度はすでに数秒間隔になっていて、それを説明する暇《いとま》もない。これ、もう完全に終わらせる気だろ――リーンハルトはそう悟った。

「穴が――っ！」

焦りの中、そう叫ぶのが精一杯。少し離れた所にいたクロッツェが一足飛びで駆け寄って、魔獣槍で魔法剣と同じ位置を突く。リーンハルトも同時に攻撃魔法を発動させた。だが、穴は一ミリたりとも広がらなかった。それどころか、待ってましたとばかりにシュッと暗い穴は窄《すぼ》まり、二つの武器の刃先をがっちりと固定。抜き差しならない状態に。

「コニーとジュリアン殿下が……！」

呆然としていると、視界の端に赤光の大きな玉が映った。皆の目が一斉にそちらに向く。

ぱっと赤光が霧散して、その場所に六、七歳ほどの可愛らしい幼女が現れた。鮮やかな赤毛を両耳の上にくるりと巻いた羊角ヘア、深緑地に金ラインが入った騎士服の上着と、膝丈ドレスを合わせた不思議な出で立ちをしている。幼女はにこりと微笑んだ。

「待たせたな、ジン。三砦の支部騎士団より、援軍を連れてきたぞ！」

撥剌《はつらつ》とした幼い声が響く。

「「「えっ？」」」

何かの冗談かと耳を疑った。しかし、ボルド団長が幼女の前へ近づくと、さっと跪《ひざまず》きこうべを垂れて騎士の礼をとる。

「息災で何よりでございます、砦の母上殿」

「うむ、ジンも無事で安堵した。揚羽は無理せずともよいぞ、今にも倒れそうだからの」

左胸に手をあて紳士の礼をとった〈黒蝶〉長にも、そう声をかける。

「お気遣いありがとうございます」

どうやら二人とも知り合いらしい、が……あの、いつも粗野なボルド団長と、飄々《ひょうひょう》とした〈黒蝶〉長が、敬意を表していることに驚きを隠せない。

幼女はこちらに愛らしい顔を向けて、自己紹介をしてきた。

「わらわは第三支部騎士団の団長である。敵に囚われながらも、皆よう頑張ったな。先行隊の長を務めるクロッツェ辺境伯家の子息は、確か黒髪の――」

「俺だ」

クロッツェが戸惑いを隠せない表情で、ワードローブから出てきた。

「すでに連絡は届いておると思うが……後続大隊の長は、わらわが任命を受けた。先行して魔法で飛んできたゆえ、じきに砦軍も追いつく。今頃は城門あたりにいるであろうからな。まずは、王太子の居所を教えてくれぬか？　その様子では救出はまだであろう」

「それは……」

どう見ても幼女にしか見えない相手に協力を求めるのは、さすがにクロッツェも逡巡《しゅんじゅん》するらしく、すぐには答えられないようで。ちら、とボルド団長と〈黒蝶〉長に視線を向けている。

「砦の母上殿がいれば百万力だ！」

「見た目で判断しちゃダメよ、最強の魔法使いなんだから！」

その強い推しに、崇拝めいたものを感じた。

魔法使い……そういえば飛んできたと言っていたな。憑物士が来なくなったのは、塔の周りを飛ぶやつらを片付けてくれたからか。……え、あの一瞬で？

若干の疑問は脇に置いたらしいクロッツェが、簡単に状況説明をした。

ワードローブに底なしの闇があり、部下一人が王太子の捜索に入ったこと、その穴が急速に塞がって武器が挟まったこと。

幼女はリーンハルトがいるワードローブの中へと入り込み、穴に噛まれた二つの武器を検分する。

「ふむ、魔法剣、魔獣槍ともに魔力は十分あるな。どのぐらい魔法を撃った？」

「私の魔法剣で数十回は……魔獣槍は閉じる直前に――」

幼女は、じっとリーンハルトを見つめてくる。

「体は大丈夫かの？」

「特には……」

「そうか、なかなか頑丈であるな」

幼女は、にまりと笑った。そして、打開案を出す。

「発射する攻撃力をこの場に留めて、わらわが穴を固定しよう。一時的なものにはなるが――」

クロッツェの魔獣槍とタイミングを合わせて、リーンハルトは再度、剣から攻撃魔法を撃った。

幼女の両手から放たれた赤い閃光によって、大きく開いた穴は収縮することはなかった。

中を覗くと、闇底から白緑色に輝く結界球が浮上してくる。

そこには安堵の笑顔を見せる義妹と、王太子ジュリアンの姿があった。

2　粛清の赫

塔の部屋に戻ることが出来たコニーは、ほっと一息ついた。闇の空間を抜け出して、皆に囲まれた主も安堵した様子だ。振り返ると、ワードローブの穴は完全に閉じていた。

何故か、そこに赤毛の幼女こと〈砦の母〉がいたので驚いたが――閉じかけた異次元の穴を開くため協力してくれたのだ、と聞いた。彼女は第三支部騎士団の団長であり、後任の〈後続大隊〉長である、とも。

イバラがもてなす客人なので、只者ではないと思っていたが……肩書きがすごい。

ふと思い出す。金貸し一味の起こした事件の事後処理を、第三砦に丸投げした時のこと。顔も知らない支部団長を動かすため、コニーは〈砦の母〉に一筆したためたことがあるのだが……まさかの本人だったとは。

揚羽とも面識があるらしく、横から説明してくれる。

「彼女は人外対策のスペシャリストであり、魔道具の研究をしているのよ」

三つの砦を繋ぐ転移陣を作ったのも彼女だという。だが、今回は運悪く、第三砦の転移陣が故障。部品の調達が間に合わず、やむなく騎獣のみでの移動となった。第一、第二砦の軍も人為的に橋が壊されていたため遠回り。第三砦軍は人数もさほど多くなかったので小舟で河を渡り――アシンドラの手前で合流した、と。

「ジュリアン様は、彼女をご存じでした？」

コニーが尋ねると、彼は軽く頷いた。

「昔ね、第三砦からジン・ボルドを引き抜きに行ったときに、一度だけ会っているよ。不思議な人だと思っていたけど……あの頃から全く変わってないなぁ」

それって、十年ほど前の話……ですよね？

確か、ボルド団長と〈砦の母〉との手紙のやりとりも同じ期間。彼が幼女に片思いをしていることに衝撃を受け、同時に六歳ほどの彼女がどうやって十年も手紙を出すことが出来たのか、その矛盾にも思考停止していたのだが……以前、イバラは彼女のことを『人間だ』と言っていた。主から見ても歳を取っていない。だとしたら――

何らかの原因で成長が止まっている、ということでしょうか。

にこにこと愛らしい微笑みで、幼女は尊大に告げた。

「わらわが表立つには、何かと不都合も多くてな。ゆえに、ここで見聞きしたことは他言無用で頼むぞ」

そう念押ししてから、戦場に来た理由を話した。

「国王からの依頼で、此度《こたび》の黒幕の始末を請け負ったのだ。わらわの実力は、国王とイバラのお墨付き――とだけ言っておこう。まずは、影王子に関する情報を教えてくれぬか」

それについては、囚われの身だった揚羽たちが語った。子供の影でたまに立体的に膨らんだり、影を通して移動してきたり。嘘吐《うそつ》きで残虐、憑物士を配下とし、城騎士たちを〈ヒル人間〉の餌食にしたり、闘技場で殺したことなど。

彼らは、呰の幼女に対して協力的だ。閉じかけた異次元の穴を強制的に開いたり、ボルド団長や揚羽の共通の知り合いであるから――かも知れない。

ボルド団長の証言では、ハルビオン国に来る前、死と隣り合わせの剣闘士奴隷だった頃の過去を、延々と追体験させられたという。

影王子が元々、〈黒きメダル〉をばらまく怪異〈惑わしの影〉であることを考えれば――そこで精神を闇堕ちさせて、憑物士を誕生させる計画だったのかも知れない。だが、ボルド団長は頑として受け取らなかったという。

「私たちを襲撃してきたのは、肉体だけ操られた……ということかい？」

疑問に思った義兄が、ボルド団長に尋ねる。

「あのときは、夢と現実がごっちゃになってたっつぅか……てめぇらが過去の対戦者や魔獣に見えてたんだ」

――それで、本気で殺《や》りにきていたんですね。

幼女は小さな手を顎にそえて、怪訝そうに言う。

「影王子は惑わしの影としてもレアケースだと、イバラから連絡を受けておるのだが……本来のアレにさしたる魔力はないはず。憑物士たちをどうやって支配したのか？　やつらは魔力の強い者にしか服従せぬはず……」

「それについては、彼の復讐計画を支える魔道具職人がいるからだよ」

ジュリアンは彼女に懸念を伝えた。

その姿はペンギンに似た憑物士で、名はランチャー。危険な魔道具の数々を生み出す。影王子の能力を何百倍にも増やすという〈能力拡張の魔道具〉や、地下の魔道具工房には、約五千体を収容した〈憑物士を仮死・蘇生させる魔道具〉等――があるのだと。

「ふむ、影王子の能力を拡張しているなら、同時に魔力増幅もしているであろう。砦軍が来ることで、憑物士をすべて蘇生させる可能性も――」

突如、外から雄叫びと地鳴りが聞こえてきた。

その場にいた全員が、半壊した空中橋まで出て地上を見下ろした。砦軍が攻め込んで来るのが見える。驚いたことに、すでに真っ暗になっているはずの中庭は、真昼のような明るさに包まれていた。上空に浮かぶ白熱したまぶしい球体が、小さな太陽のように城塞全体を照らしている。

「あれは？」

思わず問うコニーに、幼女は言った。

「夜間戦闘用に造った屋外照明の魔道具だ。悪魔憑きは夜目が利くからの、一晩ぐらいなら余裕で持つぞ。自動で攻撃魔法も反射する仕掛けがある」

「防御でなく反射、ですか？」

どういう意味かと思ったが、すぐに分かった。人間側に有利となる明かりを落とそうと、憑物士たちが地上から攻撃魔法で狙い撃ちしてくる。パンッという甲高い音と共に撥ね返り、狙撃手を仕留めた。おぉ、すごい！

そういえば、室内の明かりは魔法の火玉ではなく、赤い光玉に替わっていた。

魔法を維持出来なくなった揚羽に替わって、彼女が灯してくれたのだろう。

煌々とした明るさの下で気づいた。幼女はシンプルな形状の銀の腕輪や首飾り、耳飾り、ベルト飾り、髪飾りをたくさん重ね着けしている。お洒落《しゃれ》用ではないだろう。揚羽がアクセサリーとしてつけている防御用魔道具のようなものかも知れない。

階段側から慌ただしく駆け上がってくる音に、一同が臨戦態勢をとる。幼女が「味方であろう」と言うので、コニーは手に持っていた冑をさっと被った。

やして一人の老騎士が飛び込んできた。彼女の紹介により、第一砦の支部騎士団長ベネだと知った。ボルド団長に負けず劣らずの、ごつい筋肉を持った色黒の爺《じい》さんだ。

「わらわは後続大隊の長として、この城塞での指揮権をベネに委《ゆだ》ねる。敵に関する情報があれば、彼にも伝えてもらいたい。――さて、急ぎ影王子を追いかけねばならぬ。すでに、やつはこの城塞から離脱しておるからの」

さらっと重大なことを告げてきた。

「えっ⁉」

「今、何と仰いましたか⁉」

「影王子が逃げたですって――⁉」

「それは本当ですか？」

「一体いつの間に⁉」

「ここに着く少し前、城塞の北側から抜け出す魔の気配があったのだ」

ざわつく面々に、幼女は冷静そのもので小さな右手を上げて指名した。

「クロッツェ隊長と、そっちの白金髪の騎士に追撃の補佐を頼みたい。わらわの体力では、何かと不安があるからの」

「――分かった、補佐としてついて行こう」

「私も、黒幕を仕留めるためなら行くよ」

アベルに次いで、義兄も快く承諾した。

「移動は魔法で行うゆえ、二人ともこちらへ」

幼女に手招きされ、傍へ歩み寄ろうとする義兄。白い騎士服に目立ついくつもの血痕。さっきまで薄暗い部屋にいたので分からなかったが、似非《えせ》太陽光の下で見ると結構な出血量だ。平気そうにしているが、やせ我慢しているのではと思うほどに――

「リーンハルト様、その怪我で大丈夫なのですか？」

すると、彼は微笑を浮かべて言った。

「見た目ほどひどくはないから、大丈夫だよ。コニーも無理をせず、気をつけて」

「では、行ってくる」

アベルもこちらを一度振り返り、コニーと視線を合わせてそう告げた。

幼女の発する赤い閃光に包まれて、彼らはあっという間に空へと飛んでゆく。

老騎士ベネから、城塞外の西側に救護用の天幕があることを教えてもらった。

「まずはそちらに、王太子殿をお連れしましょう。塔の一階に部下たちを待機させておるので、囲みながら城塞を抜け出せば――」

揚羽が片手を上げて遮った。

「いいえ、転移でここを出た方が早いわ」

エネルギー切れ間近で疲弊しきっていたはずの揚羽は、よろつく体に力を入れてジュリアンの手を取る。老騎士は慌てて止めた。

「しかし、黒蝶の長殿に負担がかかろう」

「お気遣いどうも。でも、少し休んだし、近場に跳ぶくらいなら平気よ」

ジュリアンも彼の言葉に頷き、この戦いの総指揮を執ることになったベネに命じた。

「地下十三階にある魔道具工房の制圧と、ペンギン型の憑物士を捕縛せよ」

「はっ！」

揚羽とジュリアンは転移魔法により、その場から姿を消した。

残ったのはコニー、アイゼン、ボルド団長。そして、第一支部団長ベネ。

「やれ、砦の童女殿も、先に王太子殿を魔法で脱出させてくれればよかろうに……あれはどう見ても死相が……」

そうぼやく彼は、見た目は厳格そうな色黒マッチョ爺《じじい》だが、根はやさしい人のようだ。

揚羽隊長は、甘味断ちした時によく死にそうな顔になるんですけどね。

とはいえ、今回の状況はかつてなく深刻かも知れない。きっと、〈砦の母〉が転移を申し出ても、自分の役目だと彼は譲らなかっただろう。

このアシンドラ戦において、己の責務を果たせなかった者は、今後、王宮から淘汰されることになる。敵に囚われていたから、というのは理由にならない。これまで不動だった王太子騎士団の団長・副団長の座を、あわよくば狙おうと考える貴族たちもいる。

だから、義兄はより挽回のチャンスを掴むべく、幼女の提案に乗ったのだ。

――それしても、何故、影王子は離脱したのでしょう？　砦軍の接近に旗色悪し、と思った？

憑物士軍はまだたっぷりいるはずなのに……

「問題は再度、地下へ降りることなんだが……」

ボルド団長が伸びきった黒髭をなでながら、眉間にしわを寄せた。

地上に脱出するのも大変だった。コニーが義兄らと出てきた道を戻っても、おそらく魔道具工房に辿り着くのは難しいだろう。ボルド団長とアイゼンが地上に出てきたルートも、かなり迷走しながら……だったらしく。

「正直、確実に辿り着ける保証はねぇな」

アイゼンも頷く。

「幾度か、背後の道を壁で塞がれていましたからね」

ふいに、コニーの脳裏に茶色い駄犬の姿がよぎる。西側の棟にいた。つまり、地下に通じる道は複数あるのだ。その中には、敵が出入りするための階層が分かる場所もきっとあるはずで……あっ！

〈黒蝶〉が〈後続大隊〉への合図を出したことを思い出す。多分、狼煙は南東の城壁近くから上がっていたはず。〈黒蝶〉は敵地への潜入捜査もよくあるため、必ず危険の少ない脱出口を確保しておく。魔道具に詳しいスノウもいることから、確実な脱出路を見つけたのではないか――と思った。

そのことを三人に伝えると、南東の城壁へ行き確かめることになった。

階段を足早に下りていると、前を歩いていた支部団長が言った。

「――中央に女騎士がおったとは、知らんかったのぅ」

コニーも意見を出していたので、声でばれてしまったようだ。

「わたしは騎士ではないので……ここにいたことや性別は、他言無用でお願いします」

強制力はないが頼んでおく。彼は首をかしげた。

「しかし、女性の身で主君のためにここまで辿り着けるとは、天晴《あっぱ》れなことじゃと思うが？　陛下から褒美もたんと貰えようし、今後は騎士団で働くことも……」

先ほど、幼女は彼に『ここにいる一同によって、王太子は救出された』と伝えていた。

白緑騎士が異次元から救出してきた、などと広まっては後々大変なことになる。だからこそ、気の利いた配慮ではあったが……それでも、英雄陣の枠から外れたわけではなく。

「いえ、わたしは騎士団には……」

「ベネ爺さん、彼女は黒蝶だから、他言無用だ」

ボルド団長がそう言って、強めに口止めしてくれた。

「おぉ、黒蝶じゃったか。それは確かに公表すべきではないのぅ」

納得してくれたようだ。〈黒蝶〉はあくまで主の影。表舞台に出るような真似をしてはいけない。

しかも、現時点ではバイトの身ですしね～。

ベネは何だか楽しそうに肩を揺らして笑った。

「最近の女の子たちは、謙虚かつ頼もしいものじゃ」

……たち？　砦の幼女様のことでしょうか？

ふと、自分のことを公に吹聴しそうな人がいるだろうか、とコニーは考えた。冑を被って口を噤んできたから、遠目にも男性だと思われているだろう。螺旋状の階段を下りながら、ちょうど円の反対側にいた先頭のアイゼンと目が合う。彼がこちらを振り仰いでいたから、なのだが――

「心配せずとも、貴女の素性は誰にも言いませんよ。ライバルが増えると困りますから」

「あ、はい。お気遣いありがとうございます」

何のライバルだろうと思いつつも、礼を言っておく。

塔を下りたコニーたちは、憑物士の侵入を阻んでくれた〈後続大隊〉と砦騎士の一隊とともに、隣接する兵舎に入って、廊下を一直線に進んだ。敵を討ち取りながら南東の武器庫を通過し、そこから城壁へ向かう。途中で〈黒蝶〉の梟と合流。彼の案内で隠されていた昇降機に乗り込み、地下十三階の魔道具工房へと突入した。

しかし、そこにある魔道具は無惨なまでに破壊されていた。その場にいた〈黒蝶〉からの報告で、「少し前に次々と爆発した」のだと知る。影王子が始末させたのだろう。ペンギン憑物士も見つからない。床には潰れたパン種のような謎生物の焦げた死骸が、大量に散らばっていた。

それから、さらに下の階に捕われていた騎士たちの救助に当たった。

アシンドラ城塞での戦いは、夜を徹して朝日が昇るまで続いた。


行方不明者四百十一名の内、生存者は半数ほどだった。

魔性ヒルの親玉グロウの末路については、のちにボルド団長から詳しく聞いた。

彼が塔に来る前——地下で追い詰めて滅多斬りにしたのだが、分裂してヒルとなり逃げ回ったらしい。数千匹にまで分化したが、折よく出くわした揚羽が魔法の炎で焼き払ったのだという。

一匹ぐらい逃げられた可能性もあるが、さすがに元の姿に戻れはしないだろう、とのこと。その証拠に、城塞内にいた〈ヒル人間〉はいっせいに干からびて朝には灰塵と化していた。

昼過ぎ。ようやく主とともに、王都へ引き上げることになった。

やっと、鎧を脱げますね……

女中服に軽い黒マントを羽織る。帰還準備のため、立ちトカゲ魔獣に鞍をかけていると、アイゼンがやってきた。

「貴女のお陰で命拾いしました。このご恩は必ずや、お返しいたします」

丁寧に感謝を述べると、コニーが貸した愛刀の片割れを両手を添えて渡してくれた。

「今回一番の功労者は、紛れもなく貴女ですよ。ジュリアン殿下を見つけ出したのですから」

氷の人事室長が見せた奇跡の微笑みに、コニーも笑顔を返した。

◆毒蛇を捕らえる

あと二時間ほどで夜も明けようとする頃――

救護用の天幕にて、抜き身の剣を手に忍び込んできた男が取り押さえられた。

「ちくしょうっ！　放しやがれええっ！」

縄で簀巻きにされてもまだ暴れる。ヤマアラシのような髪、眉なし、鼻ピアス、着崩した騎士服。いかにも騎士には不向きな男を、ジュリアンは呆れた顔で見下ろした。

「よもや、救出隊の中に謀反人がいたとはね」

「密告があって助かったわぁ。アタシもジュリアン殿下も、とぉってても疲れ切ってて、死ぬほど眠いけど、頑張って起きていたのよ？　まぁ、お陰でばぁっちり目ぇ醒めたけど」

不機嫌もあらわに邪悪な微笑みの揚羽は、ブーツの底でぐりぐりとそいつの左頬を踏みつける。

「うっ、グッ、密告、だとっ⁉　ど、どこの、どいつがっ⁉」

「ねぇ、それ今、重要？　王太子の命を狙っておいて？　これから、じ～っくり尋問してやるから覚悟しな」

揚羽は男を引きずって天幕を出ると、暗い草むらの奥へと向かって行った。

「や、やめろ！　ワシは天下のギュンター公爵家のっ、ロブ様なんだぞおおお――――」

遠吠えが聞こえたが、誰も止める者はいない。

天幕の入口から顔を覗かせる少年騎士に、ジュリアンは中に入るよう促した。

「忠告ありがとう」

「いいえ、お役に立てたなら幸いです」

片膝をつき、騎士の礼をとる少年。ジュリアンは侵入者が落とした長剣を、彼に差し出す。

「これは君の物で間違いはないかな？」

「はい」

「では、返すよ」

「感謝申し上げます。亡父の形見なので、再びこの手に取り戻せてよかったです」

彼の名はフェリクス・ヴィ・ギュンター。まだ十代半ばの彼は、ギュンター公爵家の養子であり、ロブの従弟にあたる。先の不良中年と違って、礼儀正しく曇りのない瞳が印象的だ。

ギュンター隊に所属していたフェリクスだが、不仲が高じて追い出されたという。

ロブの悪行も教えてくれた。〈後続大隊〉長の負傷に始まり、その地位を奪ったロブの愚策による大損害が起きたこと。〈先行隊〉を陥れようとして、〈後続大隊〉を追い出されたこと。城塞付近で堂々と乗り込むチャンスを窺う図太さに――これまでの怒りを噴出させた〈後続大隊〉に縛られて、空堀に置き去りにされたこと。

王太子救出が成功したと聞いたフェリクスは、いち早く戦場を抜け出してきた。ロブの執念深さをよく知っていたからだ。目的を失った彼が、次にすることは見当がついていた。出発前に自身の剣を盗まれていたため、きっとそれを利用する――そう直感したという。

「僕の暗殺を謀って、君に濡れ衣を着せるつもりだった――と、君の読み通りだったね」

「この度の不祥事につきましては、処罰を受ける覚悟でございます」

家門の一員であるからと、許しを求めない。真面目で潔い。

「君のことは咎めないよ」

「いえ、殿下に刃を向けるなどあってはならないことです、それもオレの……いえ、私の剣で……」

ジュリアンは精霊の加護により、自身の体に刃は届かない。だから、あえて揚羽には隠れてもらい、自ら囮になったのだが……それを知らない彼は責任を感じてしまっている。

「じゃあ、もう少し情報提供をしてもらえるかな?」

彼が知っている、ギュンター家の裏事情を話してもらった。

六年前から公爵家に引き取られたフェリクスは、ちょくちょく当主とロブの怪しい会話を盗み聞きしていたようで——聞けば聞くほど真っ黒だった。中立派と言いながらも、ギュンター当主はレッドラム国の顔色を窺っている。前々から知っていたことではあるが……

フェリクスが天幕を出てしばらくすると、一時間もせず揚羽が戻ってきた。荒み切った表情で、ロブに白状させたことを伝えてきた。その一部は、フェリクスから聞いた話と同じだった。

ロブが手柄を立てられなかった場合、王太子を暗殺するように——と、ギュンター公爵に命じられていたらしい。フェリクスに罪をなすりつけて斬り殺すことで、家門への罪の波及を逃れるつもりだった、と。

ギュンター公爵は前宰相の失脚後、『その地位に就きたい』と国王に願い出るも、断られたことで逆恨みしていたようだ。同じ頃、レッドラム国の大貴族から取引を持ち掛けられたらしい。

まだハルビオン国での栄華を諦め切れなかった彼は、それを最終手段にするつもりでいた、とのことで。

「何でも、王太子の首を取る褒賞が、レッドラムの宰相と、近衛団長の地位だったそうよ」

「それって相当、国王に近い関係者でないと出せない条件だよね」

「騙されている可能性もあるけど」

ロブもまた、この国で騎士団に入れなかったことが不満だったらしい。ギュンター家は、同じく三大公爵であるダグラー家と反目している。十九歳の若さで副団長となったリーンハルト、平民出身のボルド団長に対し、劣等感と嫉妬で凝り固まっていたようだ。

「こうも簡単に吐くなんて、意外と彼は小心者なんだね」

「今まで、跡取りとして大事に育てられて、痛い目に遭ったことがないのでしょうね〜。打たれ弱かったわ。アタシも疲れてたから、ちょっとばかりキレ散らかしたとはいえ、パピィたすけてぇ〜とかないわぁ。どんだけ怖がってんのよ。あ、近くに隠れていた彼の仲間は、砦の騎士が捕まえてくれたわ」

寝不足、体力限界、甘味切れとなった揚羽は、もはやハイの状態だ。きっと、理性の歯止めなんか利かなかっただろう。

「どうせ例の過酷な監獄行きになると思うけど、その前に余罪追及しないといけないし。再起不能にはしてないよね？」

「もちろんよ。コレしか使ってないわ。今、魔法は使いたくないし」

右手に鉄製刺付きナックルと、左手に長い鉤爪の付いた手甲暗器を見せてくる。元・一流の暗殺者は高度な体術をも習得している。ザコ騎士など相手にもならない。

「それにしても、陛下も何故、ギュンターを救出隊に選んだのかしら」

「長らく中立派を装っていたけど、これを機に真偽の炙《あぶ》り出しをしたかったのかもね。僕も陛下の立場ならそうするよ」

「えぇ〜、今じゃなくてもいいでしょうに……」

ピンチにピンチを乗っけなくても、と不服そうに愚痴る揚羽。

遠ざけておいた砦の騎士たちを天幕周りに呼び戻すと、ジュリアンは仮設の寝台で少し眠ることにした。もう安心だと思うと、途端に睡魔がやってくる。

「揚羽も今の内に仮眠を取っておくといいよ、そっちの長椅子使って」

「じゃあ、お言葉に甘えて……」

ころりと横たわると、どちらからともなく眠りの沼に落ちていった。


だいぶ陽が高くなってから、コニー、ボルド団長、アイゼン、〈黒蝶〉たちが天幕を訪れた。

城塞内の憑物士もほぼ狩り尽くしたこと、魔道具工房はすでに破壊されていたとの報告。だが、あのペンギン憑物士はどこにも見つからなかったという。

「国境警備隊に連絡を。魔力を持つ者、魔道具を所持する者は誰であれ、当面、出国させないように。あれだけのものを作れるんだ、変装の魔道具ぐらい持っているかも知れない」

国家転覆を目論んだ重罪人として、国内でも過去最高額となる懸賞金をかけることにした。

戦場の事後処理は、アシンドラを管轄する第二砦軍に任せることになった。重傷者は治療のため第二砦へと移送する。

昨夜の内に、護送車に積まれた犯罪者たちを確認しに行った。後部にある格子付きの小窓から覗くと、人間とは思えないほどぱんぱんに腫れ上がった顔の男がいた。衣装はズタズタに裂けて、アザだらけの血まみれ。鼻ピアスでギュンター公子と知る。首と両手首の枷をつなぐ鎖。悪態をつく余裕もないほど気力を削ぎ取られたのか、虚ろな目をしている。

「ジュリアン殿下、帰還準備が整ったわよ～」

やってきた揚羽を見るなり、彼は悲鳴を上げ、部下たちの後ろへと転がるように逃げ込んだ。涙目でヒィヒィと過呼吸を起こしている。

――彼もまた、親の権力を自身の実力と勘違いしていた口かな。

昼過ぎには、アベルのいない〈先行隊〉六名、〈後続大隊〉六十三名、第一、第三砦の騎士たち七百余名とともに――ジュリアンはアシンドラをあとにした。

3　王都への帰還

戦地からの帰り道、コニーはゆっくりペースで立ちトカゲ魔獣を走らせていた。

青い空に流れてゆく筋雲をぼんやりと眺める。高く鳴く鳥の声。

平和だ……

血みどろ異形三昧の地から離れて、空気も清々しく感じる。

しかし、目の前をゆく幌付魔獣車の中の人々は暗い表情だ。地下の檻から助け出された騎士たちだが、何かしらトラウマでも植え付けられているようで……動けないほど衰弱しているわけではないので、ある程度の食べ物は与えられていたとは思うが……毎日、仲間が少しずつ牢から引き出されて戻って来ない状況に、恐怖と強いストレスもあったのだろう。

騎士として仕事に復帰できる人は、この中の何割だろうかと案じる。

――あ、今日って御前闘技大会の日なんじゃ……

ふと、今日が六月三日だと思い出した。きっと中止になっているはず。多くの城騎士を失ったこともあり、今年の開催は見送りになるかも知れない。

義兄と上官が出場するからと、入場券（貴族席用）をもらっていたのだが……いや、その席で観戦するつもりはなかったけど。準決勝戦からであれば、小聖殿の屋根に上って望遠鏡で見ようかな～なんて思っていたりしたけど……

――でも、二人の実戦を間近でたくさん見たので、わたし的には特に心残りはないですね。

彼らは砦の幼女と一緒に、黒幕を仕留めるべく追撃中だ。きっとまた口喧嘩をしているような気がする。

移動人数が多いことから、その日は町に近い丘で夜営することになった。

主たちの食事を作って、天幕へと運んだ時のこと――

「何で敵に捕まったんだ？　転移魔道具を持っていたのに……」

ボルド団長の言葉に、面窶《おもやつ》れした王太子はすまなそうに謝った。

「あのときは、僕を逃がすために囮になってもらったのに悪かったね」

え、転移が出来たのに逃げなかった……？

彼らに配膳しながら、気になって聞き耳を立てた。ちなみに、揚羽は外の見回りに出ている。

「いや、責めているわけじゃねぇ、そりゃ俺の役目だからな。理由が知りてぇんだよ」

「何があったのですか？」

その場にいたアイゼンも、不思議そうに問う。

「まだ、当分は言わないつもりでいたんだけどね……君たちには苦労をかけたし、知らせておくべきかな」

少し間を置いてから彼は答えた。

「――実は、僕には娘がいるんだ。敵に捕まったと思って、動揺した隙を突かれてね」

「「「えっ⁉」」」

ボルド団長たちも初耳だったらしい。

「僕が贈った〈王家の紋入り前掛け〉を、影王子がちらつかせてきたんだ。性別を間違えていたから、あとで嘘だと分かったのだけど」

一年にわたる王位継承試験の間、暗殺回避のため地方へ身を隠していた第二王子妃――今は王太子妃である彼女は、半年ほど前に出産。知っているのは、連絡役である揚羽と、王太子妃の護衛一名。出産に関わった産婆にも、彼女の素性は知らせていないという徹底ぶり。

それなのに何故、赤子の存在がバレたのか？　現段階では分からないらしい。

すでに通信魔法で、王太子妃らの無事は確認したと聞き、一同はほっと息をつく。

「僕もまだ、娘には会ってなくてね。妃との約束で、最初の子を第一王位継承者にすると決めているんだ」

城の戦力を補充してから、呼び戻したいと主は話す。

現在、城の護りは王都近郊の領地から、一時的に兵を借りている状態だ。後に、正式な騎士の募集をかけることになる。

未来の女王の誕生。懐妊の時点で国を挙げて盛大に祝うべきことなのに……

田舎でひとり子育てする王太子妃を、コニーは気の毒に思う。「せめて、今からでも侍女を送ってみては」と提案してみたが、人が増えるとその分リスクがあるからと、王太子妃自身が断ったのだとか。身の回りのことは、例の護衛がやってくれているから問題ないらしい。

本人がそう言ってるなら大丈夫なのか……な？　子育てって大変だと、よく聞くけど……

「そうそう、王都に戻ったら遠征の褒賞のひとつで休暇をあげるから。コニーは特別よく頑張ってくれたし、一ヶ月ぐらいどう？」

「そんなに要りませんよ！」

「有給扱いだよ？　疲労が溜まってるだろうから、しっかり心身を休ませないと」

そんなに休んだら、事情を知らない職場の人たちに怠け者だと思われてしまう！　ただでさえ、遠征のために長期休暇をとっているのに……

「半月はどうかな？」

「多いです」

「一週間は？」

「多いですから！」

断り続けるも、主はにっこり微笑んだ。

「じゃあ、三日ね。命令だよ。黒蝶、官吏、女中すべての業務を休むように」

そのあと、コニーが夜警に出ると、何故か〈黒蝶〉たちが代わってくれたので、夜はちゃんと眠ることが出来た。

……ジュリアン様の差し金でしょうか？

翌日、立ち寄った街で元スリの少女ドロシーと、半精霊アスに会った。

第一砦の支部団長ベネから大体の話は聞いていた。迂回を余儀なくされていた砦軍が、彼女たちのお陰で河を渡ることが出来たということを。おまけに、火炎を噴く危険な憑物士の討伐に貢献してくれたと。

制御し切れているかも分からない半精霊を信じて、河のど真ん中に立つのもかなり危険な行為だが……十二歳の普通の女の子が、勝手に憑物士を退治しようとしたことに震撼する。

一歩間違えば、自身も騎士たちも巻き込んでの、大惨事になりかねない状況だったことも察した。ベネの機転で危機回避出来たのだと言える。しかし、本人にはそれが分かってないようで――

「姉御……！　あたし、姉御のお役に立ちましたか⁉」

嬉々とした表情で聞いてくる。

半人前といえど精霊と契約して魔法が使えたことで、無茶ぶりに歯止めが利かなかったのだろう。結果的に助けられたのは間違いない。砦軍の到達が遅ければ、仲間や〈後続大隊〉の被害も増えただろうから。

それに、ドロシーとアスの契約期間は三日で切れている。今後、水の魔法を使うことは出来ないし、無謀な真似も出来ない。ここは感謝の意を伝えて――しっかりと釘を刺しておこう。

「ええ、ありがとう。とても助かりました。でも、これからは憑物士と戦おうなんて思わないでくださいね？　あなたは普通の女の子なのですから！」

　ドロシーは「はいっ！」と元気よく返事をした。そして――

「姉御と離れてよく考えたんです。王都で働きたいので、一緒に同行させてもらえませんか？」

　革の水筒から頭を出す水の小人アスも、都会を見てみたいと乗り気だ。

　女中業なら紹介できるので、「いいですよ」と快諾した。


　六月七日。夕刻、砦軍に守られた主一行はハルビオン城に到着。中庭で解散した。

　女中頭に挨拶に行きがてら、ドロシーのことを相談した。女中寮に空きがあるというので、とりあえずそこに入ってもらうことになった。

　官僚宿舎の自室に戻ったコニーは、ぷつんと糸が切れたように倒れ込んで、そのまま丸一日爆睡。

　旅の道中しっかり睡眠をとったはずだが、疲れが抜けていなかったようだ。


　六月九日。朝一で温室へ向かった。小精霊から、イバラの居場所を教えてもらったからだ。

　仮初めの姿のひとつである庭師見習いの少年。彼は花の手入れをしていた。

「イバラ様、昨日の内にお返し出来なくて申し訳ありません。本当に助かりました、ありがとうございます！」

　借りたお礼とともに、ミニチュア鎧の入る小箱を返却した。今の彼は十二歳ほど。短い髪と瞳は薄茶色と地味ながら――気品漂う顔立ちとオーラがある。

「よくぞ王太子を連れ戻してくれたな。大儀であった」

「危難を乗り越えることが出来たのは、白緑鎧と、共に戦ってくださった方々のお陰です」

「うむ、謙虚である。影王子の討伐に向かった者たちが戻れば、国王から褒賞もあろう。我からも、そなたの働きに対して礼をしたい。何か望むものはあるか？」

鎧を貸してもらえただけでも有り難いのに……

いつもなら、「お気になさらず」と言ってしまうところだが、このとき、ふっと胸の奥を不穏がすり抜けた。何故か分からない。それは、美しい雪豹の形をしていて銀花の紋様があった。

「……では、あの、お使いに来てくれた聖獣様に会わせてもらえますか？」

「聖獣？」

コニーは戦場で雫型の白緑玉を届けてくれた、とても大きな雪豹のことを話した。

「それは、我の使いではない。だが、聞く限り聖獣には違いなさそうだ」

どういうこと？　たまたま、戦場近くを通ったので助けに来てくれたとか……？

イバラに心当たりはないらしい。どこか考え込んでいた様子の彼は告げた。

「――もしも、その聖獣が再びそなたの前に現れたなら、教えてほしい」

「はい」

何だろう、滅多に地上に現れない聖獣は、見れば吉兆とも言われる存在なのに――もう、影王子もネモフィラもいない。ついさっきまですっきりしたと、そう思っていたのだけど……

嫌な予感が、胸の奥から離れない。

「コニー・ヴィレ、そなたの望むものは？」

この不安を解消するには、転ばぬ先の杖。厚かましいお願いだとは、重々承知の上で――

「あと一度だけ、危急の時に白緑鎧をお貸しいただけますでしょうか？」

国宝だし、王太子救出というような特別な事情はそうそう起きないだろう。ダメ元で頼んでみた。

「よかろう」

あっさり快諾された。おまけに――

「今後、十年。必要な時にはいつでも貸し与える」

めっちゃ破格の条件をつけてくれた。

十年後って、わたし二十八歳ですね……現役の〈黒蝶〉でいられるよう、頑張ります！

そのあと、城下へと下りた。大聖殿では合同葬儀が行われている。

憑物士との戦いで亡くなった騎士が五十二名、旅の道中〈後続大隊〉での戦死者四十八名。この百名の遺体は王都に運ばれた。

だが、敵に捕らわれて亡くなった騎士二百八名については、魔性ヒル寄生による損傷が激しく移動出来なかったり、闘技場に送られた者については骨すら見つからず。おそらく、〈不浄喰らい〉の餌にされてしまったものと思われる。城塞内で見つかった彼らの衣装や武器を回収し、遺品とするに至った。此度の犠牲者は総じて三百八名に上る。

大聖殿には葬儀の関係者しか入れないようだった。主のために戦った同志。せめて出棺の見送りをしようとやってきたコニーだったが、大聖殿の近辺は人々でごった返している。

弔いの鐘が鳴り響いた。黒布に覆われた三つ角の牛魔獣が、黒い霊柩車を牽く。何台も連なって、表通りから南の街門を静かに出てゆく。先導しているのは国王、それに主とボルド団長だ。王都の郊外には、昔から国に尽くした戦死者のための霊園がある。そこに向かうのだ。

広場では、老舗〈王都新聞〉による無料号外が配布されていた。

見出しで、〈王太子救出の英雄たち！〉と大きく取り上げられたのは四名――〈先行隊〉隊長クロッツェ、王太子騎士団のボルド団長、ダグラー副団長、それから元近衛騎士の実績を持つアイゼン人事室長。

王家と懇意である新聞社なので、〈黒蝶〉の個人情報に関しては伏せてくれたようだ。よって揚羽とコニーの名はない。無論、白緑の騎士に関してもない。

まぁ、それでも〈先行隊〉の中に〈黒蝶〉が組み込まれているのは、救出隊の任命式に出た人なら知っていることですけど……

コニーとしては、王家公認の〈王都新聞〉が秘匿してくれるのはとても助かる。白緑騎士が誰かなんて、追及されたら困るのだ。

側近たちの華々しい活躍記事のあとには、王太子や城騎士たちが人外に拉致されたことから、アシンドラ戦に至るまでの経緯がざっくりと説明されていた。首謀者たる異形の王子が先王の隠し御子であり、王家に復讐を謀ったこと。その発端が、元王妃の指示による御子の一家暗殺であったと――ほぼ事実が淡々と記されていた。

本来であれば、隠し子といった王家の醜聞は伏せるべきなのだが、そうすると人外戦が起きた原因はあやふやなものとなる。戦を起こした王家に対して不満が起こりやすくなる上、元王妃たちが被害者になってしまう。幽閉中の王族は、最低限の生活と命の保障をしなくてはならず——レッドラム国に付け入る口実を与えることにもなる。

ならばいっそ、老いらくのロマンスの末に要らぬ火種を残して逝《い》った先王と、罪状がひとつ増えた元王妃の話を世間にばらまいた方がマシ——となったのだろう。

元王妃と廃王子ドミニクは魔性に殺害された、とある。

闇空間を脱出した時点では、まだあの男は生きていた。それを知っているのは、自分と主だけ。国王への報告も、主はこう伝えた。

『元王妃とドミニクは、異空間の闇底で死体になっていた。脱出時の足手纏いになるため、運び出す余裕はなかった』

闇空間への入口は、影の異形でなければ再び開けることは不可能だ、と揚羽も証言していた。あれから七日以上経っているので、あの廃王子も餓死しているかも知れない。のちに、アシンドラの地に形ばかりの墓標を建てることになるだろう。

——お腹《なか》が空いてきましたね。

今朝は官僚宿舎の調理場にある余り食材で、適当に作って食べた。小麦粉と砂糖に水を混ぜて、フライパンに油を流して焼きジャムを乗せる。ごく質素なクレープである。

香ばしい肉の匂いが漂ってきた。広場の片隅にある屋台からだ。巨大な肉の塊を串刺しにして、ゆっくり回転させながら炭火で炙っている。看板代わりの垂れ幕に羊の絵。羊肉らしい。

ぽんっと、脳裏にゴシップ紙〈うたかた羊新聞〉が浮かぶ。

そういえば、あの記者、戦場まで乗り込んできたのに……新聞を出さないのだろうか？　やはり、写真機をネモフィラに壊されたからか。

店主がナイフで炙り肉を削ぎ取り、二つに割ったパンに揚げた芋とトマトとその肉をはみ出るほど詰めて、客に渡していた。

美味《おい》しそう……買い食いして帰ろうかな。


六月十日。砦の幼女と、アベル、義兄が城に帰還した。

影王子は魔法で粉砕されたが、カケラが国境の緩衝地帯〈底なしの沼沢地〉を越えて、レッドラム国へ逃げ込んだと報告。

「アレの持つ〈能力拡張の魔道具〉も壊したから、以前と同じ能力で復活することは出来ぬであろう。だが、頭の切れるやつゆえ、また何かしら悪巧みをせぬとも限らぬ」

幼女は悔しがっていた。体力切れの早い彼女は、アベルたちに交替で背負ったり抱っこしてもらいながら、影王子の反撃や罠をかわしつつ追跡していたという。しばらく城で休養をとって、ハビラール砦に戻るらしい。

今回の遠征に出た〈先行隊〉のアベルとニコラ、謀反の二隊を除く〈後続大隊〉、援軍として協力した砦騎士の代表たち。捕らわれながらも戦ったボルド団長、リーンハルト、アイゼン。

昼過ぎに謁見の間にて、彼らの武勲を称える褒賞の授与式が行われた。コニー含めた〈黒蝶〉と、揚羽は出席せず。その代わり、陽が暮れてから謁見の間に呼び出された。

直接、異次元から王太子を救い出したということで、コニーは国王に〈一番の功労者〉として認定された。誰よりも多く褒賞金を頂くことになり、恐縮である。肥沃《ひよく》な領地と爵位もくれると言ったが、さすがにそれは過分だと辞退した。

「砦の母様は授与式に出られたのですか？」

謁見の間をあとにして、コニーは揚羽に尋ねた。

「出てないわよ」

「褒賞はどうされるのでしょう？」

彼女がいてこそ、影王子の追跡と討伐が出来たのに。

「今後二十年間、ハビラール砦の予算を上げてもらったみたいよ。魔道具の開発費用にね」

「なるほど〜」

個人の功績を砦の未来に還元するとは……さすが、〈砦の母〉と呼ばれるだけある。

真似出来ない懐の広さです。わたしはすべて銀行に預けますので。

人生リタイヤした時の大事な資金なのである。

ところで、不良公子ロブと太鼓持ちの仲間がどうなったかというと――

ギュンター公爵ともども、城の地下牢にぶち込まれている。揚羽の仕置きを受けて以降、ロブはすっかり大人しくなっているそうだ。彼らの御家取り潰しは速やかに決まった。

余罪の調査中であるギュンター公爵。その捕縛の噂が伝わったせいか、不利益を被った者たちからの情報提供も続々とあり――賄賂《わいろ》や汚職、違法賭博に美術品の贋作売りつけ等々。

さらには六年前。実弟であるセラ伯爵と、彼の妻を事故死に見せかけて殺害――遺産を奪ったことも判明。

公爵に引き取られていたフェリクスは、両親の死に疑惑を抱き調べていたという。唯一見つけた生き証人を、口封じで消されるのを恐れて黙っていたのだが――ジュリアンと話す機会を得たことで、渡りに船と助けを求めたようだ。

フェリクスには無事、伯爵位と遺産の全額が返還されることになった。

「そうそう、謁見の前に第二砦から報告が入ったのだけど――」

思い出したように揚羽は言った。第二砦は、戦地の事後処理を担当している。

人間の女性と思われる、身元不明のバラバラ遺体があったという。ネモフィラではない。おそらく厄女中マルゴのことだろう。予測はしていたことなので、冷静に受け止めた。

そして、〈不浄喰らい〉に殴り飛ばされ、瓦礫の下敷きになったストーカー気質の駄犬間者ジョン。それらしい死体は確認できなかったというので、手負いで逃げ延びたらしい。悪運が強い。

4 求婚

六月十一日

王宮厨房の人手が足りないと聞いて、夜明け前から下拵《したごしら》えの手伝いに入ることになった。

何でも先日届いた高級食材の生牡蠣《なまがき》が、運搬中に氷を切らして傷んでしまったらしく――捨てようとしたのを見習い料理人が『もったいない』と、勝手に調理して賄いとして出したらしい。作った本人含め、それを食べた見習いと台所女中が十数名、ひどい下痢や嘔吐で苦しんだのだとか。

無知とは怖いです……せめて他人は巻き込まないでほしいですね。

昨日、この厨房で働いていたら、コニーも賄いを食べて食中毒になっていたかも知れない。

さぁ、気合を入れていきましょうか！

大量のパン種をこねて成形、次々と鉄板に並べてゆく。ひよこ豆を大鍋で茹でてザルにあげ、サラダ用の菜っ葉とトマトを洗って切る。ドレッシングを作っていると、背後で声がした。

「ほら新人！　彼女が一番手際いいから、よく見て参考にするんだ」

「先輩、手が速過ぎて見えません！」

フルスピードで芋と玉ねぎの皮を剝いて乱切り、鶏肉も華麗に捌いてブツ切り、寸胴鍋にどんどん投入、沸騰したらあく抜き。同じ作業をする同僚や見習い料理人の、十倍速で動く。

「厨房内を高速移動してる……！」

「あの人だけ、数百人分は捌いてるよね……!?」

「参考にって……ムリでしょ」

「あれが噂の万能女中……!?」

あまりに騒がしいので一段落終えて振り向くと、見慣れない顔の若い女中たちがポカンとした様子でこっちを見ている。どうやら人手を補充してくれたものの、台所作業は未経験なのか見学していたらしい。久しぶりの女中業、ついはりきって高速化したため早めに下拵えも済んだ。

新人の子たちに簡単なサラダの盛り付けをやってもらい、料理人たちが出勤してきたので、パン焼きや、スープの仕上げを引き継ぎしておく。使った調理器具をパパパッと超高速で洗って片付け、賄い分をもらって厨房を出る。一旦、西の城壁近くにある庭師小屋へ寄って、朝食を済ませた。

それから、次の職場へ。城の敷地内を走ってきた下働きの荷車に乗せてもらう。額に鱗のあるロバ魔獣の牽《ひ》くそれは、城の敷地を時計回りに進んで、北東の洗濯場に到着。

「おはよう、コニー！」

背の高い金髪美女のミリアムが駆け寄ってきた。

「体調は大丈夫？　旅の疲れはとれたかしら？」

予定の休暇二週間より、一日遅れた帰還。さらに、主からもらった休暇の消化で職場に出なかったため、心配をかけてしまったようだ。

「えぇ、大丈夫ですよ。わたしのいない間、変わったことはなかったですか？」

「それがね……また、ヒルの異形が現れて大変だったのよ！」

一緒に洗濯をしながら、〈ヒル人間〉の襲撃があったことを聞いた。

魔除け札を持っていたリフが、大活躍だったそうだ。ミリアムたちは倉庫に避難していたため、直接は見ていないらしいが……下男たちの目撃談によると、御札を両手に持ち〈蝶のように舞い蜂のように刺す〉といった感じで、次々異形の動きを止めていったらしい。その数九十体余りという。

触れたら炭化する恐ろしい結界が下働きエリアを覆い、警備兵も近寄れない状態だったとか。

「たまたま、この洗濯場には近衛騎士が一人いたのだけど……あまりに異形の数が多くて、早々に木の上に隠れていたらしいの」

近衛騎士なら、魔性を斬る武器を持っているはず。それが早々に避難って……

「役職返還すればいいのに」

「あっ、噂をすれば御札女中が来たわ」

「その呼び方、やめろって」

干し場から戻ってきた女装少年リフが、むっとした様子で言う。そして、コニーを見るなり、物凄い勢いで詰め寄ってきた。

「隊長は？　無事？　無事だよね？　何事もなく隊長は大丈夫なんだよね⁉」

鬼気迫る顔で尋ねてくる。新聞にも載らず、褒賞の授与式にも出なかった揚羽のことが気になって仕方なかったのだろう。彼は揚羽に心酔しているから。

コニーは「無事です」と一言。ミリアムが「まあっ」と驚く。

「そんなにコニーのことが心配だったのね。前は、あんなにツンツンしていたのに」

どうも、〈隊長〉を〈体調〉と聞き間違えたらしい。

「え、いや、こいつの心配なんて微塵もしてないし……！」

「コニーさん！　おはようございまーす！　お久しぶりですぅ～！」

リフの後ろから、無邪気に仔犬女子ハンナが挨拶する。

「リフの武勇譚、聞きました？　御札女中と呼ばれててぇ――」

「それはもういいって！　そのあだ名のせいで、知らないやつらが毎日見に来るんだからなっ」

プライドが無駄に高く、なかなか他人を寄せつけないリフ。洗濯場監督のミリアムや、人懐こいハンナ以外とは殆ど喋らなかったのだが……

「皆と仲良くなれたようで、よかったですね」

「そういう意味じゃない！」

思いがけず、予想以上の働きをしてくれた。これなら、彼を〈黒蝶〉に戻せるかも知れない。次のステップアップの準備も必要だな、とコニーは思う。

洗濯が済んだあと、再び通りがかりの荷車に乗せてもらい、コニーは迎賓館へ向かった。客室の掃除をしてタオルや石鹼など備品の補充。それから、北側出口を出て西中庭の掃除をしに行く。

新人として入ったドロシーも清掃担当のはずだが、今日はどの辺にいるだろう。

背の高いトピアリーに囲まれた憩いの場。今の時間帯は人がいない。噴水の中の藻が増え過ぎて、水がどろどろに濁っている。夏が来る前に、一度排水してきれいにした方がよさそうだ。

魚も棲んでいるようですし、すぐには出来ませんね。浮草と一緒にバケツにでも移して……

そう考えていると、水面に映る自分の背後に人影が見えた。バッと振り向くと、そこには磨かれた刃のように鋭利な美貌の青年がいた。すぐ近くまで来ていたことに驚く。

あれ、気配を消していた？

この場所は城や執務棟に行くのであれば、通りがかることはないのだが。

「お散歩ですか？　アイゼン様」

「いえ、偶然、貴女を見かけたので追いかけてきました」

人事室長である彼もまた、主に三日間の休暇をもらったと聞いている。つまり、コニーと同じく、今日は出勤日。

アベル様に負けず劣らずの仕事中毒な御方が、こんな所まで女中を追いかける理由とは……？

「何か、問題でもありました？」

「えぇ、とても重要な問題が」

わたし、何かやらかしましたたっけ？

心の中で動揺しつつも、平静を装って聞き返す。

「それは一体どのような……」

「コニー・ヴィレ、私の婚約者になってもらえませんか？」

唐突な問いかけに目をぱちくり。

「……また、その冗談ですか」

以前にも、同じようなことを言われて断ったことがある。あれはそう、一年ほど前のこと。

女性とまともに付き合えないアイゼンが、話しやすいというだけで〈婚約者候補〉に入れていいかと言った。もちろん、コニーは本気だとは思っていない。

「真剣です」

彼は真面目な顔でそう返してきた。さらには――

「私の子供を産んでほしいのです」

何か、いろいろすっ飛ばした直球。コニーは冷静に打ち返した。

「アイゼン様、恋人でもない相手にそういった願望を口にするのは、デリカシーがないですよ？

唐突過ぎますし」

普段はとても頭のいい人なのに、この手の話になると残念さが浮き彫りになる。

すると、こちらの指摘を素直に受け取ったらしく、「順を追って話します」とのたまった。

アシンドラの地下でヒル男を追っていた彼は、一緒にいた揚羽とはぐれてしまい、迷走する内に地上に出たという。そのとき――

「空中橋で黒の悪魔憑きを追い詰める貴女を見ました。その戦いぶりに惚れたのです」

「あ～、あのときは、わたしも橋から落とされたので……無様なところもあったかと……」

「無論、それだけではありません。話しやすくて、何をするにも無駄がない、敵地で人を気遣えるところも好くて……手入れの行き届いた大事な刀を貸してくれたことも、私の心を動かすには十分過ぎるほどです」

口調は淡々としているのに、視線に執着の熱を感じる。じりじりと距離が縮まっている。反論しないと、なし崩し的によくないことが起こりそうな予感――

「あなたが感じているのは、人としての好ましさではないですか？　惚れた、というのも剣の技量にでは？」

「そこに何か問題が？」

彼は不思議そうに小首をかしげている。

義兄がぶつけてくる桃色情熱とは何か違う、と思っていたが——そこかぁ……

指摘しようとする前に、アイゼンはまた直球を飛ばしてきた。

「貴女なら強い跡取りを産めそうだと思いました。適任だと」

ぱしゃん！　濁緑の水面から大きな魚が跳ねた。

——だから、デリカシーないって言ってるのに！

はっと矛盾に気づいた。

「ちょっと待ってください……？　アイゼン様は文官の長ですから、強い跡取りなんて必要ないのでは？」

「実家のドラゴライド侯爵領を継ぐ兄が、病の後遺症で子供を作れないのです。よって、私の子供を養子にしたがっています」

ドラゴライド侯爵家……代々、近衛騎士を輩出する名門武家だ。御家絡みか、重い話になってきた。

「えぇっと、失礼ながら確認させてください……それは、アイゼン様が実家の後継者になれないから、代わりに子供に継がせたいということですか？」

「いいえ。私自身、伯爵位と領地を持っているので、そこに不満はありません」

「では、御家のためですか？」

「子供のためです、侯爵家の方が受け継ぐものは多いですから」

うぅ～ん、そうですかぁ……

よくよく聞けば、好意もぶっ飛んだ所も、すべてが合理主義に基づくものだ。

今後も、仕事上でお世話になる人です。気分を害さぬよう、やんわりと断りましょう。

「あなたの仰りたいことは解りました。わたしは――」

途端に、ぎゅっと右手を握られた。はっとして彼の顔を見ると、口許に柔らかな微笑を浮かべている。

「この先、貴女に苦労はさせません」

あ、絶対、勘違いしてる！

「アイゼン様、聞いてくださ……」

突然、トピアリーの陰から義兄とアベルが飛び出してきた。

「コニー、一生大事にするから、私の所においで！」

「どうか、俺との未来を考えてくれないだろうか!?」

いきなり、求婚紛いの台詞を告げてきた。驚いたアイゼンから、コニーはさっと右手を取り戻す。

「お二人とも……どうしたのですか？」

というか、何を言ってるのか。義兄はともかく、いつも落ち着いた上官まで血相変えて。

「どうしたも何も！　この機会を逃したら、私の想いすら言えなくなるからだよ！」

「コニー、彼の求婚を受ける前によく考えてほしい！」

こっちも何だか誤解しているようだ。

わたしが、アイゼン様から求婚を受ける前提になっているような……？

「アイゼン卿！　何を抜け駆けしようとしているんだ！」

「公正な貴殿らしくない！　彼女の意思を無視して強要するなど――」

アイゼンに詰め寄る義兄とアベル。一方、アイゼンは怯むことなく、さらりと受け流す。

「競う相手に、許可を取る必要はないと思いますが？　あと、家の事情を伝えただけで強要はしていませんよ」

反目し合う三人を見て、コニーは気がついた。一番厄介なのはこの人だ、と。一度、深呼吸をしてから、片手を上げて皆の注目を集める。

「皆さんは、婚約及び結婚をわたしに求めているのですよね？　聞き間違いとかではなく」

「その通りです」

「そうだよ」

「違いない」

――モテ期が嫌だとか、勘弁してくれと思うのは、わたしだけなのでしょうか？

仕事相手でもあるし、やんわり遠回しにと思っていたけど――それではダメなようだ。

「各々、お断り申し上げます」

コニーはにっこり笑顔で、バッサリと拒否した。

理由を告げるため、プラチナの御仁へと視線を向ける。

「まずはアイゼン様。相手の承諾も得ない内から子供を譲る、というのは鬼畜の所業ですよ。他人の財をあてにする、その独善的な贈り物の代わりに、失うものの方が大きいと気づくべきです」

次に、短い黒髪の精悍《せいかん》な青年に視線を向けた。

「アベル様、上官として尊敬しています。それ以外の感情はありません。わたしなどより、もっとお似合いの女性がいるはずです」

最後に、華やかな美貌の騎士を見る。

「リーンハルト様。あなたは例のトラウマで、肉食系女子が苦手になっているだけです。それ以外の女性とならば、どなたとでもお付き合い出来るはず。探すのが面倒臭いからと、手近な義妹で済まそうとしないでください」

しばし、黙する三人。アイゼンが先に口を開いた。

「――拒否するのは、私たちが貴族だからですか？」

確かにそれもある。だが、理由としては二番目だ。最も重要なのはそれではない。

「わたしはどなたが相手であろうと、恋愛及び結婚を望みません！」

アベルが小さく溜息をついた。

「予想はしていたが、何故そこまで――」

色恋に溺れる母ミッシェルを反面教師にした結果だ。

そこのところは解っているであろう義兄が、真摯な眼差しで尋ねてくる。

「コニーが人生で最も望んでいるものを、教えてくれないかな？」

「黒蝶として、主第一にお仕えすることです！　忠義の道に生きる、それがすべて！」

高らかに宣言すると、コニーは箒《ほうき》と塵取りを手に持って早足にその場をあとにした。

さすがに、三人同時の求婚は驚いたが……これで今年の言祝《ことほ》ぎ〈恋愛大波乱〉は終わったに違いない。あれだけきっぱり撥ねつけたのだ、諦めるだろう。

☆

ライバルが増えてしまった……

リーンハルトの心中は穏やかではない。

彼女が立ち去ったあと、誰一人、手を引くとは言わなかった。

「アプローチの方法を間違えたようです」

飄々とした様子で人事室長がつぶやく。

眉間に深く皺《しわ》を刻み、視線で牽制の圧を送っていたクロッツェは呆れたように口を開いた。

「付き合ってすらないのに、子供を産んでくれはないだろう」

「こちらが本気であることを伝えるために言ったのですが……」

逃げる相手に引いていては、何も進展は望めない。本気であることを示すのは、良くも悪くも、自身の存在を印象づけることになる。あの激ニブのコニーですら危機感を持って、これまでにないほどの強い意志と口調で退けてきたのだから――その点は成功しているのだろう。

うっかり出遅れまいと突っ込んでいった私も、一緒に手打ちにされたけど……

しかし、義妹の安定の枯れぶりに、まだ当分は誰のものにもなりそうにないと心底安堵する。

アイゼンのように押し過ぎるのもよくない。適度に引いて逃がしてあげないと。地道に、ひとつずつ丁寧に信頼関係を積み重ねるしかない。それまでは、別に義兄としての立ち位置でもいい。

『助けに来ましたよ、ハルト義兄さん』

まぁ、単に、今ではこの呼ばれ方も好きだから、というのもあるけれど。

今後は、もっと彼女と楽しい時間を増やそう。彼女が望むことは大切にしたいし、未来の形には拘《こだわ》らない方がいい。いついかなる時も、その隣に立つことが出来るなら――

「一人の男として意識させるにはどうすれば……」

「押してダメなら……」

苦悩するクロッツェに、思考を巡らせるアイゼン。

三者三様に考える、枯れ女子の攻略方法を――

◆羊の新聞、真実を発する

王都に戻ってからというもの、ダフィはボロアパートの一室で一日中寝転がっていた。

白緑騎士の活躍を写真に撮りたい――その一心で、戦場に潜り込んだことをぼんやりと思い出す。

城塞の結界が消えると、〈後続大隊〉は南東の城壁から突入した。一方、ダフィは北東の崖をよじ上り城塞内へと入った。敵の目が〈後続大隊〉に向かっていたため、見つかることはなかった。

護身用に持っていたのは長剣。無名画家として、放浪の旅をしていた頃から持っていた相棒だ。

騎士学校も三日で辞めたし、正直、大した腕ではない。だが、いくらか魔力はあるので、それを剣に流せば異形を斬ることは出来た。あまり強くないやつに限る、ではあるが。

兵舎らしき建物で、狭い檻に詰め込まれた騎士たちを見つけた。見張りがいなかったので、机にあった鍵を使って解放した。南東に湧いた敵がこちらへ押し寄せてくる。西側の建物へと逃げるべく渡り廊下をゆく途中で、彼を——白緑の騎士を見つけた！

二つの塔を繋ぐ空中橋で、禍々しい気を発する黒髪の美女と戦っていた。ソーニャの町を襲った高位悪魔憑きだ。息もつかせぬ攻防——圧倒的な勢いで、白緑騎士は敵を兵舎の四階部分に激突させた。思わず、騎士たちとともに歓声を上げた。しかし、そのあと形勢逆転、彼は橋から落とされて姿が見えなくなった。黒い女は蝙蝠のように空中を飛び回り、彼を探す。

やがて、苛立ちから標的をこちらに変更。剣の一振りで黒い髑髏が噴き出し飛びかかる。ダフィの隣にいた騎士の頭や体を食らい、その部分をごそりと溶かした。

『勝手に逃げてるんじゃないわよ！　死にたくなければ、さっさと檻に戻るのね！』

そう言いながらも、兵舎に逃げ戻る自分たちを嗤《わら》いながら追い回し、逃げ遅れた者から殺してゆく。悪夢のようだった。ダフィは檻の中に入ろうとした直前に、髪を摑まれて引き戻された。頭を床に強くぶつけて、意識が吹っ飛んだ。

気づくと、目の前で大きなイグアナの顔が喋っていた。あの美女の成れの果てだと分かって、おかしいやら、恐ろしいやら。握っていたはずの長剣も、落としたのか見当たらない。

オレ、何しにここに来たんだっけ？　一流の写真家に、スクープのために、だから凄い写真がほしくて……何だ、やっぱり叶わないのか。画家としても売れなくて、新聞記者になっても運がないから、こんな目に――

同じ死ぬならと、暴言を吐きまくった。イグアナ女は激昂しまくり、写真機を握り潰した。

そうだ、痛みを感じる暇もないほど一息に殺《や》ってくれ！

ヤケクソだった――だけど、白緑の騎士が助けてくれたんだ。

『雑魚と遊んでる暇はないですよ？』

敵を嘲笑する、凛《りん》とした若い女の子の声だった。

なんで、戦場に女の子……？　あ。

ふいに、従兄《いとこ》の義妹が王太子配下の謎部隊〈黒蝶〉ではないか、という噂を思い出す。本人に取材したこともあったが、実際は半信半疑で――いや、でも、あの声は確かに……！

イグアナ女は怒り狂いながら、白緑騎士を追いかけていった。

「雑魚ってオレか……はは、助かったぁ～……」

死の恐怖から逃れた安堵で、壁にもたれるとそのまま床にへたりこんだ。

そのあと、砦軍の手を借りて混戦の中を抜け出すことができたが、同僚からはひどく怒られた。

「写真機の予備はないって言っただろ！　この大馬鹿野郎がっ！」

こっちは命懸けだったたっていうのに、罵倒しかしないのかよ。ていうか……

「城塞の外でのんびり待ってただけのやつに、文句言われたくないんだけどさぁ」

「くっ……仕方ない。記事になりそうなネタは獲って来たんだろうな？　先行隊、後続大隊、砦軍、どれでもいいから！　いや、出来れば、ハルビオン女王の再来で見出しを飾れる、白緑騎士の活躍があればいい。多少モリモリに脚色すれば――」

――いくら軽いノリで生きてるオレでも、無理なんだわ。命の恩人を売るとか。

「ごめ～ん、オレ、黒の悪魔憑きに殺されかけて床に頭叩きつけられて、覚えてないんだ～。いっそ、それ記事にすんのダメ？　ポテトマン」

「この役立たず！　写真機代、弁償しろよ！　あと、ぼくの名はポッテン・マーロンだ！」

今度は、ポッテンが救護天幕へと突撃取材したが――殺気立つ騎士らに追い払われた。


――そういう訳で、〈うたかた羊新聞〉はアシンドラ戦の新聞を出せなかった。

一応、ポッテンが捏造コミコミで記事だけでも、と書いたが、核となる部分がなさ過ぎて――

「だ～れが貴様の妄想オンリーの駄文を読みたいんじゃ、このボケェ！　少なくとも、真実は三割入れろと言っとろーが！」と社長に却下された。

ダフィは四台分の写真機を弁償しなくてはならなくなった。自分の不注意で盗まれたり、水没したり、壊されたりしたからだ。解雇されなかったのも、借金踏み倒しをさせないため。

元々、写真機は貴族用の玩具として生まれた、超高額の魔道具。莫大な借金を背負うはめに。

返済は一ヶ月だけ待つ、という話だが……

「無理っしょ～。マジ、借金苦で死ぬかも」

親が貴族なので、頼れば払ってくれるだろうが……その代わり、家に連れ戻され自由な生活を失うのは目に見えている。それだけは絶対、嫌だ。

今後、ダフィに新しい写真機が支給されることはない。となれば、地道に取材して記事を書いて稼ぐしかない。分かっているけど、やる気が起きない。同僚のような文才もないからだ。じゃあ、何を以て一流の記者になれるのか――

ふいに、まだ一流を目指すことに拘る自分に気づいて、苦笑を漏らした。

別に一流の記者なんてどうでもいいよな。一流の写真家にはなりたかったけど、それはあくまで被写体があって、構図とか自分で調整できるのが楽しかったからだし……

鐘の音が鳴り響いた。いつもと回数が違う。

「あぁ、そういや、騎士の合同葬儀があるって聞いたような……」

ぼやいても仕方がない。取材に行くか。重い腰を上げると、ベルトポーチに筆記具と手帳があるのを確認してから部屋を出た。表通りへ行くと、遠ざかる黒い魔獣車の列が見える。

しまった、あの鐘は出棺の合図だったのか、これじゃ遺族に取材は出来そうにない。霊園までついていくにも、手持ちの金がないから乗合魔獣車にも乗れない。

どうしようかと思いながら広場まで歩くと、〈王都新聞〉の無料号外が配られていた。

驚いたことに、〈うたかた羊新聞〉が摑めていない情報ばかりだ。アシンドラ戦の発端から収束まで、王家の隠し子に向けた元王妃の暗殺指示とか、異形王子の誕生、異空間で果てた元王妃と廃王子――だけど、一番ショッキングだったのは、王太子を救った英雄が側近の四名だけということ。

――嘘だろ、なんで書いてない？

新聞をひっくり返して隅から隅まで調べるが、どこにもない。白緑騎士についての記事が。

黒の悪魔憑きと互角にやりあっていた、あの子のことが――！

〈黒蝶〉なら〈先行隊〉に組まれたはずだ。堂々と公表したっていいんじゃないのか？

王家の意見を汲む〈王都新聞〉、載せないのは国王が許可しなかったからに違いない。

――何だよそれ、日陰の身は表舞台に立つなってことか？

脳裏に、鮮やかに戦う白緑騎士の姿が蘇る。強く心に刻まれている。戦場であれを見た者は他にもいただろう。それでも、人の記憶なんていつしか風化してしまう。誰かが伝えない限り……

「お〜い、同志！」

人混みの向こうから、背の低い小太りの男が駆け寄ってきた。

「やあ、久しぶり。ポテロン」

「勝手に略すなよ、ポッテン・マーロンだって！　……まぁいい、これを見ろ！　次のスクープはこれで行くぞ！」

鼻息荒く興奮した様子で、紙きれを渡してくる。彼が殴り書きしたメモのようだ。

《六月四日未明、城より寵妃が護衛らとひっそり発つ。見送りなし。国王に暇を出された？》

彼はドヤ顔で「酒場で会った城の使用人が見たって話だ！」と言うが……

「取材にしては雑すぎない？」

「リアルに真実だろ！」

「う～ん……虚弱とかであまり公の場に出ない人だし、静養地に行ってるだけってことは？　ちゃんと裏取らないと、また社長にドヤされるよ～？　じゃ、これから用事があるから」

ダフィは彼に背を向けて、足早に自分のアパートへと戻った。

寝台の下に突っ込んでおいた、スケッチブックや画材を引き出す。二ヶ月ぶりだ。被っていた埃を払う。紙面を開くと、時間を忘れてコンテを走らせた。絵の具でささっと彩を乗せる。思い出せる限りの、白緑騎士の姿を描いてゆく――

三日後、訪ねてきたポッテンが、部屋中に散らばる大量の絵を見て仰天し、叫んだ。

「同志……まさか思い出したのか⁉」

「うん。忘れるなんて、とんでもないことだよ。〈彼〉の偉業は後世に残すべきなんだ！　オレが生かされたのはこのためなんだって、気づいた」

「じゃ、じゃあ、その彼に何があったかも⁉」

「会ったのはほんの少しだけど……変に脚色しないなら話してもいいよ」

「なんで？」と、いっぱい尾ひれをつける気満々の男に――

「百パーセント真実だけでも、イケるからさ！」

「ふ～ん？」

最初は気乗りしない風だったが、話を聞き終わると肉に埋もれた小さな目を輝かせた。

「見出しはこうだな！　王家の策謀で消された五人目の英雄！　彼は今、どこに――⁉」

吟味したダフィの絵と、白緑騎士の活躍、王家の陰謀論を加えた記事が、〈うたかた羊新聞〉より有料号外として出回った。城下街はその話題で持ち切りとなり、売れに売れて増刷が追いつかないぐらいの勢いだった。

ダフィは、その後も白緑騎士をモデルに絵を描き続けた。不思議と飽きることはなく。次から次へと構図を変え、表現するストーリーも変えてゆく。

こんなに一心不乱に描きたいものがあるのは、いつぶりだろう。再燃する情熱。心の底に抱えていた、過去の暗い感情の澱《おり》が消えてゆく。天高く魂が解放されるような気分だった。

ありがとう、白緑の騎士！　――もとい、リーンハルトの義妹ちゃん！

連日、新聞が爆売れしたことで、借金の返済期限は一年後まで延ばしてもらえた。それを天引きしたわずかな給金で食い繋ぐ。正直カツカツだった。家賃を払ったら、一日にパン二個と林檎一個しか食べられない。けれど、心だけは常に満たされていた。何とか生きていける……！

さらに一週間後。

――やっぱ、ムリ、超死にそう。誰か肉を、肉を差し入れしてぇぇ――！

部屋の扉を叩く音。ふらつきながら出ると、身なりの上品な紳士が立っていた。

「わたくし画商でして。あなたの絵を売っていただけませんか？」

彼が画家として大ブレイクするのは、あと少し先の話。

余聞　人事室長と万能女中

温度を感じない氷の美貌もさることながら、潔癖で不正を厭う人事室長シルヴァン・チェス・アイゼン。厳格で公正。仕事に関しては己にも他人にも厳しい。経理室長と並ぶワーカホリックぶり。いろいろと完璧すぎる彼は、女性へのダメ出しも多かった。蝶よ花よと育てられた令嬢たちは気位が高い。仕事が最優先の彼を理解できず、会うたびに己の欠点を指摘され心折られて去ってゆく。

彼としては、意地悪のつもりはなく、至極まっとうな意見を述べたに過ぎなかった。

ただ、言葉をまったく飾らなかっただけ。

「あなたに、そのオレンジ色のドレスは似合いませんね。腰回りが膨張して見えます」

「うぐっ」

「唇も大きいのに、何故そんなに真っ赤に塗りたくるのか……人をとって食う悪魔憑きのようですよ。もう少し控えめな色にしたらどうです？」

豪速のド直球で、相手のコンプレックスを深く抉《えぐ》る。我こそは、と挑んだ勇敢な令嬢もいたが、お付き合いするも一ヶ月と持たなかった。

暁星暦五一四年　六月十四日

解雇通知書を偽造した馬鹿な部下を処分した。

不当解雇をされそうになったのは、臨時の経理官となって日の浅いコニー・ヴィレ。

だが、彼女は書類の不備からそれを偽物だと見抜いたらしい。少しばかり興味を持った。女中から官吏への異動届を出したのが経理室長であったため、まだ直接本人に会ったことはない。執務棟の同じ二階で仕事をしているのだが、部署も違うし人も多いのでなかなか機会がなかった。

それから六日後の早朝。

執務棟の廊下で、サイズの合わない男物の官服を着ている若い女性を見かけた。

「そのみっともない官服はどうしました？」

思わず声をかけると、彼女は振り向いて軽く会釈した。

「女性用の予備がなく、お店からの納品は来月になるそうなので……」

お団子にまとめた髪にメガネをかけて、実に真面目そうというのが第一印象だった。

新人が入る時には、事前に官服が用意されている。それで、彼女が臨時で入ったコニー・ヴィレだと気がついた。

「先日、儀典の女官が一人辞めたので、ありますよ」

試着してもらった後のこと。

前の女官はかなり大柄だったらしい。全体的にぶかぶかだ。特に肩、胸と腰回り、裾などは引きずる状態にある。

「勧めておいてなんですが、これもみっともないですね」

いつもどおり、見たままの感想を述べる。大抵、ここで相手の女性は顔を引きつらせて立ち去るか、泣き始めてしまうのだが——窓からさしこむ朝日がメガネに反射して、このときの彼女の表情は見えなかった。

「裁断して詰めてもいいですか？」

彼女はそう聞いてくる。少し驚いた。

「針仕事が出来るのですか？」

「困らない程度には」

それならと許可を出した。

翌日、殆どの官吏が仕事を終えて帰った夕方、廊下に出るとヴィレに会った。

「アイゼン様、お疲れ様です」

ぴたりときれいに体の線に合わせてある、官服の紺色ドレス。

「……ちょっと失礼」

近づいて肩と袖の縫い目を見る。一直線に細かくきれいなものだ。

「巧いものですね」

「ふつうですよ」

距離をとり、その全身をもう一度見る。紺色ドレスに藁色のまとめ髪、ぶあついメガネに、これといって見栄えのしない中肉中背の容姿。劇的なほどに大きく朱い夕陽を背にした彼女だが——

「どこからどう見ても地味ですね」

「元が地味なので」

淡々と返してくる。こんなに感情を見せない女性もいるのか。つい、昨日から思っていた疑問を口にする。

「怒らないのですね……?」

「慣れてますから。でも、ふつうは女性に言ったら怒ると思いますよ?」

「地味なので女性としてもう少し己を省みてはどうか、という感じで指摘したら、泣かれたことがあります」

彼女は片眉をあげた。少々不快だと言いたげに——

「それは余計なお世話というものですよ、アイゼン様」

「余計ですか? その人の魅力を減じていることを伝えただけなのに」

すると、彼女はメガネの奥でぱちりと目を見開く。

「なるほど。女性に人気がありながら、何故、あなたの周りに女性が留まらないのか納得です」

ズバッと言ってくる。城での人事権を持つ相手に、微塵の恐れもない。

そこで、ふと思った。これほどはっきり意見を言う女性と話せば……何かしら、婚約者選びに難航する今の状況を打開するきっかけが摑めるのでは、と。

「女性に対し配慮が欠けている、と友人にも言われていますので……これが悪癖である、ということは認めます。それでも、簡単には直せないのですよ。曖昧な物言いが苦手というか、意識してもできないというか」

「そう……なのですか？」

小首をかしげて不思議そうな顔をする。

彼女の仕事ぶりは経理室長から聞いている。きっと真面目で口の堅い彼女なら、他人に言い触らしたりはしないだろう。そういえばと、彼女にまつわる噂を思い出した。下働きの間でよく相談に乗っていると。その解決率は百二十パーセント。本当だろうか。試したいと思ってしまった。

常なら胸の奥に仕舞っていたことが、抵抗もなく口から滑り出す。

「――子供の頃、言葉を濁したために、誤解されて監禁されたことがあるんですよ」

それは、相思相愛だと思いこんだ〈男〉の執着が原因だった。〈小児性愛〉〈同性愛〉主義の変質者。見知らぬ土地の監禁場所から抜け出し逃げ回る日々は、幼心に恐怖を植えつけた。

「以来、二度とそんなことにならないように、と強迫観念があり――物事は常にはっきり、間違いのないように言うことを心がけていました。そうしたら、ぼかしたり遠まわしな言葉が言えなくなったんですよ」

とはいえ、最近ではそれで困っている。二年ほど前、実家のドラゴライド領を継いで侯爵となった兄が、大病の後遺症から子供を作れなくなった。そのため、『お前の子を跡継ぎとして養子に迎えたい、早く結婚しろ』と言われているのだ。

アイゼンは三男だが、次男は家を出たまま何年も帰らない。ギャンブルによる浪費癖もあるから、兄が厭《いと》うのも無理はない。ちなみに、アイゼンは国王の近衛騎士だった十一年前に、その功績から領地と伯爵位をもらっている。特に現状に不満はないのだが……慣れ親しんだ生家を継ぐのが身内以外、というのはやはり抵抗があるし、自分の子供が将来、豊かな人生を送れるのは悪いことではないと思った。

「実家の催促もあるので、これでも結婚相手は探しているのですが……」

言いたいことは伝わったらしい。彼女は提案してきた。

「では、もう少しソフトな言葉で、お相手に伝えてみてはどうでしょう？　試しに――わたしの地味ぶりに対してもう一度、感想を言ってみてください」

親切に、この悪癖を正そうとしてくれる。さすが、相談され慣れている。

しかし、頭の中に浮かぶ言葉を口に出すと――

「どうにもダサイですね」

「だめです」

「田舎くささ丸出しですね」

「だめです」

「雑草に埋もれると分かりませんね」

「ケンカ売られてる気分になってきました。わざとじゃないんですね？」

「真剣です」

「それはそれで腹が立ちます。女性を褒め称える美辞麗句集を頭に叩き込んで、口から出せるよう特訓をしてはどうでしょう？」

「古今東西のその手の詩集は百巻ほど持っています。参考にするためすべて頭に入ってますが、令嬢を前に口から出そうとすると、別の言葉にすり替わってしまうんですよ。先ほども、頭の中では〈可憐な野花のようだ〉と言おうとしたら、〈ダサイ〉に変換されました」

窓の外、夕闇の空をカァカァと烏《からす》が飛んで行く。彼女はあぜんとした様子で、こちらを見ていた。額に右手をあて、少し考えると。

「それは、重症ですね……もしかしたら、本当に心からお好きになられた方になら、パッと褒め言葉が出るのかもしれませんが……その前に、その失礼な言葉の刃で近づくことすら出来ません。となれば……これはもう、お相手は鋼の心臓をお持ちの方か、恐ろしく鈍感な方がよろしいのではないでしょうか」

しばし黙して、彼女の言った言葉を脳内で反芻《はんすう》する。

……これまでに好きになった相手はいない。鋼の心臓か、鈍感な女性……

本能が――目の前にいる彼女を逃すな、と言っているような気がする。

「とりあえず、あなたを婚約者候補に入れてもいいですか？」

「冗談でもお断りします」

間髪いれず、さらっと断ってきた。

「私の人生で見てきた女性の中でも、類まれな鋼の心臓だと思いますが」

「わたしの心は硝子細工です！」

彼女はにこりと笑った。隙のない鉄壁の笑顔だと感じた。

「アドバイスをするなら、貴族令嬢でなく上流市民のお嬢さんがよいかも知れませんね。礼儀作法諸々にもこうるさそうなアイゼン様の御眼鏡に叶いそうなのは――街で育ち、城での教育を受けた侍女さんの中にいるのではないでしょうか？　両方の生活を知っている女性の方が、世渡り上手ですしタフですし、細かいことを気にしません」

「……わりと具体的ですね。ふむ、こちらで調べてみましょう」

「もし、その中で見つからなければ、その彼女たちの伝手《つて》で探すといいですよ」

「何故？」

「わたしは無駄なことは言いません。あとは、あなたの目と足で確認してください」

彼女が本気で文官の道を進むなら、異例のスピード出世をしそうだ。

そう思わせる強烈な何かを持っていた。話しやすいし気遣いもできる。容姿は凡庸だがスタイルは均整がとれているし、美容に気を遣い化粧で手を加えれば格段によくなるタイプだ。

――もしも、見つからなかったら……コニー・ヴィレを婚約者候補に入れておきますか。

生粋の貴族だが、特に選民思想もない彼は――相手の能力や将来性を冷静に見極め、コニーを優良物件と捉えていた。

☆

『とりあえず、あなたを婚約者候補に入れてもいいですか？』

そう言った彼の眼差しは、獲物を狙う猛禽類のようだった。冗談で受け流すと厄介なことになる――そんな気がして、ぴしゃりと断った。

実はアイゼンが気に入るのではないか、と予測できる侍女が一人だけいたのだが……あのあとで運悪く結婚退職してしまった。

彼女に想い人がいたとは誤算でしたね。

ただの幼馴染だと思っていた男性なのだが、アイゼンが彼女に接触したことに警戒して焦ったのだろう。速攻で求婚したのだ。結果的に、相手を調査しはじめたばかりのアイゼンに、恋心が芽生える隙を与えなかった。その後、アイゼンが婚約者候補について話題に出すことはなく……というか、そもそもコニーとはあまり会うこともなかった。

ご多忙のようですし、わたしへの関心が薄らいだならよかったです。

☆

勧められた婚約者探しを実践したアイゼンだったが、目をつけた相手の攻略を始める前に、彼女を長年追っていた男に取られてしまった。「少々残念」と思っても、さほどの執着も湧かなかった。

その後、仕事上のごたごたが立て続き、第二王子ジュリアンの側近でもあることから、敵対派閥の不正調査をしたりで――婚約者探し自体をすっかり忘れてしまっていた。

翌年の三月半ば。ジュリアンの立太子の式典も滞りなく終わり、とりあえずは一段落――と思った所へ、実父の訃報が舞い込んだ。葬儀のため実家のある領地へ赴くと、家出していた次男が嫁と赤子を連れて戻っていたようで。『未来の侯爵として養子に迎えろ！』と、長兄のドラゴライド侯爵に迫ったという。怒り心頭の侯爵は、次男たちを追い返したらしい。

「場末のアバズレ女だぞ！　誰の子か分かったものじゃない！」

次男はおろか、侯爵家の誰にも似ていない赤子だったという。

「シルヴァン、お前だけが頼りなんだ！　早く結婚してくれ！」

興奮のあまり、両肩を摑んで揺さぶってくる。

「期待をかけてもらって申し訳ないのですが、母や親戚の用意された見合いは全滅でした」

面談中の相手の態度でこれは無理だなと思い、自ら断った。

「何でだ！　こんなに優秀な男なのに⁉」

「……」

「この際だ、多少身分が劣っても構わん！　だが、身持ちが固くて性格好くて賢さのある女性にするんだぞ！　あと、マナーだけは絶対の最低条件だ！　頼むぞ！」

次男がどんな嫁を連れてきたのか、よく分かる台詞だ。これらを欠いていたのだろう。

この一件で、思い出したのはコニー・ヴィレだった。

王都に戻って城へと出仕する。なるだけ彼女のことを知ろうと、目で追いかけた。

いつのまにか、ヴィレにアプローチしている騎士副団長と経理室長。彼らにとっても魅力的に映るのか。二人に言い寄られても舞い上がる様子もない。鉄壁のような精神。

彼女について少し調べてみた。〈黒蝶〉の噂もつきまとう。真実味ただよう長期休暇。たまに瞬間移動を目撃、背後を取られる。ミステリアス。

四月に入ると、ヴィレは新入りにつきっきりで女中業務の指導を始めた。声をかけるにも、職場移動を繰り返すため捕まらない。月末にようやく話す機会を得たのだが、取り急ぎの用件だったため事務的な対応になってしまった。

四月四日。儀典官室から女官を通して依頼があった。儀典官の主な仕事は外交団の接遇業務……つまり、招待会や王室行事等でのおもてなしだ。

「人手不足ですので、臨時女官に宴での接待をしてもらいたいのですわ」

今月十日から三日間、城下で行われる〈千花祭〉、それに合わせて城で開催される〈桜花の宴〉のことだ。城の中庭で春花を使った料理や、国内名産の酒が振る舞われる。接待係は各国からの使者をもてなすのだが、ヴィレの本業に支障が出るとして断った。

宴の裏方で、彼女は五人分の女中業務をこなすからだ。抜ければ穴埋めに五人も必要になる。その代わり、侍女を一人送ると答えたのだが――

「何のための臨時女官ですか！　こんな時に役に立たないなんて！」

鼻と頰を膨らませて食い下がってくる女官は、豚によく似ていた。昼の鐘が鳴っても、まだ執務室に居座りまくし立ててくる。「いい加減に――」そう言いかけたとき、開きっぱなしの扉をノックして、ヴィレがやってきた。

「失礼します。経理室長からの書類をお持ちしました」

彼女は、ちらっと豚女官を見ると、先の話を聞いていたらしく。

「接待係は無理ですが……終業時よりあとであれば、書類のお手伝いをできますよ」

儀典の仕事は、事前に行う書類業務も山とある。よく知っていると感心する。

おまけに、自身も多忙な時期に残業を買って出るとは……

「では、ヴィレには午後七時より二時間、書類業務のみすることを許可しましょう」

アイゼンの言葉に、豚女官は「助かりますわ」と満足げに笑った。

☆

臨時官として経理に携わるコニーだが、元々、女官といえば儀典官にしかいない。

女性的な華やかさを必要とする職場だからだ。なので、コニーは端《はな》から表に出る気はなく。

最近、女官が不足なのは〈黒蝶〉の情報網で知っていた。四月に入ってから四名が体調不良で休んでいる。リフの教育指導で忙しくとも、引き受けたのには理由があった。

知り合いの下男が偶然にも立ち聞きした、女官たちの奇妙な会話を教えてくれたからだ。

何でも〈桜花の宴〉で、彼女たちはいっせいに〈熱を出して寝込む予定〉なのだとか。

無言のストライキ? それが本当なら、原因を探って阻止しなくては。開催する王家の面子《メンツ》が潰れてしまうし、何か別の企みが隠されている……ということもある。

早めに夕食を終えてから、人気《ひとけ》のない庭師小屋で女官服に着替える。六時半には、執務棟の三階にある儀典官室を訪ねた。

「遅いじゃないの！　一時間前には入室しなさいよ、気が利かないわねっ」

酒樽のような巨体でどすどすと近づく豚女官。もとい、儀典女官のまとめ役、モッツアレーラ・サレ・トドン。二十五歳。

「それだと食事をとる暇もないのですが」

「先輩はずっと働いてるのよ！　新人が優雅に飯食ってる場合じゃないでしょうが！」

何だこのブラック職場。女中や経理で残業することはあっても、一度たりとも「飯食うな」と言われたことはないのだが？

「人事室長には七時からと言われてますので、文句がおありならそちらに言ってください」

「なっ、なんて生意気な……！」

「それで、何をすればよいのですか？」

「言わせておけば……ちょっと床に膝ついて座りなさい！　上官に歯向かうことがどういうことか、たっぷり教えてあげ――」

憤慨するブラックな豚は無視して、机で必死に書類を捌いている女官に声をかけた。

「お忙しいところすみません、お手伝いします。業務内容の説明をお願いできますか？」

疲れきった顔を上げた彼女は、コニーの背後で騒ぎ立てる豚を気にしつつも、説明してくれた。

要は〈各国情勢に関する資料をまとめる業務〉で、それを儀典長に渡すのが仕事らしい。

他国に常駐する外交官が毎月送ってきた報告書を、項目別に転記した一年毎の資料があるのだが――三年分に及ぶ膨大な量を、さらに重要事項のみに絞って簡潔にまとめているのだ、と。並んだ四つの机には、参考資料として紐で綴《と》じた冊子が山積み。対応しているのは一人だけ。さすがに酷い。

「では、こちらの机にある分から処理をしますね」

「ちょっと！　何勝手に椅子に座ってるのよ！　誰が許可したって⁉」

肩に摑みかかってきたので、その太い手首をガッと摑み返した。

「部下が困っているのに騒ぐばかり、あげくに暴力ですか？　このブラック環境を人事室長に今すぐ、お伝えした方がよさそうですね？　仕事に熱意を持っておいでの経理室長もさぞかし、あなたの怠慢ぶりには呆れることでしょう。軽蔑されるかも知れませんね？」

彼女はアベルを慕っていた。経理室で働くコニーに通りがかりで嫉妬じみた視線を送ったり、嫌みを浴びせてきたのも一度や二度ではない。

ブンッと手首を振って逃れると、モッツアレーラは物凄い形相で「言ったら承知しないわよ！」と言い放ち、ドスドスと床を踏み鳴らして去ってゆく。

バンッ！

腹いせに扉を叩きつけて出て行った。と思ったら、しばらくして、隣の応接室でガタゴトと大きな音がする。何事かと扉を開けようとしたが、開かない。何かで押さえつけているようだ。

背後で先輩女官が「あぁ～、今日も帰れない……」と青い顔で嘆く。

「今日も？」

「一日分のノルマが終わらないと、帰してくれないのよ。昨日もここで泊まったわ」

やけに手際のいい監禁だと思ったら、昨日もやっていたのか。

「わたしも頑張りますから、片付けて早く帰りましょう」

「扉はどうするの？」

困惑した様子の彼女に「大丈夫です」と言いおいて、書類の山にとりかかる。机の山積み分はすべて今日の分だという。量は多いが一度はちゃんとまとめられたものなので、そこまで苦行というほどではない。どんどん書き抜きを進めて、当初の二時間内にきっちり終わらせる。

気になっていた例の話も確認しておいた。

「宴当日に、女官たちが〈熱を出して寝込む予定〉という話を、小耳に挟んだのですが……ご存じでしょうか？」

彼女は目を瞠って驚いたように、「いいえ」と即答する。

「でも、心当たりならあるわ。多分、それを実行しようとしているのは……身分の高い女官たちよ。伯爵家以上のね。私は子爵家だから声をかけられなかったんだわ。グッピー国って知ってる？」

「ハルビオンの先々代王が親交を繋げた国ですね」

「その頃からグッピーの王族が、我が国で見初めた貴族令嬢を連れ帰っていたらしいの。妾妃に据えることが慣例化していたそうよ」

ハルビオン国が豊かなだけに、この手の話は他国でもあることだが——慣例化しているのはちょっと驚きだ。

詳しく聞くと、ここ三年ほどはグッピー国の王子が毎年、〈桜花の宴〉に参加する度に、儀典官の中でも〈爵位の高い女性〉や〈豊満な女性〉を見初めて連れ帰っていたのだという。

今年になって、その内の一人が実家に戻ってきたが、見る影もないほど衰弱していたのだとか。嫁ぎ先で虐待されたと言い、元職場の上役モッツアレーラに相談するも、『王子に捨てられた女』と嘲笑され、激怒した彼女の親が外務大臣に訴えるも一蹴されたらしい。さらに、追い打ちをかけるように、『王子に愛想を尽かされて出戻り、気を病んでデマを流す迷惑な女』という噂まで立てられている。

「危機感を持ったのは、次に狙われるかも知れない伯爵家以上の女官たち、ということですね？」

なるほど、とコニーは頷く。他国の王族からの求愛を〈お断り〉するのは、勇気もいるだろう。自身を守るためにも姿を見せないのが良策、と考えたのかも知れない。

とはいえ、お役目放棄は自らの首を絞めますからね。わたしも出来る限り手を貸しましょう。

「――ところで、どうやって部屋を出るつもりなの？」

「それはですね」

コニーは窓を開けた。暗くなった執務棟の周りには常に警備兵がいる。

「助けてくださぁーい！　モッツアレーラ・サレ・トドンに閉じ込められましたぁー！」

大きな声でこれを三度繰り返すと、バタバタと足音が近づいてきて扉を開けてもらえた。そこには重い大理石のテーブル。警備兵よりも早く駆けつけてくれたのは、残業で二階にいたアベルとアイゼン。そして、秘かに庭でコニーを出待ちしていた義兄だった。

翌朝、人事室に呼び出されたモッツアレーラ。かなりきつく御灸《おきゅう》を据えられたようだが、今度はコニーをまるっと無視してきた。

まぁ、これで仕事がやりやすくなりましたね。

それから〈桜花の宴〉までの残り五日間、昼間は女中業務、夜二時間は執務棟で資料作成をした。夕方から経理の仕事と被ることもあったが、そのときは女中業を早朝から前倒し、午後四時には切り上げて早めに執務棟に向かった。

資料作成中に、ちょっとしたアクシデントは起きた。

「……また、グッピー国ですか」

参考資料の中に、不審点を見つけたのだ。この国は、ハルビオンから南西に下り、八つの国をまたいだクレセントスピア大陸の海側に位置する。三年にわたって国内情勢に殆ど変動が見られない。社会的に大きな事件もない――情報統制がかかっているのではないか、と疑った。

輸出する銀の産出量にも変動がない。そのくせ毎年、売値が右肩上がりで跳ね上がっている。良質の銀であるのが理由のようだが――大陸最高と呼ばれる帝国銀の売値と比べても、はるかに高い。おかしい。グッピー国と銀の取引をする他国の資料を探して分かった。三年前から、輸出相手がハルビオンだけになっている。産出量が下がっている証拠では？

本来、この作業はモッツアレーラの仕事だった。去年はどうしたのか先輩女官に尋ねると、〈桜花の宴〉の前日になって、女官総出でやらされたのだという。

「私も去年、違和感のある部分を指摘したの。だけど、どうでもいいことを気にするなと怒鳴られたわ。時間も押していたから調べる暇もなくて、有耶無耶《うやむや》に……やっぱり、これおかしいわね」

それで、参考資料の原本となる〈外交官からの報告書〉を探した。見つからなかった。他国からの報告書は五年前のものまで、きちんと保管されているのに。

つまり、それは誰かが隠したか、処分したということ――書類改ざんのために。

「参考資料の冊子を作ったのは誰ですか？」

「最後のページに転記者の名前が……あったわ、バスベッチョ・サム・トドン。上役の父親よ、外務の第二秘書官」

書類改ざんの意図は、銀だけなら価格の不当吊り上げのためだろう。それ以外の情報統制については不明だが。見返りに〈賄賂〉をもらってそうなパターン。そういえば、確か外務大臣の名はヘドロン・バッサ・トドン。年齢的に豚さんの祖父か。親子三代とっても臭い。

「今は、これ以上の調べようがありませんね……」

正しい情報を得るには、グッピー国にあるハルビオン大使館と連絡を取るしかない。時間がかかりそうだ。逆に、こちらにいるグッピー大使館に問い合わせることも考えたが、国内事情を隠蔽《いんぺい》してくる時点で、知られてマズイことがあるとしたら……それは、王族に関する不都合な情報の可能性が高い。真実を口にすることはないかも――

この一件を〈黒蝶〉長にも伝えると、「手っ取り早く調べる方法はあるわよ」と、自信ありげにのたまったのでお任せすることにした。

期限内にまとめ上げた〈各国情勢に関する資料〉を、儀典長に提出した。例の違和感がある個所には赤インクで指摘と、原本が何者かに捨てられた可能性が高いことも記しておいた。


四月十日。〈桜花の宴〉当日。

儀典女官たちは全員揃っていた。コニーが、彼女たちの計画を人事室長にばらしたからだ。

某国王子への恐怖心からだと知った彼は、それを咎めることはなく。

「安心して職務をまっとう出来るよう、他国の使者による国外への誘い出し等、意に添わぬことがあれば全面的に阻止すると約束しましょう」

これを儀典女官全員に通達したところ、仮病で休んでいた者たちも納得して出仕してくれたのだ。

この日、コニーは朝早くから厨房で働いていた。

〈桜花の宴〉の開催場所は、桜で埋まる東中庭だ。ここは王族居住区であり、常なら限られた人しか入れないのだが――今日から三日間、特別に各国の使者をもてなす宴会場として開放される。

そこへの料理運搬は儀典官たちが行うのだが、酒類だけが運ばれていないことに気がついた。

「えっ、何で宴の主役を忘れてるんですか？」

国内産のあらゆる酒を堪能できるのが、〈桜花の宴〉の売りのひとつだというのに。

「あれっ、コニーさんが運ぶんじゃないの？　そう聞いてるけど」

近くにいた料理人が声をかけてきた。さっき料理を取りに来た儀典官がそう言ったのだとか。

「えぇ？」

「コニーさんは儀典の女官だからって……本当？」

「数日間お手伝いしただけで、そっちの仕事はもう終わってるんですよ？　あぁ、でも、お酒ないと困りますよね。会場の入口まで届けてきます！」

魔獣牽きの荷車にせっせと酒樽や酒瓶を載せて、コニーは急いで王宮厨房の裏から西中庭を突っ切って、東中庭の入口まで走らせた。女中のお仕着せを着ているため、この先に入ることは出来ない。会場内で引継ぎ出来そうな人を探していると、モッツアレーラが巨体を揺らしながら、女官たちを引き連れてやってきた。

「やっと来たわね！　このノロマ！」

いや、そこは感謝してくれてもいいんじゃないですかね？

「ほら、さっさと下りて！」

強引に腕を掴んで荷車から下ろされた。代わりに一人の女官が御者台に上がり、荷車を会場内へと移動させてゆく。

「持ち場に戻りますので……腕を放してもらえません？」

「こっちの人手が足りないから入ってちょうだい！」

「？　全員出仕してるはずでは……」

「例年よりお客様が多いのよ、人事室長には許可をもらってるわ！　さあ、着替えてきて！」

半ば強引に連れて行かれたのが、少し先にある今は使われていない元王妃の館。その一階が女官たちの控室になっているらしく、コニーはそこで女官たちと同じ格好をすることになった。

薄紫色のドレスに、派手なレース三昧のエプロンと、白い絹の花がついたブリムを頭につけて。何故か、スタイルが悪いと言われて、コルセットの胸元にがっつり詰め物を入れられた。

着付けの手伝いをしてくれた人たちに、派手めの化粧も施されてちょっと恥ずかしい。だけど、他の女官たちの顔を見ても、かなり濃いめだった。怒濤の支度のあとに、再び疑問が湧く。

アイゼン様……わたしが儀典で書類作成を引き受けた時も、気の毒そうな顔をしていたのに……こんな風に勝手に決めたりするでしょうか？

午前中の仕事分はほぼ終わっているので、今のところ支障はない。だが、昼休憩に入ったら執務棟へ行って、彼に真偽を尋ねようと思う。

そして、コニーは酒の試飲スペースを担当することになった。酒名と産地、味についての説明が書かれた紙を、モッツアレーラから渡される。

「お客様に好きなお酒を選んでもらって、粗相のないようにね！」

「分かりました」

何か対応がまともで、逆に企みを感じる。立ち去り際にニヤッて笑ってたし。

酒を飲むのは苦手だが、説明だけなら大丈夫だろう。厨房での勤めも長いので大体の酒名は見覚えあるし……あれ、綴《つづ》り間違えてる？

ちょうど、先輩女官が通りかかったので呼び止めた。

「やだ、何これ！　全部でたらめよ！」

先の紙を見せると、どうやら酒名、産地名が微妙に変えられて、味の説明ともにシャッフルされていた。先輩がその場で、正しい呼び名などを教えてくれた。

「結構、種類あるけど覚えられる？」

「大丈夫です。あの、グッピー国の王子ってどんな人か分かりますか」

そいつに虐待された女性の話は、女官たちの間ではすでに共有されており――その内容は凄まじいものだった。体重が半分以下まで落ちて、髪がまばらに抜け、体中がアザと切り傷だらけだったと。連絡の途絶えた彼女を心配した家族が、商人の手を借りて脱出させたらしい。

「鮮やかな杏色《あんずいろ》の頭に、色白で雪だるま体型だから、すぐ分かるわよ」

先輩も自分の仕事に戻ったので、コニーはあずま屋に設けられた試飲スペースに入った。

各国からの使者を相手に、希望される酒を説明してグラスに注いで渡す。人も増えてきたが滞ることなく、てきぱきと客を捌いてゆく。彼らはグラス片手に使者同士で挨拶を交わしたり、会話を楽しんでいた。

人混みの向こうに、見たことある長い赤金髪と黒いひらひらがよぎった。思わず二度見。

揚羽隊長？　え、黒いドレス着てる⁉　ばっちりお化粧に、おっきなエセ胸……！

大柄な美女にしか見えなかった。もしかしなくても、他国の使者から情報収集しているのか。

「王太子殿下が国内視察で不在とは、残念ですなぁ」

「本当です。聡明と噂の高いかの君に、一目お会いしたかったのに……」

そんな会話が耳を掠める。主は今、内密に友好国を巡る旅に出ているのだ。ちなみに、義兄はというと、〈千花祭〉で賑《にぎ》わう城下の見回りに駆り出されている。増加する犯罪を取り締まるためだ。

東中庭には、あちこちにテーブルが出されて美しく盛られた料理が並ぶ。立食形式だ。酒の試飲に来る人が途切れたので、ぐるりと会場を見回す。

杏色の頭を発見した。しかし、遠目に見てもすらりとして細い。目が合ったような気がした。

「辛口の白葡萄酒をくれるかい？」と壮年の紳士に催促されたので、それを用意して渡す。それから、また立て続けに人が来て酒を頼まれたので、せっせと働く。

……視線を感じる？

やっと人が途切れたと思ったら、あずま屋の右手側にある柱から、杏色の髪の青年が出てきた。視線を感じた方向だ。コニーの前にあるテーブルを挟んで声をかけてくる。

「僕にもくれる？」

「ご希望のものがあれば、お注《つ》ぎいたします」

気だるげで影のある美形である。歳は二十過ぎぐらい。背は百七十センチ半ば。前髪はやや長めで、襟足が外はねした短めの髪型。目許と唇に朱を刷いているせいか、肌の白さが異様に際立つ。黒地に赤いラインの入った騎士服を着ていた。

「じゃあ、甘い香りのやつがいい」

「こちら、夕陽の雫という銘柄ですが、杏と蜂蜜を使った果実酒です。綺麗な夕陽色で甘酸っぱく、とろみがあって口当たりは滑らか。王都では若い方に人気の高い一品となります。産地は――」

グラスを受け取ったあとも、それを飲みながらあれこれと酒について聞いてくるので、説明を続けた。他の人が酒を求めてくると引いてはくれるが、いなくなるとまた話しかけてくる。

他国の使者と話さなくていいのか？　それとも、単に酒好きなだけか。

結局、すべての銘柄について話した。その間、彼は甘めの果実酒だけを三種類ほど飲んでいた。

「他には？」

「ここにあるお酒はこれですべてです」

「んー、じゃ、最初のをもう一杯注いで」

「かしこまりました」

酒瓶をグラスに傾けていると、正午の鐘が鳴り響いた。

あ、もうお昼なんですね。日の出前から働いてますからお腹空きました。朝はばたばたしていたから、あまり食べてないんですよね……

「どうぞ」とグラスを渡そうとすると。

「君が飲んで」

えっと……？

やや垂れた目を細めて、「ずっと立ちんぼは辛いだろうから、ご褒美だよ」と言う。

試飲と言っても、案外、皆さんよく飲まれるのでグラスの半分は入っている。それに、果実酒といえど、これはアルコール度も高め。いや～ムリです。

「お気持ちはありがたいのですが……午後の仕事に差し支えますので」

そこに、豚さんがやってきた。不気味なまでに、にこやかな笑みを貼りつけている。

「交替の時間よ！　食事に行ってらっしゃい！」

「……はい」

彼女の瞳はハートマークで、杏髪の青年を見つめていた。分かりやすい。

コニーは手にしたグラスをテーブルに置くと、杏色の青年に「失礼いたします」と軽く頭を下げてあずま屋を出た。背後でモッツアレーラのはしゃぐ声。

「どちらの国からいらっしゃいましたの？」

「隣の大きな国かな」

「まあっ、レッドラム国から！　今回は王女様はいらっしゃってないようですわね」

「まぁね」

「あら、そちらのお酒は飲まれませんの？」

「いらないから飲めば？」

トピアリーの陰から、チラと振り返ると――遠慮なく先ほどのグラスを呷《あお》る豚さんに、彼が突き刺すような昏い視線を送っていて――少し鳥肌が立った。

そのあと、執務棟へ向かい人事室長を探したが、何故か見つからず。彼がコニーの仕事に変更指示を出したのか、知りたかったのだが。

困りましたね、お昼からも厨房の助っ人をする予定があるのに……

仕方ないので王宮厨房へご飯をもらいに行くついでに、料理長に相談することにした。

人気《ひとけ》のない西中庭の端っこを歩いていると、「待って」と背後から呼び止められた。忽然と気配が現れた気がして、ばっと振り向く。先ほどの杏髪の青年だ。

「君、物覚えがよくて賢そうだから、気に入っちゃった。よかったら、僕の所で働かない？」

え、何？　勧誘？

突然の申し出に少々混乱する。

「お給料も今の十倍出してあげるし、衣食住は提供するよ。あ、仕事内容はね。僕のお世話係」

ぐいぐい詰め寄ってくる。嬉々とした口調なのに、糖蜜色の双眼がやけに冷たく感じる。

「――失礼ですが、あなたは海側の国から来たのではないのですか？」

「違うよ」

「王族の方ではないのですか？」

「それも違うね」

否定しながらも、にんまりと口の端が上がっている。嘘っぽいな。

「そうですか。お誘いいただき恐縮ですが、お断りいたします」

「……は？」

断られるとは思わなかった、そんな表情だ。

「それでは引き続き宴をご堪能くださいませ。失礼いたします」

さっさと退散しようと踵を返した途端、背後から圧するような〈気の塊〉を感じた。

「ヴィレ！」

振り向く前に、前方からプラチナの御仁が駆けてくるのが見えた。

「アイゼン様？」

いつになく焦った様子の彼は傍までやってくると、いきなりコニーの左手首を摑んできて、くるりと自身の背後にくるよう引っ張った。突然のことにバランスを崩しそうになりながら、彼の背後に匿《かくま》われるような形に――

「城の敷地内で、人に向けての魔法は禁止ですよ！」

アイゼンが厳しい口調で警告を発した。はっとして彼の背中越しに見ると、杏髪の青年は肩を竦めて両手を軽く上げている。

「やだなぁ、何もしてないけど？」

そう言ってから、じとりとした昏い目をコニーに合わせてきた。

「――また、ね？　藁髪の女官さん」

遠ざかる彼を警戒しながら見送るアイゼンに、コニーは問いかけた。

「あの人、わたしに魔法を向けていたのですか？　一体どんな？」

「こちらを見てすぐに消したのですが……危害を加えようとしていたのは確かです。彼と、何かトラブルでもありましたか？」

「仕事の勧誘をされて、お断りしたのですけど……それが癪《しゃく》に障ったんですかね」

それから、豚さんが嘘をついていたことも分かった。

「貴女を儀典に従事させる許可は出していませんよ。まったく、あの女官は……ところで、その胸はどうしたのですか？」

「……やっぱり不自然に見えます？」

「割とアンバランスですね」

午後からは着替えて女中業に戻った。もちろん、胸の詰め物は捨てた。


四月十一日。揚羽から調べた内容を教えてもらった。

宴の直前に、グッピー国の使者は欠席する旨を報せてきたらしい。

「あの国に近い国の使者がいたから聞いたのだけど――」

先月、グッピーの国王夫妻が謁見中、天井の崩落に巻き込まれて意識不明の重体となった。幼い王女も大怪我を負ったという。その原因となった王子は国外逃亡中。ここ三年、城内で王子の奇行やら、貴族や使用人の事故・不審死が相次いでいたらしい。王子が所有する銀鉱も、今では底つき状態だという。

――予想が当たりましたね。

残りの銀で不当に利益を上げようと、書類を偽造したのだろう。国内情報の改ざんも、王子の悪評が届いてその取引を中止させないようにするため、と思われる。

「わたしの会った危ない人が、グッピーの外道王子……ですよね？」

ナイスバディな女装のまま、両腕を組んだ揚羽は答えた。

「昨夜、レッドラムの使節団の一人が、客室からいなくなってたから、そいつかもね。杏色の髪ってあの国の王族特有のものだから」

「逃亡中なのに、何故ハルビオンの城に来たのでしょう？」

「そりゃあ、ここ三年、この時期に来ていた理由を考えたら……愛人を探すため？」

　思わず顔を見合わせた。

「……お世話係を申し込まれただけですよ？」

「一度、お酒を断ったからじゃない？　靡《なび》かないから、騙して連れ出そうとしたのかも……アタシは今回見てないけど、去年来たときには雪だるまって印象だったわ。それがアンニュイなイケメンに変貌してたんでしょ？　仔猫ちゃんが枯れててホンットよかったわぁ～」

　城下の〈千花祭〉と、城の〈桜花の宴〉が終了した日の夕方。

　仕事も終わって官僚宿舎へ向かう途中、義兄とアベルに会った。お尋ね者の外道王子に絡まれたことを聞きつけたようで、とても心配された。

「コニー、変なことはされなかったかい!?」

「今後、おかしな輩に絡まれたら執務棟に逃げ込むように！」

☆

　後日、外務大臣と第二秘書官のトドン親子は、三年間にわたる公文書廃棄、書類偽造の罪で捕縛された。グッピー国の王子から賄賂を受け取ることで、かの国の王族に関する〈正しい情報〉がハルビオン国に流れないように妨害していた、と自白。グッピー国の駐在大使に確認をとり、不正の証拠も押さえた。

今回の件が発覚したのは、ヴィレが書類の不自然さに気づいたおかげだ。トドン親子には相応の処罰が下されるだろう。宮廷の膿《うみ》がまたひとつ取り除かれた。

アイゼンは、此度の一件についての報告書を綴っていた。

「外務大臣の孫娘モッツアレーラは行方不明……」

〈桜花の宴〉初日の昼過ぎ、ヴィレを宴会場で働かせたことについて、モッツアレーラに問い質《ただ》した。最初は『上官をナメているから、根性を叩き直すつもりだった』と言っていたが、追及していく内に『経理室長に媚びてて腹が立った。だから、意地悪してやろうと思った』と。

何故、ヴィレの胸に不要な詰め物をする必要があったのかと問えば、ごにょごにょと小さな声で『噂の暴力王子の目に留まるように仕立てた』と――

彼女には、まとめ役から下ろすことを告げた。かなり不満そうではあった。

気になるのは、この女と杏髪の青年が同じ頃に姿を消したことだ。

――まさか、連れ去られた？　それとも、自ら一緒に？

独特な髪色からも彼はグッピーの王族だ。どうやってレッドラムの使者に紛れ込んだのか。謎が残る。ヴィレを陥れようとしたモッツアレーラ。いくら姿が変わったとはいえ、髪色に警戒心を抱かなかったのか？　いや、他の女官たちも気づいてない様子だった。むしろ、その見目に見惚れていたような……

あの男をきっぱりと退けたヴィレ。改めて、鋼の心臓だと感嘆する。

凛とした姿は好ましい。これで〈武〉にでも精通していれば、アイゼンの求める女性像としては完璧だと気づく。無論、そんな女性はそうそういないから、これまで条件に入れなかっただけで。

もし、本当に彼女が〈黒蝶〉ならば、それもクリアでは……？

四月二十一日、国王に命じられて、アイゼンは静養地の王妃を訪問すべく旅立った。

人外の巣窟《そうくつ》と化した、アシンドラ城塞跡地にて。コニーの勇姿に深い感銘を受けた彼が、恋と合理主義を混同の末、暴走を始めるのは——後の話。

万能女中コニー・ヴィレ
All round maid Connie Ville
comic edition: one
①②
黒コマリ
原作／百七花亭
キャラクター原案／krage
FK comicsにてコミカライズ連載中!
「チャラい義兄とかお断りなので!!」
ピッコマAWARD2021LUX賞受賞の超人気作、待望のコミカライズ！　炊事洗濯掃除、戦闘に諜報までなんでもござれの万能すぎる城付き女中、コニー・ヴィレは、特殊能力持ちのチートながら、堅実な暮らしを望む地味子。けれど、女好きで有名な超美形騎士・リーンハルトが自分の義兄になったと知らされて以降、周囲がどんどん騒がしくなっていき!?　チャラ義兄に有能で男前な上官、さらに麗しの第二王子までも巻き込んだ、万能女中コニーのお仕事・戦闘・諜報・恋愛（?）大活躍譚！
FK comics

結婚相手は前世の宿敵!?
溺愛されても
許しません
柚子れもん
ILLUSTRATION まろ
復讐 VS 溺愛
容赦ない恋の攻防戦
フェアリーキス
NOW ON SALE
フェアリーキス
ピュア
F
fairy kiss

万能女中コニー・ヴィレ6

著者　百七花亭

2024年3月5日　初版発行

発行人　藤居幸嗣

発行所　株式会社 J パブリッシング
〒102-0073　東京都千代田区九段北3-2-5 5F
TEL 03-3288-7907　FAX03-3288-7880

製版所　株式会社サンシン企画

印刷所　中央精版印刷株式会社

ISBN:978-4-86669-649-2
Printed in JAPAN